LA COMÉDIE

DE

J. DE LA BRUYÈRE

PAR

ÉDOUARD FOURNIER

Première Partie.

PARIS

E. DENTU, ÉDITEUR

Libraire de la Société des Gens de Lettres

PALAIS ROYAL, 17 ET 19, GALERIE D'ORLÉANS.

LA COMÉDIE

DE

J. DE LA BRUYÈRE

Paris.—Imprimé chez Bonaventure, Ducessois et Cᵉ,
55, quai des Augustins.

LA COMÉDIE

DE

J. DE LA BRUYÈRE

PAR

ÉDOUARD FOURNIER

« .. Aussi le mot de *comédie* vient-il
aux lèvres, lorsqu'on voit marcher avec
naturel tant de *caractères* originaux. »
PRÉVOST-PARADOL, *Études sur
les moralistes français* (La
Bruyère), p. 201.

Première Partie.

PARIS

E. DENTU, ÉDITEUR

Libraire de la Société des Gens de Lettres
PALAIS ROYAL, 17 ET 19, GALERIE D'ORLÉANS.

1866

LA COMEDIE

DE

JEAN DE LA BRUYERE

I

Il semblait que rien ne fût plus à trouver sur l'auteur des *Caractères*, bien qu'à tout considérer, l'on n'eût pas trouvé grand'chose à son sujet.

Le livre avait été examiné à merveille, de fond en comble; on l'avait, pourrait-on dire, épluché à vif, on y avait même tant regardé que maintes fois on y avait vu plus qu'il ne fallait voir; mais l'auteur dont l'esprit animait ces pages, mais « l'homme même, » comme dit Buffon, l'homme dont ce livre reflétait peut-être la vie, que savait-on de lui? Presque rien, tout compte fait, et ce qui le prouve, c'est qu'on ignorait même d'une façon certaine à quelle époque il était né, et dans quelle ville.

L'opinion la plus généralement admise et qui courait le mieux les livres, ces moutons de Panurge, qu'on n'entend que parce qu'ils se répètent, était que Jean de La Bruyère avait pris naissance de 1639 à 1646, dans un village voisin de la ville de Dourdan. Rien n'indiquait d'ailleurs qu'il fût venu de ce pays, et, sauf un passage des *Caractères* où il nomme l'Ivette[1], qui coule par là, nulle trace de lui ne s'y trouvait. On n'y connaissait non plus aucune propriété ayant pu appartenir à sa famille. Tout enfin semblait plutôt faire croire qu'il était né à Paris ou dans les environs, et que dès l'enfance il avait vécu dans la grande ville ; on n'en tenait pas moins au village voisin de Dourdan. L'abbé d'Olivet[2] et le P. Niceron avaient dit, d'après Clément[3], que c'est là que La Bruyère était

---

[1] Voir la 2ᵉ édition donnée par M. Ad. Destailleurs. Librairie nouvelle, 1861, in-12, t. II, p. 229.

[2] *Histoire de l'Académie.* Edit. Ch. Livet, t. II, p. 315-316.

[3] Voici ce que dit le P. Niceron : « Jean de La Bruyère naquit l'an 1644, dans un village proche de

né : on les croyait sans chercher davantage.

Peu importait qu'en maint endroit de son livre, l'auteur des *Caractères* se révélât parisien de la tête aux pieds ; parisien de naissance et d'habitude, parisien de cœur et d'esprit ! Peu importait encore ce que l'on savait de sa famille, vieille souche de ligueurs, qui depuis Henri IV ne semblait pas avoir dû se déraciner du sol de la Cité, qui l'avait vue grandir ; et ce que l'on avait aussi découvert touchant un petit bien que les La Bruyère avaient possédé à Sceaux [1], propriété vraisem-

Dourdan, comme nous l'apprenons d'une note que M. Clément a mise sur le Catalogue de la Bibliothèque du Roy. » *Mémoires*, t. XIX, p. 191.

[1] C'était une petite maison avec jardin et cinq arpents huit perches de terre, dont La Bruyère hérita de son oncle et parrain, noble Jehan de La Bruyère, avec ses frères Louis et Robert-Pierre, et sa sœur Élisabeth-Marguerite. La valeur, d'après un acte de licitation partielle du 15 avril 1682, en était estimée 4,400 livres, ce qui portait à 1,466 liv. 13 sous 4 deniers le tiers afférant à La Bruyère. M. Walcknaër, qui nous a fait connaître ces particularités si bien d'accord avec ce que l'auteur, en plus d'un endroit, a dit lui-même de son peu de fortune, pense que La Bruyère ne possédait rien de plus. (*Les Caractères*, 1845, in-12, p. 756-757.)— On sait, toutefois, par une quittance qui se trouvait dans la collection de M. de

blable pour une famille parisienne, mais assez invraisemblable pour des gens de Dourdan ! La routine, qui ne s'inquiète guère de la logique, restait la plus forte.

Quiconque eût dit que La Bruyère n'était pas un petit hobereau du Hurepoix, quiconque se fût permis d'avancer, même timidement, qu'il pouvait bien être né à Paris, aurait été fort mal reçu dans les *Biographies*. Il aurait eu pourtant raison pleinement, sans réplique.

Aujourd'hui enfin, on tient l'acte qui fit toujours défaut à ceux qui s'obstinaient pour Dourdan, l'acte qui doit péremptoirement leur donner tort.

Que dit-il ? Il dit que :

« Le jeudy dix-septiesme aoust 1645 a esté baptisé Jehan, fils de noble homme, Loys de la Brière (*sic*), controlleur des rentes de la ville de Paris,

---

Chalabre, et souvent revue depuis dans les ventes, que La Bruyère partageait avec ses frères et sa sœur une rente de huit cents livres constituée sur les Aides. La quittance est du 31 août 1679. *Catalogue des livres imprimés et manuscrits, et autographes composant le cabinet de M. de Bruyères-Chalabre.* 1833, in-8°, p. 126.

« Et de demoiselle Izabelle Hamouyn, ses père et mère, le quel à esté tenu et eslevé sur les saint font baptismaux de St. Xp. (isto) phe par noble Jehan de la Brière, parain; la maraine fut dame Geneviesve Duboys, espouse de M. Daniel Hamouyn, et ont signé :

« DE LA BRUYÈRE. — De La Bruyère. — G. Dubois. »

Il était sans doute né la veille, c'est-à-dire le 16 août. Quand il mourut à Versailles, le 10 mai 1696[1], il avait donc cinquante ans neuf mois et six jours, ce qui se trouve d'accord avec l'acte de décès, sur lequel, faute de renseignements très-précis, on a mis : *cinquante ans environ.*

II

Ses contemporains le croyaient plus âgé, parce qu'il le paraissait, comme on le verra plus loin. Au bas de son portrait par Bachelier, que François grava en manière de crayon pour l'*Histoire des Philosophes* de Saverien,

---

[1] L'acte de mort indique le 11 mai. On lira tout à l'heure pourquoi nous préférons la date du 10.

on lit : «–La Bruière, né en 1644, mort en 1696. » Ici, on le vieillit d'un an. Ailleurs c'est bien pis, on lui donne six ans de trop, c'est-à-dire cinquante-sept ans, au lieu de cinquante et un. L'erreur se trouve notamment sur son portrait gravé en 1720 par Bernard Picard. En deux lignes, comme l'a remarqué M. Châtel [1], il y a trois erreurs : il est dit : «Jean de La Bruyère, de l'Académie françoise, né en 1639, mort à Versailles, le 10 aoust 1696, à l'âge de cinquante-sept ans.»

L'erreur sur l'âge avait été consacrée par son éditeur même. Dans une *clé* publiée chez lui en 1699, on lisait à la dernière page : « Monsieur Jean de La Bruyère étoit gentilhomme de monsieur le Prince, et l'un des quarante de l'Académie françoise. Il mourut subitement le jeudi 10 may 1696, à dix heures du soir, âgé de cinquante-sept ans [2]. » Dans cette note très-curieuse et trop oubliée, qui

---

[1] *Étude chronolog. sur Jean de La Bruyère.* Caen, 1861, in-8°, p. 4.

[2] Une lettre du 21 mai, écrite à l'abbé Bossuet, et publiée par la *Revue rétrospective* (31 octobre 1836, page 140), consacre aussi cette date : « Je viens à la triste nouvelle du pauvre M. de La Bruyère, que nous perdîmes le 10 de ce mois, par une apoplexie, en deux ou trois heures, à Versailles. »

contient même sur l'heure juste où mourut
La Bruyère un détail qui n'est nulle part,
tout est exact, excepté encore ce qui se rapporte à l'âge. C'est le point sur lequel on se
trompait toujours. Ainsi dans une des men-
tions les plus intéressantes qu'on ait faites de
lui, il n'y a d'erreur que là. Le lieu de la
naissance même est très-exactement indiqué,
mais le chiffre de l'âge est faux. Voici cette
mention curieuse qui se trouve au bas du
portrait gravé par Des Roches, et mis au-
devant de l'édition des *Caractères* donnée à
Lyon, en 1716, in-12, chez Boudet : « Jean
de La Bruyère, de l'Académie françoise, et
gentilhomme de M. le Prince, NÉ A PARIS, et
mort à Versailles, le 10 may 1696, âgé de
57 ans. » On ne répéta nulle part le fait si
juste « né à Paris ; » mais on répéta partout
le fait inexact « mort à 57 ans, » qui n'était
peut-être, par la substitution si facile de 7 à 1,
qu'une des fautes de texte ordinaires aux
graveurs de ce temps-là. Suard lui-même n'a
pas échappé à cette erreur.

Grâce à M. Jal, elle ne sera plus commise.

Un seul biographe devança ce savant dans
la vérité enfin ressaisie sur ce point : c'est
l'avocat Aubert. Dans la série de *Notices* qu'il

donna, avec Leclerc, sous le titre de *Biblio-thèque de Richelet,* en tête du *Dictionnaire de Richelet* (1723, in-fol. t. I), il dit à l'article *La Bruyère* qu'il naquit « à Paris, en 1645. »

C'était exact, mais on n'y voulut pas croire. Des réclamations vinrent des gens mêmes qui l'avaient connu, et qui, d'après son air, l'avaient cru plus vieux. Le président Bouhier fut du nombre. Écrivant à Leclerc, le 3 mars 1729, des remarques sur ces *Notices* du Riche-let, il lui dit, à propos de celle de La Bruyère :

« Vous dites qu'il naquit en 1645. J'avois marqué dans quelque *mémoire* qu'il étoit de 1639, sans que je puisse vous dire où j'ai pris cela [1].

« Je ne l'ai pourtant pas deviné, et je crois que je ne me suis pas trompé. Je l'ai fort fré-quenté à Paris, pendant les années 1691 et 1692. Il paroissoit certainement alors avoir plus de cinquante ans [2]. »

---

[1] Il l'avait pris sur le portrait gravé par Bernard Picard, indiqué plus haut, lequel ne faisait que répé-ter, en 1720, la faute de texte commise en 1716, au bas du portrait gravé par Des Roches.

[2] *Corr. inéd. du Présid. Bouhier,* à la Bibliothèque Impériale, t. IV, 704-705.

Il n'en avait pourtant alors que quarante-six. Mais Bouhier était jeune, et les yeux de la jeunesse vous voient volontiers avec plus d'âge que vous n'en avez. Il se peut d'ailleurs que La Bruyère, fatigué des études et d'une méditation plus laborieuse encore, atteint même déjà par quelques attaques de la maladie qui l'emporta [1], parût plus vieux qu'il ne l'était. Quant à moi, cela me plaît chez un penseur. C'est avec de telles gens, à la maturité rapide, qu'il est bon de pouvoir répéter le *credidit esse senem* de Martial.

Bouhier avait pu mesurer son âge, moins d'après l'air de son visage, que d'après l'air de son esprit.

III

Paris retrouve en La Bruyère un illustre enfant de plus.

A qui doit-on de le savoir? Je viens de le dire et suis heureux de le répéter; c'est

---

[1] On voit par une lettre de lui, dont la *Galerie française* (t. II, p. 361), a reproduit le *fac-simile*, et qui, je ne sais pourquoi, n'a jamais été reprise, qu'au mois de décembre 1687, il souffrait d'une paralysie au bras droit.

au très-savant M. A. Jal, qui, du reste, est coutumier de ces bonheurs. Quand nous les fera-t-il partager tous ? Quand nous dira-t-il tout ce qu'il a trouvé ?

Cette fois du moins, remercions-le; il n'a pas été avare, il a bien voulu détacher le fait curieux du monceau de curiosités qu'il thésaurise.

On lui est venu dire que M. G. Mancel, bibliothécaire de la ville de Caen, — à laquelle La Bruyère pourrait bien appartenir un peu si la charge qu'il y avait, comme trésorier de France, n'eût pas été pour lui la moins exigeante des sinécures, — préparait une nouvelle édition de ce livre des *Caractères*, dont l'auteur dépensa à Paris, comme observateur et moraliste, le temps qu'il devait peut-être strictement, mais moins utilement, à la basse Normandie, et, bon homme, M. Jal s'est laissé toucher.

On le flattait, on le caressait à l'endroit du renseignement qu'on savait bien qu'il possédait seul; il l'a donné. Ce fut une obligeance et aussi une malice. Il parut plaisant à cet homme d'esprit de faire publier pour la première fois, à Caen, où rigoureusement La Bruyère aurait dû résider, mais où pourtant

—les preuves sont là—il semble être à peine
venu, son acte de naissance authentique.
De cette façon, il y sera allé un peu. Ainsi,
ce n'est ni de Dourdan, qui ne le méritait
plus, ni de Paris, qui seul en avait le droit,
mais de Caen, d'où, certes, on ne l'attendait
guère, que le précieux renseignement nous
sera venu. Grâces soient rendues à M. Jal,
et merci à M. Mancel qui profita si bien de
son obligeance et de sa malice.

Nous allons en profiter nous-même. L'in-
appréciable renseignement nous servira de
point de départ pour étudier La Bruyère, non
plus seulement comme moraliste nomade,
allant de la province à Paris, et de Paris à
Versailles ou à Marly; mais d'abord surtout
comme Parisien observateur.

C'est au cœur même de la grande ville
qu'il naquit.

La petite église de Saint-Christophe, où
nous avons vu qu'il fut baptisé, était en effet
dans la Cité, à deux pas et dans l'ombre
même des tours de Notre-Dame. On ne
pouvait pas être plus Parisien par la naissance. On ne pouvait pas l'être mieux par la
famille. Les La Bruyère étaient de cette
vieille race de Parisiens renforcés et pur

sang, chez qui le vieux levain de révolte, calmé depuis Marcel et Caboche, s'était si bien réveillé, et avait jeté de si longs ferments, à l'époque de la Ligue.

« Il descendoit, dit l'abbé d'Olivet [1], d'un fameux ligueur qui, dans le temps des barricades de Paris, exerça la charge de lieutenant civil. »

Il n'y a là qu'une erreur : le La Bruyère, aïeul du nôtre, n'était pas lieutenant civil, mais lieutenant particulier [2]. Son père, Mathieu La Bruyère, qui exerçait le métier d'apothicaire, et qui n'était pas entré moins avant que lui dans le parti de la Ligue, partagea son sort au retour du roi [3]. Le père et le fils figurent parmi ceux qui durent sortir de la ville, « suivant la volonté du roy, après la réduction en son obéissance [4]. » Ils se retirèrent à l'étranger, mais en pays catholique. Anvers fut leur premier refuge. Ils y furent en pays ami, puisqu'ils étaient sur terre espagnole.

[1] *Hist. de l'Académie*. Edit. Ch. Livet, t. II, p. 315-316.

[2] *Chron. novennaire*, t. I, p. 51.

[3] *Mémoires* de Nevers. In-4°, t. II, p. 708.

[4] *Satyre Ménippée*. Edit. Langlet-Dufresnoy, t. II, p. 67.

Mathieu, qui s'était fait auteur, mais que ce changement d'état n'avait pas attiédi dans sa ferveur de catholique, y publia, en 1603, un *Rosaire de la très-heureuse Vierge Marie, avec figures* [1]. Cet asile d'Anvers était trop près de la France. Quand le bruit courut des entreprises nouvelles que Henri IV voulait tenter contre l'Espagne, les La Bruyère prirent peur; ils s'en allèrent d'un autre côté, beaucoup plus loin.

C'est à Naples qu'on les retrouve plus tard, conspirant toujours avec les agents de Philippe II «et les plus désespérés ligueurs [2].» Il paraîtrait même que Ravaillac fut reçu chez eux pendant un séjour qu'il aurait fait dans cette ville, et que la décision régicide qui lui mit le poignard à la main, aurait été prise chez La Bruyère [3]. Qu'il ait eu ou non quelque part au complot, ce qui sera toujours un mystère, il est certain que, pendant la régence de Marie de Médicis, plus favorable aux ennemis du feu roi qu'à ses amis, La Bruyère

---

[1] *Satyre Ménippée.* Edit. Langlet-Dufresnoy, t. II, p. 339.

[2] *Journal* de l'Estoille. Edit. Langlet, t. II, p. 125.

[3] V. dans nos *Variétés hist. et litt.*, t. VII, p. 84, le *Manifeste du capitaine Lagarde.*

put rentrer en France et ne fut pas inquiété.
Il parut, en 1617, sous le titre d'*Anti-malice
des femmes*, un de ces petits livrets, si nom-
breux alors, dont l'auteur, nommé sur le
titre, nous paraît être notre vieux ligueur [1].

Quel était alors son état de fortune? que faisait-il? Je ne saurais le dire, mais il est probable qu'il était rentré dans un de ces emplois
de l'hôtel de ville où nous allons retrouver
son fils. Celui-ci, père de l'auteur des *Caractères*, était, comme on l'a vu par l'acte de
naissance cité tout à l'heure, contrôleur des
rentes de la ville de Paris. Ajoutons conseiller
du roi. Ces titres ne donnaient pas la richesse,
et c'est ce qui manqua, je crois, au père de
La Bruyère. En revanche, il eut des enfants.
Nous en avons nommé quatre plus haut,
trois fils et une fille. Jean et Louis étaient les
aînés, sans que nous puissions dire lequel
était le plus âgé des deux. Les autres,
Robert-Pierre et Marguerite, étaient beaucoup plus jeunes. En 1679, quand ils donnèrent, tous ensemble, la quittance citée tout à

---

[1] Un autre pasquil, publié deux ans auparavant et
dont voici le titre complet : *Résurrection et triomphe
de la Paulette* par le sieur de La Bruyère, Paris,
1615, in-8°, pourrait très-bien être aussi de lui.

l'heure, Robert-Pierre et Élisabeth intervinrent comme mineurs émancipés, c'est-dire comme ayant au plus vingt-quatre ans, tandis que Jean en avait trente-quatre [1].

Cette différence d'âge me faisait croire qu'ils n'étaient pas du même lit; que la mère de Jean et de Louis étant morte, le père aurait pris une autre femme, de laquelle seraient nés Robert et Élisabeth. Ainsi, comme Poquelin, La Bruyère n'aurait pas échappé aux épreuves d'une belle-mère, et l'on ne comprendrait que mieux la phrase de son livre :

. « Les marâtres... ne peuplent pas moins la terre de mendiants, de vagabonds, de domestiques, d'esclaves, que la pauvreté. »

-Mon hypothèse tomba devant quelques actes dûs encore à M. Jal. Il en ressort que le père mourut le premier. La mère s'y qualifie comme noble : « *demoiselle* veuve [2]. »

Rien ne nous est parvenu sur la sœur.

---

1 M. Jal n'a pu trouver, à Paris, l'acte de naissance de Robert. Est-ce lui qui fut de Dourdan ? Il signa l'acte de mort de Jean. *Rev. rétrosp.*, 2ᵉ sér., t. VIII, p. 41.

2 Le père était « noble homme. » (V. p. 4 et 438.)— Cette noblesse dont le fils se moqua (p. 178) dut leur venir de ce que l'aïeul, lieutenant de M. de Rieux, garda Pierrefonds en 1591. (J. Vaultier de Senlis, *Hist. et Disc.*, etc., publ. par Adh. Bernier, 1835, in-8ᵒ, p. 228.)

2*

Quant à Louis, le plus âgé des frères, j'ai
su, par une note de l'abbé Drouin [1], que,
premier huissier du Parlement, il épousa
« la bâtarde du premier président de Novion.» C'est assez pour nous expliquer comment La Bruyère, qui fut lui-même avocat [2],
ayant un frère ainsi placé, ainsi marié,
se trouva si bien au fait des hommes et des
choses de la Magistrature. Louis mourut
avant Jean, dont ses trois enfants mineurs [3]
furent les héritiers. L'union était-elle restée
intime entre eux? Je le crois. Les *Caractères*
ne disent rien contre la fraternité.

Je me figure le frère Louis passant ses va-
cances à la campagne, près de Dourdan peut-
être, ce qui aura prêté à l'erreur indiquée
plus haut: je l'y vois bon bourgois de campagne, au milieu de sa jeune famille qui
grandit; de temps à autre, quand la belle
saison l'y pousse, j'aime à suivre, dans cette
métairie, le frère observateur, faisant sur

[1] V. ses Mss. à l'Arsenal, t. XXIX. — Ménage estimait cet abbé pour la variété de son savoir. *Ménagiana*, t. II, p. 224.

[2] V. plus bas, p. 34-36, ce qu'il dit des avocats; et,
p. 430, son certificat de licence à Orléans, en 1664.

[3] Nous dirons, p. 109, ce que devint une arrière-
petite-fille de Louis, morte en 1803.

place ces effrayantes études de paysans dont la vérité nous attriste encore, et, pour s'en distraire, se plaisant au milieu de ses neveux et de ses nièces, à ces études d'enfants, dont le dessin, à traits larges et délicats, nous charmera toujours [1].

Le plus jeune frère, Robert-Pierre, nous est aussi inconnu que l'aîné. Quand La Bruyère mourut, il était clerc au diocèse de Paris, c'est à peu près tout ce que nous en pouvons dire [2].

Nous ajouterons que la gloire de son frère semble lui avoir tenu au cœur. Lorsqu'en 1700, parut la *Suite des Caractères* qui donnait assez insolemment une continuation posthume à l'œuvre fraternelle, il s'en émut et prépara même une protestation qui ne semble pas pourtant avoir été publiée. On lit dans les *Nouvelles de la République des Lettres* [3], à propos de l'auteur de cette *suite :*

[1] Edit. Destailleurs, 1861, in-12, t. II, p. 48-51. — Si parfois il dit du mal des enfants, c'est qu'il pense au petit prince, son élève, qui fut plus tard un homme si redoutable. Nous en reparlerons.

[2] Dans un acte du 7 juillet 1696, relatif à la succession de son frère, on voit qu'il prend ce titre de clerc au diocèse de Paris.

[3] Avril 1700. P. 473.

2.

« J'ay appris que c'est un avocat, qui demeure
à Rouen, nommé M. Alleaume. Il a de l'esprit et de la politesse... On m'a assuré que
M. l'abbé de La Bruyère, frère de celui dont
je viens de parler, désavouera publiquement
cet ouvrage[1]. »

IV

Voilà tout ce qu'on sait sur sa famille.
Quant à l'homme, on ne le connaît guère
mieux. S'il se trouve quelque part, c'est dans
son livre, où il ne faut pas seulement chercher sa gloire et son esprit, mais sa vie.

Son origine même s'y révèle. On sent
dans maint endroit le vieux sang ligueur
qui, toujours chaud, continue à fermenter[2].

[1] D'après une note du *Catalogue manuscrit de la
Bibliothèque de l'Oratoire*, qui est aujourd'hui à
l'Arsenal, Alleaume aurait été fort aidé, pour cette
suite, par le P. Germain, augustin-déchaussé, qui
devint plus tard l'abbé Favier, bénédictin. — On vient
de lire qu'Alleaume était un avocat de Rouen. Il eût
été pénible à La Bruyère de voir que la suite de son
livre vînt de la ville qu'il détestait le plus, comme
nous le prouverons.

[2] M. de Carné (*Rev. des Deux-Mondes,* nov. 1856,
p. 196) a remarqué avant nous l'influence de la tradition ligueuse chez La Bruyère.

Quand du haut de sa studieuse pauvreté, il parle si fièrement des gens qui n'ont pas le moyen d'être nobles[1]; quand, drapé dans son indépendance roturière, il s'amuse avec une si fière ironie des Geoffroy de La Bruyère que tout autre que lui tâcherait de se donner pour ancêtres[2], ne trouve-t-on pas sous ce qu'il dit quelque chose de cette démocratie ligueuse qui éclatait si effrontément bruyante dans les sermons des curés Lincestre et Boucher ? Il tient dans son livre les propos dont on s'exaltait dans la Cité, quand son bisaïeul et son aïeul, l'apothicaire et le lieutenant particulier, faisaient rage d'éloquence populaire autour de Saint-Barthélemy et de Saint-Christophe. S'il plaint quelqu'un, c'est le peuple, qui est tout, disait-il comme Sieyès, et que cependant « on ne compte pour rien[3]. » Il est peuple, et il s'en vante : « Le peuple, dit-il, n'a guère d'esprit, et les grands n'ont point d'âme; celui-là a un bon fond et n'a point de dehors; ceux-ci n'ont que des dehors et qu'une simple superficie. Faut-il opter ? Je ne balance pas, je veux être

[1] Edit. Destailleurs, t. II, p. 162.
[2] *Id.*, *ibid.*, p 166.
[3] *Id*, t. I, p. 339-340.

peuple [1]. » Il est catholique aussi, et c'est
la seconde face de la physionomie ligueuse
qu'il tient de sa famille. De toutes les phi-
losophies, il n'en est qu'une dont il ait pu
s'éprendre, c'est celle, il l'a dit, « qui est dé-
pendante de la religion chrétienne [2]. »

Il l'a connue et aimée d'enfance; il s'y tient.
« J'en ai, dit-il [3], reçu les principes trop aisément, et je les ai conservés depuis trop
naturellement dans un âge avancé pour la
soupçonner de fausseté. » Aussi, personne
n'a-t-il mis en doute la sincérité de sa foi.
Le plus ardent de ses critiques lui a même,
sur ce point, rendu hommage lorsqu'il a dit [4]:
« M. de La Bruyère avoit, on peut l'assurer,
beaucoup de religion et une grande vénéra-
tion pour tous les livres de piété. » Fidèle,
comme chrétien et comme ami du peuple,
aux traditions de sa famille, il n'en était pas
l'esclave en toutes choses. Si, par exemple, on
lui eût parlé de Philippe II avec lequel son
aïeul avait fait cause commune et conspiré
contre Henri IV, il eût répondu d'une ma-

[1] Edit. Destailleurs, t. I, p. 342.
[2] *Id.*, II, p. 78.
[3] *Id., ibid.*, p. 215.
[4] *Critique des Caractères*, p. 551.

nière qui n'eût que médiocrement agréé au vieux ligueur. On sait ce qu'il pensait du royal meneur de la Ligue, par une lettre inconnue jusqu'ici, qu'il écrivit le 4 juin 1678.

C'est dix ans avant la publication des *Caractères*, à une époque où, devenu depuis deux ans professeur d'histoire du petit-fils de Condé[1], il s'occupait surtout, avec sa conscience visible en toutes choses, de ce qu'il avait à enseigner.

Cette lettre est adressée à G. Leti, qui préparait l'*Histoire de Philippe II.*

Il le félicite de s'être donné cette tâche que personne mieux que lui ne peut conduire à bien, et, amené ainsi à dire son opinion sur ce « fameux roi Philippe II, » il écrit : « C'était vraiment un grand politique si, pour être tel, il suffit d'être fourbe, sans foi, sans humanité, sans tendresse, sans entrailles et sans religion[2]. »

---

[1] M. Châtel, p. 75, pense que La Bruyère fut mis par Bossuet près du jeune prince, comme professeur d'histoire, en 1674, c'est-à-dire vers le même temps qu'il devenait trésorier de France au bureau de Caen. J'opterais pour 1676. Alors le petit prince avait sept ans, et c'est l'âge où les princes passaient des mains des femmes en celles des précepteurs.

[2] *Lettere di Gregorio Leti.* Amst., 1701, in-8°, t. II, p. 393. La lettre de La Bruyère, que nous citerons

V

Nous venons de voir La Bruyère dans sa famille, prenant ou laissant ce que son esprit y devait laisser ou prendre. Voyons-le maintenant, plus indépendant, plus lui-même ; voyons-le dans Paris.

Pour le suivre, livre en main, je prendrai l'édition de M. Destailleur, qui, jusqu'à ce que M. Servois ait complété la sienne[1], sera l'édition classique de ce classique.

Nous avons dit que, même avant la découverte de l'acte authentique de son baptême, le fait de la naissance de La Bruyère à Paris semblait indiqué dans son livre[2]. Nous y revenons.

Né dans la Cité, à deux pas de Notre-Dame, tout près de la Sainte-Chapelle et du Palais, il n'oublia jamais son berceau. Où l'enfant avait joué, l'homme revint observer, pour s'amuser encore. Il procéda comme Boileau, qui, sorti de ce même coin où il revenait sans cesse, y fit en voisin ses meilleures satires d'après les

encore, est en italien. M. G. Brunet l'a traduite pour le *Bull. du Bouquiniste*, 15 janvier 1864, p. 27.

[1] V., p. 491, un mot sur le 1er vol. de cette édition.

[2] Lui-même, on le verra plus bas, p. 430, *note*, s'intitulait parisien, *parisinus*.

types environnants. Quelques-uns de ceux qui lui avaient servi servirent de même à La Bruyère. Qu'on lise, dans le chapitre de *Quelques usages*, l'endroit où il parle des chanoines fainéants[1], on pourra se croire dans l'épopée burlesque de Boileau : « C'est entre eux tous, dit-il, à qui ne louera point Dieu, et à qui fera voir par un long usage qu'il n'est pas obligé de le faire : l'émulation de ne se point rendre aux offices divins ne sauroit être plus vive ni plus ardente. Les cloches sonnent dans une nuit tranquille ; et leur mélodie, qui réveille les chantres et les enfans de chœur, endort les chanoines, les plonge dans un sommeil doux et facile, et qui ne leur procure que de beaux songes : ils se lèvent tard, et vont à l'église se faire payer d'avoir dormi. »

N'est-ce pas tout un fragment du *Lutrin* en bonne prose ? Ce que Boileau avait écrit en 1684, La Bruyère le répète à sa manière six ans après[2]. Il n'imite pas, il dit ce qu'il sait d'enfance ; comme Boileau, il fait sa critique par droit de bon voisinage. Dans le nombre de ces chanoines si bien vivant s'en trouvait un, l'abbé Dansse, dont l'appétit

---

[1] *Les Caractères.* Édit. Ad. Destailleurs, t. I p. 171.

[2] Il n'en parla que dans la 5ᵉ édition, en 1690.

était plus célèbre encore que celui des autres. Boileau en fait le chanoine Évrard, « d'absti-nence incapable, » et La Bruyère en fait Gnathon, l'égoïste goulu « qui ne vit que pour soi, qui mange haut et avec grand bruit[1]. » L'abbé Dansse était par alliance le parent de Boileau, puisque sa sœur, madame Dongois, était femme du neveu du satirique. Boileau ne l'en avait pas épargné davantage. Il l'avait vu si souvent à table[2]! La Bruyère, pour qui ce n'était qu'un voisin, n'était donc pas à blâmer d'avoir à son tour flagellé ce glouton qu'on fustigeait si vertement en famille.

Au cloître Notre-Dame, qui était plus proche encore de la maison paternelle, se trouvaient d'autres originaux d'Église, aussi bons à observer, et qu'il ne peignit pas d'une touche moins fine. Il y revint plus tard pour les *Mercuriales* de Ménage, avec son patron Pont-Chartrain, dont, suivant Saint-Simon, l'un des châteaux en Espagne était d'avoir une petite maison au cloître, et c'est à ces re-tours vers le coin natal qu'il put bien voir ce

[1] Edit. Walcknær, p. 433, 720.
[2] *V.* à ce sujet une lettre de J.-B. Rousseau à Bros-sette du 15 juillet 1717, et la réponse de Brossette du 13 sept. suivant.

que sa malice d'enfant n'avait que pressenti : saisir au vif le ridicule deviné saisissable.

Les gens du monde venaient là s'essayer à la retraite; les gens de retraite s'en échappaient pour aller ailleurs se faire gens du monde.

Un de ces damerets de chapitre, qui savaient le mieux concilier les facilités de la vie mondaine et les sévérités de celle de l'Église, ajuster l'habit de galant avec l'habit ecclésiastique pour se faire de l'un une coquetterie et de l'autre une gravité, était le pénitencier de Notre-Dame, M. Robert, ayant par son titre le droit spécial d'absoudre les cas réservés. Il eût pu maintes fois s'appliquer à lui-même cette grâce d'absolution, qui était son monopole. La fréquentation des gens au moins profanes, et des poëtes aussi peu édifiants par leurs œuvres que par leur conduite, était son péché mignon.

La Fontaine était, de ces gens-là, celui qu'il voyait le plus; aussi s'en allait-on chantant sur l'air à la mode :

> Robert le grand pénitencier
> A toujours l'air fort altéré.
> Mais il a La Fontaine
> Eh bien!
> Pour soulager sa peine,
> Vous m'entendez bien [1].

[1] *Chansonnier Maurepas*, t. XXV, p. 363.

La Bruyère le railla en meilleur style, quand il dit au chapitre *Du Mérite personnel* : « Un homme à la cour et souvent à la ville, qui a un long manteau de soie, ou de drap de Hollande, une ceinture large et placée haut sur l'estomac, le soulier de maroquin, la calote de même d'un beau grain, un collet bien fait et bien empesé, les cheveux arrangés, et le teint vermeil; qui avec cela se souvient de quelques distinctions métaphysiques; expliqué ce que c'est que la lumière de gloire, et sait précisément comment l'on voit Dieu; cela s'appelle un docteur. » La Bruyère ne le fut pas. A ce prix, eût-il consenti à l'être ? Il fut plutôt le personnage tout contraire, dont le portrait vient à la suite comme opposition : « Une personne humble, qui est ensevelie dans le cabinet, qui a médité, cherché, consulté, confronté, lu ou écrit pendant toute sa vie est un homme docte. » Voilà ce que fut La Bruyère qui longtemps, en effet, resta humblement enseveli dans son cabinet, qui pendant toute sa vie médita, chercha, consulta, confronta, lut, et enfin écrivit.

VI

C'est à l'Oratoire que se fit son éducation. Le P. Adry l'a dit le premier dans la *Bibliothèque des écrivains de l'Oratoire* ou *Histoire littéraire de cette Congrégation*, à l'article La Bruyère [1].

---

[1] Cette curieuse indication a été donnée pour la première fois par M. Sainte-Beuve, *La Bruyère et La Rochefoucauld*. 1842, in-12, p. 7. Voici textuellement ce que dit le P. Adry, dont le manuscrit, longtemps conservé aux Archives, est aujourd'hui à la Bibliothèque Impériale, *fonds de l'Oratoire*, n° 279, t. I, p. 230 : « Dans les mémoires particuliers qui se trouvent dans la Bibliothèque de l'Oratoire, on marque que ce célèbre auteur (La Bruyère) avoit été de l'Oratoire... ceci étoit écrit vers 1720, ou par le P. Bougerel ou par le P. Lelong. » Ce P. Bougerel était ami de Marais qu'il allait voir souvent, comme l'indique la lettre *inédite* de celui-ci à Bouhier, du 7 janvier 1733. Ils durent parler de La Bruyère, mais Marais n'en resta pas moins assez ignorant sur son compte. Bayle, lui écrivant le 2 octobre 1698 (*Œuvres*, in-fol., t. IV, p. 768), le remercie de ce qu'il lui en a appris, et nous espérions par conséquent beaucoup trouver en découvrant la lettre dont celle-ci était le remerciement. Nous avons été fort déçu. La lettre de Marais, datée du 2 may 1698,

Quoiqu'il invoquât sur ce fait les Mémoires manuscrits du P. Bougerel et du P. Lelong, plusieurs en ont douté, à cause de l'absence du nom de La Bruyère sur la liste d'admission des novices. Ce n'est pas ce qui m'en ferait douter. Il n'y avait pas que l'Oratoire de Paris; celui de Juilly et bien d'autres existaient déjà. Pourquoi ne serait-ce pas dans une de ces maisons que La Bruyère aurait été novice?

A moins qu'on ne me prouve que son nom, vainement cherché sur les listes de Paris, est de même absent aussi sur celles des autres maisons du même ordre, je croirai ce qu'a dit le P. Adry de la première éducation de La Bruyère. Tout dans sa vie vient d'ailleurs confirmer cette donnée et en montrer les traces.

En mettant son fils à l'Oratoire, le père de

existe à la Bibliothèque, dans les manuscrits du *fonds Bouhier*, sous le n° 138, p. 99-104. Nous l'avons lue avec la plus anxieuse espérance, et n'y avons rien trouvé d'intéressant sur notre homme. A la fin, Marais dit à Bayle : « Vous devez, monsieur, à cet illustre, à ce Montaigne mitigé un grain de cet encens exquis que les muses vous ont donné, pour le distribuer aux sçavans. » Bayle ne se trouva pas assez amplement renseigné. La Bruyère n'a pas d'article dans son *Dictionnaire*.

La Bruyère n'aurait fait que suivre l'exemple du fameux Senault, collègue de son père dans le gouvernement de la Ligue, dont le fils était supérieur de la Congrégation, à l'époque même où La Bruyère s'y serait trouvé comme novice.

C'était le refuge des débris de la Ligue. Ils y avaient porté, avec une grande ardeur de catholicisme, je ne sais quelle indépendance dont la société moins libre des Jésuites ne se fût pas accommodée. Il existait entre les deux ordres communauté dans la foi, mais vif antagonisme pour le reste, même pour l'éducation des enfants et les choses à leur apprendre. Chez les Jésuites dominaient les études latines; à l'Oratoire comme à Port-Royal, les études grecques s'y mélaient à part presque égale, et apportaient, avec Aristote et Platon, un peu plus de cette philosophie et de ce libre penser dont s'effrayait la Société de Jésus.

Corneille, qui fut élève des Jésuites, savait à peine le grec, et Bossuet ne l'apprit qu'après être sorti de leurs mains [1], tandis que Racine qui était de Port-Royal, et La Bruyère

---

1 Burigny, *Vie de Bossuet.* 1761, in-12, p. 8.

qui était de l'Oratoire [1], furent tout d'abord et sans avoir besoin d'une instruction sup- plémentaire, de fort bons grecs, comme on disait.

C'était presque un ridicule, surtout depuis le Vadius des *Femmes savantes*.

La Bruyère le portait gaiement. Se trou- vant là avec Bossuet, Boileau, Racine, son ami Dacier et bien d'autres, il se savait en bonne compagnie, et se raillait des railleurs :

« Il est savant, dit un politique, il est donc incapable d'affaires... Il sait le grec, continue l'homme d'État, c'est un grimaud, c'est un philosophe. Et, en effet, une fruitière d'A- thènes, selon les apparences parloit grec, et, par cette raison étoit philosophe [2].

---

[1] Tréville aussi, dont il sera parlé, et qui s'était formé à l'Oratoire, était très-fort sur le grec. *Corr*. de Boileau, édit. Laverdet, p. 545.

[2] Ici La Bruyère revient à « la simple femme, de qui, avait-il dit dans sa *notice*, Théophraste achetoit des herbes au marché, et qui reconnut, à je ne sais quoi d'attique qui lui manquoit... qu'il n'étoit pas Athénien. » Il en fait cette fois une fruitière. Dans son *discours sur Théophraste*, c'était une marchande d'herbes. La différence est petite, mais prouve que sur ce point, il n'était pas sûr de son fait. C'est lui en effet qui a le premier prêté un métier à cette bonne

« Les Bignon, les Lamoignon étoient de purs grimauds : qui en peut douter ? ils savoient le grec [1]. »

VII

C'est vers l'étude des historiens que La Bruyère tourna son savoir. Lire Thucydide, Strabon et Polybe dans leur langue même, c'était les étudier de plus près, et pour ainsi dire chez eux ; il s'en donna le plaisir.

Une lettre de lui, qui n'a pas encore été imprimée et que j'ai tenue dans mes mains

---

femme. « Malgré le silence des anciens, lit-on dans le *Menagiana*, t. I, p. 401, il a deviné que la vieille qui mortifia de la sorte Théophraste étoit une herbière. » Ménage admirait beaucoup la traduction de Théophraste par La Bruyère. « Elle montre, suivant lui, que son auteur entend parfaitement le grec. » Ce n'était pas tout à fait l'avis du dernier et du plus excellent traducteur des *Caractères*, Coray : « Sa traduction, dit-il de La Bruyère, n'est point l'expression fidèle des idées de Théophraste... Il l'a traduit, dit-il encore très-finement, comme Virgile aurait peut-être traduit l'*Iliade* d'Homère, ou Cicéron les *harangues* de Démosthène. » *Les Caractères de Théophraste* d'après un manuscrit du Vatican, traduc. nouv. par Coray, 1799, in-8°, p. LIV-LVI.

Edit. Ad. Destailleurs, II, p. 93.

dernièrement chez le libraire de Londres qui la possède, nous a révélé le secret de ses plus chères études. Il envoie à un religieux de ses amis, avec qui il est en communauté de savoir, des livres qui lui ont été demandés, et il dit : « Voicy Thucydide, mon R. P. Strabon et Polybe m'ont donné plus de mal à traduire que les précédents. » Cette lettre est sans date, et l'on ne sait s'il était alors maître d'histoire du fils de M. le Prince, ou s'il se pré-, parait à l'être. En tout cas, il s'y préparait bien.

Une autre de ces lettres déjà citée [1], et qui, bien qu'imprimée, n'est pas moins inconnue, nous renseigne aussi par quelques points sur sa multiple curiosité en histoire.

Elle est écrite, nous l'avons dit, à G. Leti, près duquel sa place chez les Condé, comme historien professeur, l'a mis, dix ans avant les *Caractères*, en assez grande réputation d'esprit et de savoir pour que notre Italien croie bon de rechercher son amitié, son patronage (*padronanza*) et de lui faire confidence de ce qu'il prépare. La Bruyère rend confidence pour confidence. A ce que lui a dit Leti sur sa prochaine *Histoire de Philippe II,* il répond

---

[1] V. plus haut, p. 21.

par ce qu'il sait lui-même sur une histoire de
François Ier qu'un de ses amis a écrite, et
dont le sujet, lui a-t-on appris, est aussi une
des préoccupations. L'ami qui ne craindra
pas d'aller ainsi sur les brisées de Leti n'est
autre que Varillas. La Bruyère semble alors
l'estimer beaucoup, mais il l'estimera moins
plus tard, lorsqu'il le connaîtra mieux [1]. Il
a, dit-il, écrit ce livre d'après des *mémoires*,
« dont j'ai vu une grande partie dans la bibliothèque du président de Lamoignon ; mais
on ne lui a pas permis de la rendre publique,
parce que la vérité n'y était que peu favorable, et parce qu'on ne pouvait consentir à
voir ce roi déclaré indigne du titre de *grand*. »
L'Histoire de François Ier par Varillas n'é-
tait pas encore publiée, en effet, lorsque La
Bruyère écrivit cette lettre, et si elle le fut
plus tard, ce ne put être qu'à l'étranger [2].

La lettre de La Bruyère, fort curieuse par

[1] C'est lui qu'il appelle Dorilas « au style vain et
puéril. » Edit. Walcknaër, p. 175, 663.

[2] L'autorité avait la main dans les travaux de Varillas. Ainsi Colbert, en 1670, lui avait fait savoir que
son dessein d'écrire l'histoire de l'Hérésie pouvait être
dangereux. V. *Corresp. administr. de Louis XIV* ;
t. IV, p. 572.

le fait qu'elle contient, ne l'est pas moins par sa forme et sa nature même.

C'est en italien qu'il a répondu à son correspondant italien, justifiant ainsi ce que son ami l'abbé Fleury devait dire à la louange de son savoir, dans la réponse à l'académicien qui lui succéda[1] : « Il n'étoit, dit-il, étranger à aucun genre de doctrine ; il savoit les langues mortes et les vivantes[2]. » C'était un de ses principes d'éducation : « On ne peut guère, a-t-il dit, charger l'enfance de la connoissance de trop de langues [3]. »

Entre autres doctrines que La Bruyère se rendit encore familières, se trouvait celle du droit. Plus d'un passage de son livre avait donné à penser qu'il en avait fait son étude[4] ; en voyant avec quelle fière sympathie il parle de la profession d'avocat, on était aussi tenté de soupçonner qu'il n'en parlait si bien que parce que c'était sa profession. L'on n'en doute plus aujourd'hui. Dans les actes retrouvés aux archives de Caen et de Rouen

[1] *Opusc.* de l'abbé Fleury. 1780, in-8°, t. III, p. 156.
[2] Le nom de *Handbourg* qu'il donne au P. Mainbourg ferait croire qu'il savait aussi l'anglais ou l'allemand.
[3] Edit. Destailleurs, II, 48.
[4] *Id.*, t. I, 283; II, 182, 206.

par M. Eugène Châtel [1] et qui sont relatifs à la charge de La Bruyère comme trésorier de France, on voit qu'il prend partout le titre d'*advocat au Parlement*. La fonction de trésorier de France ne lui fut qu'une sinécure, ainsi qu'on le verra plus loin. En fut-il de même pour sa profession d'avocat ? Je ne le pense point [2]. Ayant une place dans les finances, il traite assez mal les financiers, ce qui prouverait qu'il ne le fut lui-même que de nom, jamais de fait ; avocat, au contraire, il n'a que des louanges pour son état.

Ce serait une preuve qu'il l'eut à cœur, et n'en récusa rien. « Il se trouve, dit-il par exemple, un corps considérable, qui refuse d'être du second ordre, et à qui l'on conteste le premier. Il ne se rend pas néanmoins, il cherche au contraire par la gravité et par la dépense à

---

[1] *Étude chronolog.* sur J. de La Bruyère, 18, 21.

[2] Les passages de son livre, indiqués tout à l'heure, suffiraient à prouver qu'il ne s'en tint pas à la théorie du Droit et poussa jusqu'à la pratique. On y sent un parfum de dossier qu'ils n'exhaleraient pas sans cela et qui avait assez frappé l'auteur des *Sentiments critiques sur les Caractères* (Paris, 1701, in-12), pour qu'il se crût en droit de reprocher à La Bruyère (p. 255), ses façons de parler « imitant le style du Palais. »

s'égaler à la magistrature, on ne lui cède qu'a-
vec peine : on l'entend dire que la noblesse de
son emploi, l'indépendance de sa profession,
le talent de la parole et le mérite personnel
balancent au moins le sac de mille francs que
le fils du partisan ou du banquier a su payer
pour son office. » Ici, nous avons La Bruyère
en lutte avec soi-même, et prenant parti
contre ce qu'il a été. Avocat d'une part, et de
l'autre homme d'office, ayant payé sa charge ;
il sacrifie l'homme d'office à l'avocat, qui
n'existe que par son mérite même. Mais
quand il parle ainsi, en 1689[1], il est libre ; il y
a deux ans qu'il n'est plus qu'avocat. La vente
de sa charge de trésorier lui a fait le désintéres-
sement dont il avait besoin pour parler à l'aise
des gens de finance. Il a attendu ce moment,
et il use du franc-parler qu'il s'est acquis. Le
fait est même à constater dès à présent, pour
n'avoir plus à trop y revenir : La Bruyère ne
publia son livre, où dès la première édition
les hommes d'argent reçoivent tant d'at-
teintes, que lorsqu'il ne leur appartenait plus
et n'avait conservé à leur égard que le droit
de satire et de conseil qui naît de l'expérience.

[1] Ce *caractère* est dans la 4ᵉ édition.

Ce droit, il l'avait pour tout, puisqu'il avait touché à tout.

La politique seule lui échappait, du moins pour la pratique ; mais là, vivre et regarder suffit. Il ne faut que l'expérience de ce qu'on a vu pour avoir l'intelligence de ce qu'on voit, la prescience de ce qu'on verra.

VIII

La Bruyère naquit trois ans avant la Fronde, et son enfance n'eut, par conséquent, que des Mazarins pour Croquemitaines. Il s'en souvint toujours. La guerre civile, qu'heureusement il ne devait plus revoir, laissa dans son esprit d'enfant des souvenirs dont l'expérience du moraliste devait tirer profit.

Il se demanda, par exemple, lui dont l'enfance avait été si agitée par les troubles de la rue, comment tout était si bien rentré dans l'ordre que rien ne semblait plus devoir s'en écarter, et il écrivit cette pensée, devenue — M. Destailleurs le dit avec raison, — devenue si frappante pour nous par l'expérience des derniers temps : « Quand le peuple est en mouvement, on ne comprend pas

4

par où le calme peut y rentrer; et quand il
est paisible, on ne voit pas par où le calme
peut en sortir. »

Une première fois, en 1669, il comprit la
futilité des causes qui peuvent troubler ce
repos du peuple et le changer en fièvre
furieuse. Jusqu'alors il n'avait pu qu'admirer sa patience devant toutes les mesures
prises par Colbert pour diminuer les priviléges des métiers, affaiblir les franchises des
corporations, et, par contre, augmenter les
taxes et les impôts. Personne n'avait bougé, on
ne disait mot, on obéissait. Mais voilà qu'un
nouvel ordre du ministre survient, qui com-
mande de diminuer l'envergure des auvents
et l'ampleur des enseignes. Le peuple, qui s'é-
tait jusque-là tenu coi, s'éveille tout à coup,
comme piqué au vif, crie au lieu de chanter,
s'insurge, et fait craindre une émeute sérieuse. La Bruyère alors comprend la Fronde,
dont les causes imperceptibles lui échappaient
encore. Il conçoit comment, l'heure arrivée,
une simple goutte d'eau peut faire déborder
le vase rempli de fiel, et il écrit : « Quand on
veut changer et innover dans une république,
c'est moins les choses que le temps que l'on
considère. Il y a des conjonctures où l'on sent

bien que l'on ne sauroit trop attenter contre
le peuple, et il y en a d'autres où il est clair
qu'on ne sauroit trop le ménager. Vous pouvez aujourd'hui ôter à cette ville ses franchises, ses droits, ses priviléges, mais demain ne
songez pas même à réformer ses enseignes. »

Quand La Bruyère écrivit ce passage dans
sa quatrième édition [1], c'est-à-dire en 1689,
il y avait tout juste vingt ans que la réforme
des enseignes, dont il parle, avait été ordon-
née par M. de La Reynie [2]. On voit par là
que notre homme n'avait rien oublié des
événements, petits ou grands, qui l'avaient
frappé dans sa jeunesse, et qu'il savait s'en
souvenir à propos. Peut-être est-ce d'après
une note prise alors qu'il fit ce *caractère*, ou
peut-être encore l'écrivit-il sur le moment
même. Cela ferait remonter bien haut dans
sa vie les commencements de son livre, mais
plusieurs autres endroits attestent qu'il y
prit place en effet et la préoccupa de bonne
heure. Le trait du jeune homme se trouve en
maint passage, sous le coup de crayon de
l'observateur, avec les retouches de l'âge mûr.

[1] Edit. Ad. Destailleurs, t. II, p. 2.
[2] *Gazette rimée* de Robinet, 2 nov. 1669.

Il y a des tableaux, tels que celui de l'heureuse médiocrité de la vie bourgeoise[1], où l'on sent comme une esquisse, faite sur place par La Bruyère au foyer de sa famille qui lui avait offert sans doute les douces joies de cette existence.

On y découvre même la trace de ses plaisirs d'esprit, du temps qu'il était jeune homme.

Il aimait le théâtre, et, si son éducation sérieuse ne l'en eût détourné, il aurait pu, de ce côté, passer du goût simple à la pratique active, et devenir à la scène un auteur de comédies, aussi facilement qu'il fut dans son livre un comique profond, égal à Molière, et parfois supérieur, suivant Vauvenargues[2].

Nous parlerons plus loin de ce génie de la comédie, qu'il n'exerça qu'en moraliste. Il n'est question ici que de ses fréquentations de jeunesse au théâtre, et des premières impressions qu'il y ressentit.

L'*Œdipe* de Corneille fut une des premières pièces qu'il put voir dans sa nouveauté. Il avait quinze ans à peu près quand on la donna, et comme il était à l'âge où l'on se souvient de tout, il n'oublia jamais l'effet qu'elle avait produit sur son esprit. Il en prit note dès sa première édition : ayant à parler de Corneille et à le comparer avec Racine, c'est cette pièce qu'il cita[1], de préférence à d'autres, qu'il eût fallu préférer.

Les souvenirs du jeune homme, et l'espèce d'accord existant entre ses études les plus chères et le sujet de cette tragédie, empruntée aux Grecs, chose rare pour Corneille, l'avaient emporté sur les exigences de son goût plus mûri. L'on s'en étonna, et il comprit que l'on pût s'étonner. Il n'effaça pourtant pas *Œdipe* de la page où il l'avait loué, c'eût été trop se repentir. Il réserva pour son discours de réception ce qu'il avait à dire sur ce point, comme palinodie, et le fit en une phrase. « Quelques vieillards, dit-il, se mettant du nombre quoiqu'il ne le fût pas, n'aiment peut-être dans *Œdipe* que le souvenir de leur jeunesse [2]. » C'était court, mais d'autant plus vif. Fontenelle le neveu ne pardonna jamais ce trait contre une des pièces de son oncle qu'il était pourtant le plus per-

---

1 T. I, p. 153-154.
2 T. II, p. 267.

4.

mis de sacrifier; lui et ses amis ne virent là qu'une raillerie déguisée. Leur lutte, déjà commencée, contre La Bruyère et tout le parti de Racine en devint plus envenimée [1].

Un *caractère*, dont les souvenirs d'un temps qui était bien antérieur à son livre lui avaient aussi fourni les traits, ne lui attira pas d'affaire aussi fâcheuse. Loin de là, son plus grand succès en est peut-être venu.

Ce *caractère* est celui de Ménalque, le distrait. On sait que M. de Brancas lui servit de type. Il l'a si bien peint, qu'il dut certainement faire au moins son esquisse d'après nature. Or, quand la première édition des *Caractères* parut, en 1687, il y avait sept ans déjà que Brancas était mort. C'était assez pour qu'il n'eût pas l'air, en lançant le portrait, d'insulter au deuil d'une famille. Il ne l'osa cependant pas. Onze ans lui semblèrent nécessaires entre la disparition du type et l'apparition du portrait qui devait le ressusciter.

Le *caractère* de Ménalque ne parut qu'en

---

[1] Trublet, *Mémoires sur Fontenelle*, p. 223-224. Nous verrons qu'il y eut d'autres causes à l'antagonisme de La Bruyère et du parti de Fontenelle, le parti *normand* de l'Académie.

1691, dans la sixième édition. On s'en amusa,
tout en le trouvant trop exagéré. On ne
voyait pas que cette exagération même était
un ménagement; et que La Bruyère l'avait
faite à plaisir, pour mettre le portrait hors de
la vraisemblance et empêcher ainsi l'application trop directe [1].

Ce fut souvent son procédé; par cette façon
d'égarer la ressemblance, en l'exagérant, il sut
créer un genre jusqu'alors inconnu chez nous
et qui n'avait encore de nom que dans la
langue des artistes d'Italie : « Ces sortes de
traits, dit Fontenelle [2], sont de l'espèce de ce
qu'on appelle en Italie *Caricature*. Ils sont
extrêmement outrés, poussés beaucoup au
delà du vrai; mais conduits avec un certain
art, ils font leur effet. »

Si l'on cherche quelques autres traces des
souvenirs de la jeunesse de La Bruyère dans
son livre, on n'a pas besoin de s'enquérir
longtemps pour les y trouver. Plus d'une particularité les décèle : Ici un détail de toilette

---

[1] *Apologie de M. de La Bruyère.* 1701, in-12,
p. 249.

[2] *Préface* de son recueil de tragédies et de comédies.

qui était à la mode quand il fit l'observation,
mais qui avait vieilli quand l'observation fut
publiée; ailleurs, le titre d'un livre, connu
le jour où La Bruyère écrivit qu'il était célèbre, mais oublié depuis longtemps lorsque,
d'après la note prise, ses *Caractères* le remi-
rent en vue. En 1687, date de la première édition, on ne portait plus, depuis des années,
de chausses à aiguillettes et de pourpoint
à ailerons. Eh bien! c'est le costume de
l'homme à la mode, dans les *Caractères*[1].

Qui lisait Bergerac et Lesclache en 1687?
Personne. Il ne donna pourtant pas d'autre
lecture au *Narcisse* de sa première édition[2].
Le *caractère* sans doute avait été fait par lui
dans un temps où ces livres avaient de la
réputation et des lecteurs, et il avait cru inutile d'y rien changer quand lecteurs et répu-
tations avaient disparu.

Bergerac, à qui il prit plus d'un trait que
lui reprit Swift, était un des hommes qu'il
devait aimer à citer. Quant à Lesclache, dont
la *Philosophie expliquée en tables* avait fait
grand bruit du temps qu'il s'apprêtait lui-

[1] T. II, p. 148.
[2] T. I, p. 288.

même à devenir philosophe[1], il ne pouvait croire, l'ayant sans doute eu pour maître, que personne ne voulût plus de ses leçons. Ne croit-on pas toujours célèbre celui que l'on a cru grand homme, lorsqu'on était enfant? Or, Lesclache avait été un grand philosophe pour La Bruyère lorsqu'il épelait la philosophie dans son livre, ou bien lorsque, tout jeune encore, on le menait à ses conférences de la rue Quincampoix, qui furent longtemps si bien achalandées[2].

Il était passé plus tard à une philosophie plus sérieuse. Descartes était devenu son maître. Sa doctrine le lui avait rendu cher; les persécutions le lui firent encore plus aimer. C'est le fait des esprits indépendants, comme l'était La Bruyère. Ils ne partagent pas toujours la révolte; mais ils aiment le révolté. Descartes passait pour tel, et sa doctrine était traitée en conséquence. Les Jésuites, parmi lesquels La Bruyère eut des amis, sans cesser d'être l'ennemi de leur société, avaient tenté de faire condamner par le

[1] L'abbé Bordelon, *Le Livre à la mode*, p. 55-57.
[2] *Journal* de d'Ormesson. In-4°, t. I, p. 145. — *Historiettes* de Tallemant. Edit. in-12, t. II, p. 6-8.

Parlement la philosophie cartésienne[1], et, à défaut de l'arrêt qu'ils n'avaient pu obtenir, s'étaient donné le profit d'une condamnation moins éclatante, mais tout aussi efficace : le roi, par leurs instances, avait de lui-même défendu l'enseignement du *Cartésianisme*.

On ne continua pas moins de le professer. En 1685, on en faisait des leçons publiques à Orléans; le roi l'apprit, et aussitôt un ordre vint de M. de Seignelay d'avoir à faire taire cette philosophie factieuse[2]. La Bruyère ne rompit pas avec elle pour cela. On le vit bien deux ans après dans sa première édition, où Descartes, sur lequel il devait revenir plus d'une fois avec éloge, est déjà très-favorablement traité[3]. Peut-être ce qu'il en dit fut-il écrit au moment même où M. de Seignelay lançait son ordre. Il est, en effet, certain qu'une partie de son livre fut faite en 1685.

[1] M. Berriat Saint-Prix lut à ce sujet un curieux *Mémoire* à l'Académie des sciences morales et politiques, en février 1842.

[2] *Correspond. administr. de Louis XIV.* T. IV, p. 608.

[3] T. II, p. 104. — Une partie du ch. des *Esprits forts* est inspirée par la 3e *méditation* de Descartes.

Quand il dit en un passage célèbre : « Il y a quarante ans que je n'étois point, etc.,[1] » soyez sûr qu'il est exact pour le chiffre, et que peut-être ce qu'il écrit là n'est que pour célébrer l'approche réelle de sa quarantaine. Or, c'est en 1685 qu'il l'atteignit.

Il écrivait ainsi au jour le jour, suivant la philosophie de l'heure présente : tantôt en revenant sur lui-même et sur ses souvenirs ; tantôt en réfléchissant sur ce qu'il voyait passer. Où d'autres ne faisaient que regarder, lui il observait, et ce qu'il a vu nous porte encore profit. En 1686, il y avait une ambassade de Siamois qui avait fait à Paris aussi bien qu'à Versailles émeute de badauderie. Il la vit comme tout le monde, mais avec des yeux que tout le monde n'avait pas, et ce qu'il écrivit au retour porte encore le rayon de son coup d'œil de philosophe[2]. On pourrait dire à un jour près quand il mit dans son livre, qui ne parut qu'environ deux ans plus tard, ce qu'il a dit des Siamois.

[1] T. II, p. 224-225.
[2] *Ibid.*, p. 57.

IX

C'est d'une mansarde qu'était d'abord des-
cendu La Bruyère pour observer tout cela,
de plain-pied, dans la rue, car il n'était pas
pourvu d'une grande aisance. Bien que son
père fût « noble homme » et contrôleur des
rentes, il n'était, lui, que bien chétif rentier.
Avant d'aller habiter l'hôtel de Condé, comme
professeur d'histoire de M. le Duc, il était
logé pauvrement.

Il ne s'en plaignait pas ; l'indépendance lui
assaisonnait et lui dorait la médiocrité. Les
envieux s'avisèrent seuls d'y trouver à redire,
quand la fortune du livre leur eût donné
prise contre la vie de l'homme, qui pourtant
était resté modeste.

L'un d'eux, le faux Vigneul-Marville, c'est-
à-dire le chartreux Bonaventure d'Argonne,
trouva plaisant de se moquer de cette honnête
misère, et ne la rendit que plus respectable.

La Bruyère, comparant l'accès facile de son
réduit philosophique avec les embarras qui
obstruaient le seuil des importants, des parvenus, avait écrit ces quelques phrases où s'é-
panche si bien son bonheur nourri et bercé

par l'étude : « Venez dans la solitude de mon
cabinet, le philosophe est accessible, je ne
vous remettrai point à un autre jour : vous
me trouverez sur les livres de Platon, qui traitent de la spiritualité de l'âme et de sa dis-
tinction d'avec le corps; ou la plume à la
main, pour calculer les distances de Saturne
et de Jupiter. J'admire Dieu dans ses ouvrages, et je cherche par la connoissance de
la vérité à régler mon esprit et devenir meilleur. Entrez, toutes les portes vous sont ou-
vertes; mon antichambre n'est pas faite pour
s'y ennuyer en m'attendant; passez jusqu'à
moi sans me faire avertir. Vous m'apportez
quelque chose de plus précieux que l'argent
et l'or, si c'est une occasion de vous obliger.
Parlez! que voulez-vous que je fasse pour
vous? faut-il quitter mes livres, mes études,
mon ouvrage, cette ligne qui est commencée?
Quelle interruption heureuse pour moi que
celle qui vous est utile[1] ! »

Le moine jaloux, qui sans doute avait traîné
ses sandales jusqu'à ces hauteurs, sans y pouvoir rien prendre de la sérénité qu'y faisait
planer l'esprit tranquillement studieux et

1 T. 1, p. 255.

rayonnant du philosophe, fut assez malheureux pour ne pouvoir trouver que matière à
raillerie dans la description de ce bonheur.
Mais, quoi qu'il ait tenté, il n'a pu réussir à
lui ôter son charme. La parodie qu'il a faite
en est elle-même restée tout imprégnée et
comme souriante :

« Il n'y avoit, écrit-il donc à propos de
cette sainte mansarde, dont malgré lui il ne
saurait médire, il n'y avoit qu'une porte à
ouvrir, et qu'une chambre, proche du ciel,
séparée en deux par une légère tapisserie. Le
vent, toujours bon serviteur des philosophes,
courant au-devant de ceux qui arrivoient et
retournant avec le mouvement de la porte,
levoit adroitement la tapisserie et laissoit
voir le philosophe, le visage riant et bien
content d'avoir occasion de distiller dans l'esprit et le cœur des survenans l'élixir de ses
méditations [1]. »

Sauf le dernier trait, qui ne manque pas de
malice, car il semble toucher juste, étant
d'accord avec ce que Boileau écrivit à Racine
sur la prétention de La Bruyère à montrer

[1] *Mélanges d'histoire et de littérature.* 1699, in-12,
p. 336.

plus d'esprit encore qu'il n'en avait, cette description n'est-elle pas d'un charme engageant ? ne donne-t-elle pas envie de connaître celui dont elle voudrait être la satire ? Un ami, et je dis des plus spirituels, n'aurait pas fait mieux.

Comme tout a sa cause, sinon sa raison, je me suis demandé souvent d'où était venue contre La Bruyère la haine du chartreux Bonaventure d'Argonne, qui fut l'un des premiers à l'attaquer et le plus vivement. J'ai trouvé pour point de départ une question de rivalité d'esprit et de concurrence de livres, où le chartreux se donnait tort, rien que par le fait de la lutte. Se croire le rival d'un homme comme La Bruyère, et penser qu'on peut entamer avec lui un combat d'égal à égal, c'est se faire, en effet, condamner d'avance, ne fût-ce que pour le péché de présomption. Mais songe-t-on soi-même à ces choses? ne se croit-on pas toujours digne de tous les combats, l'égal de tous les rivaux?

Le chartreux se donna donc l'orgueil d'une comparaison avec La Bruyère. Le livre qui en fut le prétexte parut en 1691, c'est-à-dire au plein milieu du succès des *Caractères*, qui en étaient déjà à leur sixième édition. Le chartreux, qui n'avait fait jusque-là que des ouvrages plus en rapport avec sa robe, tel qu'un *Petit traité de la lecture des Pères de l'Église* publié en 1688, s'était, dans ce livre, placé sur le terrain de notre auteur, et presque avec ses propres allures. Il avait pris un sujet didactique, en adoptant la forme des pensées détachées, et, comme La Bruyère, il avait donné le tout sous un autre couvert que le sien.

Les *Caractères*, venant à la suite d'une traduction de Théophraste, étaient partis sous pavillon grec ; c'est sous pavillon espagnol que s'aventura le livre du chartreux. En voici le titre : *l'Éducation, Maximes et réflexions de monsieur de Moncade, avec un discours du sel dans les ouvrages de l'esprit*, Rouen, chez la veuve A. Maurry, 1691, in-12 [1]. Bonaventure d'Argonne n'y disait

---

1 On voit, rien que par l'impression de son livre à Rouen, chez la veuve de l'imprimeur de Corneille, que Bonaventure était du parti *normand*, le parti ennemi de La Bruyère. Il avait été longtemps à la *Chartreuse* de Rouen, suivant le Président Bouhier, qui ne doute pas que ces *Maximes de Moncade* ne soient de lui. V. sa lettre à Leclerc du 24 juillet 1729 (*Corresp. inéd.*, t. V, p. 753).

rien du livre avec lequel il arrivait ainsi en présomptueuse concurrence ; mais en quelques passages, on y sentait plus que l'intention de l'égaler, la prétention d'avoir fait mieux.

Loin d'avoir la modestie de Duché qui, deux ans après la mort de La Bruyère, ayant donné un ouvrage tout à fait calqué sur le sien, puisque des remarques et pensées y suivaient la traduction des *Préceptes* d'un philosophe grec, *Phocylide*[1], s'était, dans sa préface, excusé de cette témérité d'imitation et avait avoué qu'agir ainsi c'était « s'exposer à n'être souffert qu'avec peine; » Bonaventure d'Argonne n'avait, en aucune façon et sous aucune forme, demandé pardon de la liberté grande; au contraire, il avait indirectement critiqué celui qu'il imitait. L'ordre adopté par La Bruyère dans la disposition de son livre, où se suivent les *Caractères* de même nature, lui avait, par exemple, semblé fastidieux; adoptant le désordre contraire, il s'était hâté de le déclarer préférable : « Il seroit ennuyeux, dit-il à propos de ses pen-

---

[1] Les *Préceptes de Phocylide*, *traduits du grec, avec des remarques et des pensées et peintures critiques à l'imitation de cet auteur.* 1698, in-12.

sées diverses, de rencontrer par enfilades toutes celles qui traitent du même sujet. »

Je ne sais si La Bruyère estima que ce beau désordre était bien un effet de l'art, et s'il eut une haute opinion du livre lui-même. Je pense plutôt qu'il le remboursa de ses critiques indirectes par quelques-uns de ces mots qu'il savait si bien lancer dans les sociétés, où on le voyait souvent, et qu'il animait, nous le prouverons, de sa caustique gaieté. Bonaventure d'Argonne, qui était mondain, malgré son habit, allait aussi dans ce monde. « Le solitaire bel esprit... fort éloigné de garder le silence, » dont a parlé Pépinocourt dans son curieux volume des *Réflexions, pensées et bons mots*[1], n'est autre que notre religieux dameret et homme d'esprit. C'est de lui aussi que Sanlecque a voulu parler dans sa première satire[2] quand il y signale un chartreux gazetier qui compromet par ses besognes bavardes dans les journaux l'autorité de l'ordre, et surtout le silence imposé par la règle. Cette collaboration du chartreux dans les journaux, c'est-à-

[1] 1696, in-12, p. 31.
[2] *Poésies héroïques, morales et satyriques.* Paris, 1696, pet. in-4°, p. 16.

— 55 —

dire par conséquent dans le *Mercure galant*,
le seul où l'on se permît alors de la littérature, n'était pas faite pour le rapprocher de La Bruyère; c'était, au contraire,
une cause d'antagonisme de plus. On sait,
en effet, l'opinion qu'il avait du *Mercure*,
mis par lui « immédiatement au-dessous de
rien. »

On ne l'y ménageait pas, et, l'on voit
qu'il le rendait de reste. Thomas Corneille
dirigeait alors cette feuille, et par quelques
passages des *Mélanges de littérature*, on
sait que Bonaventure d'Argonne, qui avait
connu Pierre, était resté l'ami de Thomas.
Il fit cause commune avec lui et son neveu Fontenelle contre La Bruyère, et c'est
dans ses *Mélanges* qu'il mit sa part d'attaque. Elle se résume en trente-sept pages[1] qui ne manquent pas d'une assez ju-
dicieuse finesse; quelques fragments s'en
trouveront plus loin. Une critique plus à
fond fut d'abord dans ses intentions, « mais
par un principe d'honneur, et même par une
juste délicatesse de conscience, à laquelle rend

[1] *Mélanges d'histoire et de littérature.* 1 o, in-12,
p. 332-369.

hommage l'apologiste de La Bruyère, il quitta l'entreprise[1]. »

Un autre s'en chargea, et l'on eut, en 1701, les *Sentiments critiques*, etc., livre plus malveillant que réellement mauvais, dont l'auteur n'est pas complétement connu[2].

X

Le faible en veut volontiers au fort de la concurrence que lui fait son talent, mais le fort l'accepte au contraire. Bonaventure d'Ar-

[1] *Apologie de M. de La Bruyère.* 1701, in-12, p. 115. — Cette *Apologie* est de Brillon. Il ne faut pas la confondre avec la *Défense de La Bruyère.* Celle-ci est de Coste, qui s'en cacha d'abord, comme on le voit par une lettre de Bayle du 15 mai 1702, mais qui finit par l'avouer et la signer. Il n'y répond qu'à Bonaventure d'Argonne.

[2] On a cru que c'était Vigneul-Marville ; mais ce que nous venons de dire, d'après l'*Apologie*, détruit cette assertion, adoptée d'abord par Barbier, dans ses *Anonymes* (t. III, p. 253), puis démentie ensuite par lui à la table des Auteurs. Il finit par croire que les *Sentiments critiques* sont de l'abbé de Villiers, ce que nous penson aussi. Nous dirons tout à l'heure pourquoi, en expliquant la cause de l'hostilité de cet abbé pour La Bruyère.

gonne n'avait pas pardonné à La Bruyère
d'avoir fait sur le même sujet un livre plus
heureux que le sien; La Bruyère, tout au re-
bours, accueillit avec bonne grâce l'idée d'un
jeune avocat nommé Brillon [1], qui vint un
jour lui dire résolûment qu'il voulait travailler
dans son genre, et faire un ouvrage qui con-
tinuerait ses *Caractères*. Comme les bons
esprits sont toujours défiants, surtout dans le
succès, cette résolution si éveillée aurait pu
lui faire pressentir un rival à craindre et par
conséquent à décourager. La Bruyère pourtant encouragea Brillon, qui dès lors se mit
au travail sous l'œil même du maître.

Son *Théophraste moderne* ne va pas certainement de pair avec le modèle ; l'élève y est
le plus souvent d'une infériorité trop respec-
tueuse, mais on y trouve en quelques parties
le coup d'œil de l'homme qui, s'il ne sait
pas toujours comment regarder, a vu du
moins à l'œuvre celui qui voyait bien. Pour
l'appréciation de quelques détails de société,
il a parfois son regard. Sa préface n'est qu'un

[1] C'est lui que nous avons cité dans l'avant-dernière
note, comme auteur de l'*Apologie de La Bruyère*. En
outre du *Théophraste moderne*, il fit une *suite des Caractères* différente de celle d'Alleaume, citée p. 18.

aveu d'imitation et un témoignage de recon-
naissance pour celui qui a bien voulu se laisser imiter : « Je ne l'ai fait, dit-il parlant de
son livre, que du consentement de cet illustre
moderne. Il m'aimoit assez pour me conseiller ouvertement, et il n'étoit pas si idolâtre de
ses productions, qu'il ne tombât d'accord
qu'on pouvoit ajouter à ce qu'il avoit dit. Je
ne pousse pas mes vues si loin, et je n'ai pas
prétendu enchérir sur ce qu'il nous a laissé...
Soit qu'il reconnût ses portraits dans les
miens, soit qu'il y trouvât du nouveau, ou
qu'il me marquât de la complaisance, j'ai eu
quelquefois la gloire d'être approuvé d'un
homme dont on sait que le goût étoit exquis...
Il m'a semblé nécessaire de prévenir le public
sur cet avantage que la connoissance de
M. de La Bruyère m'a procuré... Mon ouvrage seroit plus parfait si M. de La Bruyère
eût assez vécu pour employer en le lisant
toute l'exactitude qu'il a apportée à finir ses
Caractères. »

Ne retrouve-t-on pas, dans ce que vient de
dire ici Brillon, un reflet de ce sourire de bon
accueil; de cette grâce spirituellement ave-
nante, que le chartreux nous a déjà fait aimer,
lorsqu'il ne voulait qu'en médire ?

Ce n'est pas que chez La Bruyère le satirique abdiquât toujours, pour ne faire place qu'au bienveillant conseiller.

Si les imitateurs respectueux ne lui déplaisaient pas, il avait en horreur les singes indiscrets de son livre; l'abbé de Villiers en fut un, et le paya bien, mais à charge de revanche, il est vrai. Curieux d'avoir sa part des succès en cours, et toujours sur la trace des idées heureuses pour leur prendre quelque chose, il s'était empressé, même avant Bonaventure d'Argonne, de donner un livre dans le genre de celui des *Caractères*. Il l'appela *Réflexions sur les défauts d'autrui*, et le lança, en 1690, juste en même temps que la 5ᵉ édition de La Bruyère, à laquelle il pensait faire une concurrence qui n'eut pas l'effet espéré. Ce n'était qu'une mouche autour d'un succès. La Bruyère n'eût rien dit si c'eût été une abeille. C'était un frelon, il cria.

En 1691, un an après l'apparition du livre de l'abbé, où il n'avait trouvé qu'un copiste partout, nulle part un émule, il le renvoya, par quelques phrases décisives, aux ouvrages où l'on peut copier, en lui conseillant d'abandonner ceux où, comme le sien, il faut parler d'inspiration et être vraiment soi-même :

« Je conseille, écrivit-il, à un auteur né copiste, de ne se choisir pour exemplaires que
ces sortes d'ouvrages, où il entre de l'esprit,
de l'imagination, ou même de l'érudition.....
Il doit au contraire éviter, comme un écueil,
de vouloir imiter ceux qui écrivent *par humeur*, que le cœur fait parler, à qui il in-
spire les termes et les figures, et qui tirent
pour ainsi dire de leurs entrailles tout ce
qu'ils expriment sur le papier. »

Ce passage, qu'on n'a pas assez remarqué,
est on ne peut plus curieux, surtout parce
qu'il nous fait voir La Bruyère s'expliquant
lui-même, et nous donnant le secret de sa
manière toute personnelle, toute d'*humeur*,
comme il dit, toute d'*humour*, comme on dirait aujourd'hui, d'après les Anglais qui n'ont
fait qu'altérer notre mot pour que nous leur
fassions honneur de l'altération, en la leur
empruntant !

Ainsi, La Bruyère vient de nous le dire
lui-même, il n'écrivait que « par humeur, »
c'est-à-dire en pleine originalité; chaque
pensée lui venait vraiment « des entrailles. »

En parlant ainsi, il ne se surfait pas. Ses
amis le jugeaient de même. « Il parloit tou-

jours de cœur, » dit celui à qui nous devons le récit de sa mort [1].

L'abbé de Villiers ne vit dans ce *caractère*, où d'ailleurs on l'avait reconnu [2], que ce qui s'attaquait à lui ; il ne le pardonna pas à La Bruyère. S'il prit part aux *Sentiments critiques*, comme nous le pensons, c'est par rancune contre ce passage, curieux à tant d'égards, où l'on voit entre autres choses que rien n'échappait à La Bruyère comme sentiment ou détail, ni des livres qui lui tombaient sous les yeux, ni des personnes qu'il rencontrait dans le monde, ou qui le venaient voir.

XI

Lui rendre visite, lorsqu'on n'était pas sûr de se bien tenir, et de ne laisser percer aucun ridicule, c'était donner de soi-même dans le piége toujours dressé d'une observation sans merci. Ce fut le cas de l'abbé de

[1] *Revue rétrospective*, 31 oct. 1836, p. 141.
[2] La *clé* indique en effet à cet endroit l'abbé de Villiers, que M. Walcknaër a eu le tort de n'y pas reconnaître.

Saint-Pierre, qui vint un jour le voir avec le dégagé sans tact de ces curieux qui se croient tout permis de par l'autorité de leur désir de connaître. Sans prendre la peine de se faire présenter, ni presque de dire son nom, il entra chez La Bruyère avec toute l'ardeur de sa curiosité impétueuse. Notre philosophe, flairant un original, ne le renvoya pas, le fit asseoir, le laissa parler tant qu'il voulut, et l'autre ne s'en fit pas faute.

Il ne fallut qu'un quart d'heure de ce babil pour qu'il connût de la tête aux pieds l'homme, son esprit, ses habitudes. Quand il fut parti, sans que La Bruyère qui n'avait pas mis grande obligeance à l'interrompre, se fût donné plus de peine pour le retenir, son portrait se trouva écrit en quelques lignes :

« Je connois Mopse, y lisait-on, d'une visite qu'il m'a rendue sans me connoître. Il prie les gens qu'il ne connoît point de le conduire chez d'autres, dont il n'est pas connu : il écrit à des femmes qu'il connoît de vue ; il s'insinue dans un cercle de personnes respectables, et qui ne savent quel il est ; et, là, sans attendre qu'on l'interroge, ni sans sentir qu'il interrompt, il parle et souvent et ridiculement. »

On a douté que ce fût l'abbé de Saint-Pierre[1]. Il fallait lire ce qu'il a dit lui-même de sa curiosité des gens célèbres, de son ardeur à courir après eux, à les interroger, à recueillir leurs réponses, pour les écrire en rentrant ; on n'eût plus douté.

Il alla de cette façon chez Nicole, dont il nous a transcrit un entretien ; chez Malebranche « pour lui faire des objections; » chez madame de La Fayette, chez bien d'autres encore[2].

Pour sa visite sans présentation, chez notre philosophe, il n'avait pas de titres, mais il pouvait s'en croire. N'était-il pas du pays où La Bruyère avait été longtemps trésorier de France, et par là, presque son compatriote ? n'avait-il pas fait ses études chez les Jésuites de Caen? A Paris, son logement de la rue Saint-Jacques, qu'il partageait avec son ami Varignon[3], ne le plaçait-il pas dans le voisi-

1 Walcknaër. P. 669. — Dans une *clé* imprimée qui parut à part et fut faite pour la 9ᵉ édition, il est positivement dit que Mopse est l'abbé de Saint-Pierre, de l'Académie française, premier aumônier de Madame.

2 Sainte-Beuve, *Causeries du lundi.* T. XV, p. 256.

3 *Œuvres* de Fontenelle. 1770, in-8ᵉ, t. VI, p. 185-186.

nage de l'hôtel de Condé, où La Bruyère logeait, et par là, car il n'en faut pas davantage aux importuns, ne pouvait-il pas se croire le droit de lui dire en entrant, sans crier gare : Je viens vous voir en voisin? Il y avait eu encore d'autres points de rencontre qui pouvaient autoriser ce curieux de hautes connaissances à penser qu'il était connu lui-même :

« J'allois, a-t-il dit, au cours d'anatomie de feu M. du Verney; j'allois au cours de chimie de feu M. Lémery; j'allois aux diverses conférences de physique, chez M. de Launay, chez M. Bourdelot et chez d'autres [1], etc.»

Toutes ces savantes personnes étaient connues de La Bruyère qui, j'en jurerais, allait aussi à leurs cours. Homme de lettres de M. le Prince, eût-il pu ne pas assister aux assemblées tenues chez l'abbé Bourdelot, qui était son médecin [2]? logeant à l'hôtel de Condé, pouvait-il ne pas être des leçons que faisait Lémery, à l'hôtel même, dans le laboratoire de M. Martin, apothicaire du prince [3]? Puisque l'abbé de Saint-Pierre nous a dit

[1] Sainte-Beuve, *Loc. citat.*, p. 252.
[2] Fontenelle, *Œuvres.* T. V, p. 391.
[3] *Id. Ibid.*

qu'il s'y rendait aussi, vous voyez qu'il y avait eu pour lui bien des occasions de remarquer La Bruyère et, avec la présomption si naturelle à la jeunesse, de penser qu'il en avait lui-même été remarqué.

Cette fréquentation de La Bruyère chez tous ces savants s'accorde bien avec ce que l'abbé Fleury nous a dit de son savoir, « qui n'étoit étranger à aucun genre de doctrine;» et avec «le titre d'homme d'une curieuse érudition, » que lui a donné son apologiste[1].

Il prit de la science tout ce qu'elle pouvai. lui fournir alors, et sous toutes les formes. Lui-même nous a dit, il n'y a qu'un instant, qu'il s'occupait d'astronomie, et par bien d'autres passages de son livre, on voit que c'était une de ses études préférées[2]. Son ami La Loubère, dont nous aurons souvent à parler plus loin, en amusait ses loisirs de voyageur[3]; Du Hamel, de l'Académie des sciences, qu'il estimait tant pour son infati-

[1] *Apologie de M. de La Bruyère*, p. 74.
[2] Edit. Destailleurs, t. I, 255; II, 230.
[3] Fontenelle. T. V, p. 354.—Du Hamel avait été de l'Oratoire comme La Bruyère. V. dans la *Corr. inéd. de Bouhier*, une lettre de Leclerc, du 16 août 1727.

gable ardeur au travail[1], s'appliquait aussi
à cette étude. Comment La Bruyère ne l'eût-
il pas aimée ?

Le savoir à Versailles n'était pas une bonne
recommandation de courtisan, mais à l'hôtel
de Condé, au contraire, et à Chantilly, c'é-
tait un titre presque indispensable. La
Bruyère, pour y être admis, se le fût donné
par nécessité, s'il ne l'avait eu par goût.

Fontenelle, dans son *Éloge* de M. Lémery, parlant de l'estime qu'avait pour lui
M. le Prince, chez qui il travaillait, ajoute :
« Il fut souvent mandé à Chantilly, où le
héros, entouré de gens d'esprit et de savans,
vivoit comme auroit fait César oisif[2]. » La
Bruyère était de ces savants, de ces gens
d'esprit, peut-être est-ce pour n'avoir pas à le
nommer, que Fontenelle n'en nomme aucun.

Dans un autre *Éloge*, celui de Sauveur,
il parle encore de ces récréations savantes
que l'on se donnait chez les Condé. Sauveur
fut mandé avec son ami Mariotte à Chantilly, en 1681, pour faire des expériences sur
les eaux. Fontenelle après l'avoir rappelé,
dit à propos de Sauveur : « Il fut connu du

[1] Edit. Destailleurs. T. I, p. 284.
[2] Fontenelle. T. V, p. 392.

grand prince Louis de Condé, dont l'ingé-
nieuse et vive curiosité se portoit à tout. Il
prit beaucoup de goût et d'affection pour
M. Sauveur, il le faisoit venir souvent de
Paris à Chantilly, et l'honoroit de ses lettres[1]. » Soyez sûr que La Bruyère ne restait
étranger à aucune de ces visites de savants
chez M. le Prince, et qu'il était peut-être
pour quelque chose dans les lettres que
Condé leur écrivait. Je le croirais d'autant
mieux, pour Sauveur, dont il est ici question, que plusieurs amitiés leur étant communes, ils devaient certainement se connaître.
Ainsi, Bossuet, protecteur de La Bruyère,
avait été un des plus sages conseillers de
Sauveur, et c'est par l'entremise d'un autre
ami de notre philosophe qu'il avait obtenu
le bénéfice de ces précieux conseils.

Cet ami était l'historien Cordemoy, avec
lequel La Bruyère, que nous avons vu si
porté pour l'histoire, devait être certainement
en communauté d'étude et dans un intime
commerce d'amitié, puisqu'à sa mort, le
8 octobre 1684, Antoine Bossuet ayant à
donner à M. le Prince des détails sur cet évé-

[1] *Id., ibid.* P. 473.

nement, s'en dispensa pour laisser la parole
à La Bruyère que son intimité avec le défunt
avait mis en état de tout mieux savoir. Voici
la lettre d'Antoine Bossuet à Condé : « Le
mauvais état de la maladie de M. Cordemoy,
dont j'ai l'honneur de rendre compte à
V. A. S., eut bientôt la suite funeste que
V. A. S. a sçeue. Je n'ose luy en rien dire
davantage; et je me contente de prier M. de
La Bruyère de le luy faire sçavoir [1]. »

S'occuper d'histoire avec Cordemoy et
même avec Varillas, jusqu'à ce qu'il l'eût
mieux connu; s'inquiéter des sources et les
aller chercher, avec une ardeur qui était plus
de notre temps que du sien, jusque dans les
recoins *inédits* des bibliothèques — nous avons
vu qu'il mit ainsi en réquisition celle de
M. de Lamoignon; — quand il s'était bien
enquis de ces choses de la terre, se préoccuper
à son temps perdu de celles du ciel, en s'appliquant un peu à l'astronomie; accorder à la
science de tous les doctes hôtes de M. le Prince
les honneurs de son assiduité; lire beaucoup,
lire toujours : les Grecs, les Latins, les Italiens, les Français, surtout ceux du temps

[1] Floquet, *Études sur Bossuet.* T. III, p. 541.

passé, dans leur vieux style qu'il connaissait jusqu'à pouvoir en faire des pastiches[1]; avoir le *dilettantisme* de tous les savoirs, en se réservant la partie plus exclusive de l'observation : telle fut la vie de La Bruyère, aussi bien dans sa mansarde de philosophe, que dans sa chambre plus digne d'homme de lettres et de gentilhomme de M. le Prince.

[1] C'est ainsi qu'il en fit un de Montaigne. (Edit. Destailleurs, t. II, p. 234.) — Les rondeaux qu'il nous donne (*Id.*, p. 194-195), en disant « qu'une tradition nous les a conservés sans nous en marquer ni le temps ni l'auteur, » passaient aux yeux de quelques critiques pour être aussi un pastiche de sa façon. Une communication faite sur ce point à M. de La Place, pour ses *Pièces intéressantes* (t. III, p. 341), tendait à dissiper les doutes, mais il en restait encore, rien n'indiquant dans la communication faite à La Place quel était le *manuscrit* d'où les rondeaux auraient été tirés. Nous l'avons découvert à la Bibliothèque Impériale, parmi ceux du fonds Gaignières, sous le nº 2872, in-fol., 2ᵉ part., p. 7. On lit au titre : *Rondeaux pour quatre Preux.* Ce sont : Richard sans Peur, Pierre de Provence, Galien restauré, Ogier le Danois. La Bruyère n'a donné que les rondeaux pour Ogier et Richard.

XII

Où s'en allait-il, quand il quittait ces bien-
heureux gites ? Dans quels lieux promenait-il
cette ardente attention de son regard, qu'a-
vait aiguisée la méditation ?

Il s'en allait étudier les hommes aux lieux
où il pouvait en voir le plus. La foule ne
gênait pas son observation : plus elle était
grande, plus elle lui apportait de types diffé-
rents; et pour chacun il avait un coup d'œil
net et distinct. Il se rendait où s'agitait, pé-
rorait, frétillait, se débattait dans le brouil-
lard encore indécis des nouvelles toutes
fraîches, la meute affairée de nouvellistes :
aux Célestins, aux Augustins, aux Tuileries.
Il écoutait et prenait des notes, non sur les
rôles joués, mais sur les acteurs mêmes, ces
vivantes gazettes que les *Caractères* ont si
plaisamment fait revivre.

C'est aux Tuileries qu'il faisait ses haltes
les plus longues. Le chartreux Bonaventure,
qui, en voulant le critiquer, ne sait que le
faire apprécier mieux, a la sottise de tourner

encore en moquerie ces stations patientes du philosophe au milieu de cette foule, où chaque passant attrape un coup d'œil, où chaque coup d'œil jaillit armé d'une pensée et d'un mot. Qu'aurait-il dit de mieux pour le faire admirer ? C'est là, sur place, que La Bruyère, désintéressant son attention de l'éclat du beau monde pour ne voir que sa sottise, pour n'écouter que l'inanité médisante de ses compliments, de ses propos, a crayonné pour ainsi dire sur le genou cette pensée, qui prélude si bien aux pénétrantes malices de son chapitre *de la Ville* : « L'on se donne à Paris, sans se parler, comme un rendez-vous public, mais fort exact, tous les soirs au Cours ou aux Tuileries pour se regarder au visage et se désapprouver les uns les autres. »

Il s'en moquait, puis à force d'en rire, finissait par s'en amuser. C'est à grand'peine qu'il détachait sa gravité de cette contemplation futile : « L'on ne peut, a-t-il dit à cette même place, sur ce même banc des Tuileries, on ne peut se passer de ce monde que l'on n'aime point, et dont on se moque. »

Il en avait besoin, comme le théâtre est nécessaire à ceux qui aiment la comédie. On la leur donne détestable, ils n'y vont pas moins. Aux bons esprits, ce qui est mauvais ne profite-t-il pas comme ce qui est excellent? l'observation de ce qui ne devrait pas être ne leur est-elle pas souvent la plus fructueuse des expériences ? L'admiration élève, la critique instruit. La Bruyère aimait surtout à s'instruire de ce côté-là. Pour s'amuser de la vie, il la prenait par le comique, et ne se plaisait à rien tant qu'aux ridicules. Il fut en cela ce qu'était Molière, moins le théâtre.

Son livre lui en servit; il sut y animer ses personnages, comme sur une scène véritable. « Je conseillerai toujours à un poëte comique de l'étudier, disait La Harpe [1]; » Suard, après avoir admiré chez La Bruyère « cet ensemble de vérité idéale et de vérité de nature, qui constitue la perfection des beaux-arts, » a dit de même : « C'est là le talent du poëte comique : aussi a-t-on comparé La Bruyère à Molière, et ce parallèle offre des rapports frappants [2]. » Vauvenar-

[1] Cité par M. Destailleurs, 2e édition, t. I, p. 230, note. — Victorin Fabre, *Éloge de La Bruyère*, p. 195, dit la même chose.
[2] Suard, *Notice de La Bruyère.*

gues est de ceux qui firent la comparaison, et, en sa qualité de moraliste, c'est à La Bruyère qu'il donna la préférence [1]. Suard garde sur ce point le silence prudent qui lui était ordinaire. Nous ferons comme lui, mais moins par prudence que par esprit de pure justice.

Pourquoi nuire, en effet, à une admiration par une autre, et se diminuer ce qui semble grand ici par le rapprochement mal entendu de ce qui est grand ailleurs ? Laissons chacun à sa taille et dans son milieu ; ne voyons que ce qui nous importe ; assistons enfin sans les gâter par un stérile parallèle, à ces comédies que nous donne La Bruyère, où presque toujours rien ne manque que la pièce même.

Il l'a laissé faire à d'autres qui ne l'ont pas toujours réussie [1].

Les types, les *caractères*, voilà son unique

[1] Vauvenargues. Edit. Gilbert, t. I, p. 237.

[2] Parmi les pièces heureuses dont on doit l'inspiration aux *Caractères*, il faut citer *le Distrait* de Regnard, qui procède directement du Ménalque de La Bruyère ; *la Petite-Ville* de Picard, dont le passage : « J'approche d'une petite ville... » fut, on le sait, l'origine ; et *le Préjugé à la mode*, comédie de La Chaussée, qui eut pour point de départ l'article du livre où on lit ceci : « ...Quelle mauvaise honte fait rougir un homme de sa propre femme... »

objet. Il nous les donne vivants, parlants, presque en scène, puis il les abandonne au hasard de la comédie à venir. On dirait qu'il se complaît même dans le pêle-mêle de ses types épars. « Liez la partie, semble-t-il dire, avec sa malice, voilà les joueurs; nouez l'acte, filez la scène, voilà l'esprit. »

Il fait de propos délibéré pour son œuvre comique, dont nous n'avons, pourrions-nous dire, que les débris, ce que le temps a fait pour celle de Ménandre[1] qui ne survit que par fragments; et aussi pour ces farces latines de Publius Syrus, pour ces *mimes*, dont, par un nouvel entraînement de son instinct de comique, il a su faire passer l'esprit presque tout entier dans son livre, fondant ces débris dans ses propres fragments, et composant avec le tout un ensemble immortel[2].

[1] Disons, en passant, qu'il fut disciple de Théophraste, s'initiant avec lui à la comédie, comme tant d'autres avec La Bruyère.

[2] « M. de La Bruyère, dit Accarias de Sérionne, à propos de Publius Syrus, a répandu dans ses *Caractères...*, presque toutes les sentences de ce poëte. Il en a traduit quelques-unes, il a donné aux autres un tour nouveau, un peu plus étendu, il les a présentées sous plusieurs faces différentes. » *L'Etna de P. Cornelius Severus et les sentences de Publius Syrus,*

Si nous ne nous préoccupons pas de le comparer à Molière, La Bruyère se préoccupait,
lui, de la comparaison ; même il la cherchait.
Plus d'un de ses *caractères*, comme on l'a
déjà remarqué, et comme nous le ferons voir
plus loin, n'est que le produit de l'espèce d'é-
mulation que le souvenir de l'auteur de *Tar-
tuffe* donnait à son esprit. Souvent l'idée de
faire une pièce ne vient pas, tandis que la
prétention de refaire, à sa façon, celle qu'on
a vue semble toute naturelle. La Bruyère y
céda. C'est la meilleure preuve qu'il eût été
un comique, si son éducation qui l'emportait
vers des milieux tout autres, mais dont ne
s'accommodait pas moins son esprit facilement satisfait de tout ce qui intéresse la pensée, ne lui eût fait une vocation différente.

Il avait, je le répète, celle de la comédie,
qui est si souvent la vocation innée des enfants de Paris, quel que soit le monde d'où ils
sont sortis. Il y eût été complet. Non-seulement il eût bien saisi un type, et l'eût vivement animé dans une scène, mais ce qui va

trad. en franç., Paris, 1736, in-12, p. 235. Cette traduction, qui est bien de Sérione et de l'abbé Banier,
fut attribuée au président Bouhier. V. dans sa *Corresp.
inéd.* une lettre de l'abbé Goujet, du 8 janvier 1742.

sémbler plus étrange, et ce que nous ne nous risquerions pas à dire sans d'incontestables preuves qui viendront plus loin, il aurait peut-être lui-même volontiers représenté le type, et comiquement joué ou chanté la scène.

Faisait-il une lecture de ses *Caractères*, comme un jour chez Boileau à Auteuil [1], il les lisait moins qu'il ne les jouait. C'est pour cela peut-être que le satirique devenu doctoral, après avoir tout d'abord donné lui-même dans le bouffon, comme nous le prouverons facilement ailleurs, trouva qu'il se faisait plus agréable que de raison. Pour Boileau, la représentation trop animée avait nui à la scène

Grimarest, qui avait dû connaître des personnes auxquelles La Bruyère avait ainsi fait lecture de quelques parties de son livre, et qui par là pouvait savoir comment il fallait le lire, d'après l'idée même de l'auteur, ne manque pas d'insister sur le ton sans gêne et de comédie presque bouffonne qu'il faut donner aux *Caractères* en les lisant : « Les *Maximes* de M. de La Rochefoucauld, dit-il [2], doivent être lues gravement; les *Carac-*

---

[1] Lettre de Boileau à Racine du 19 mai 1687.
[2] Grimarest, *Traité du récitatif.* 1707, in-12, p. 90.

tères de M. de La Bruyère veulent une voix familière et quelquefois plaisante. »

XIII

Tout en lui est de l'auteur comique, en même temps que du philosophe. Celui-ci généralise et ramène à l'idée de morale universelle ce que l'autre a spécialisé, avec le soin curieux de l'observateur amoureux du fait et friand du détail.

La Bruyère met à étudier les mœurs une minutie singulière dans cet art de la particularité, qui est un des accessoires de l'art comique [1].

[1] M. Walcknaër, p. 674 de son édition, remarque avec raison ce goût de La Bruyère à particulariser, dont nous avons déjà parlé, et qui avait frappé ses contemporains, bien plus à même que nous pour en juger. L'un de ceux qui l'avaient connu le mieux, l'abbé Fleury, son successeur à l'Académie, parle, dans son discours de réception, de la fidélité des peintures qu'il fit sur le vif, et il ajoute que par une délicatesse, déjà signalée ici, p. 43, il s'appliqua parfois à les charger « pour ne pas les faire trop ressemblantes. » La Monnoye, qui avait pu connaître aussi La Bruyère et les originaux qu'il a peints, trouva ce

Il y va même plus loin que Molière. Sa précision dans le trait saisi au vif même de l'actualité, sa recherche du mot en vogue, du ridicule en faveur, de la mode courante, de l'anecdote en circulation, et le soin qu'il met à se les approprier pour les enchâsser dans son livre, qui prend alors je ne sais quel air de *Chronique* mondaine, sentent le journaliste de ce temps-ci, sans cesser d'être de l'auteur comique de ce temps-là [1].

Le philosophe et le chrétien dominent le tout pour l'idéaliser et le grandir. Chez La Bruyère, la curiosité qui fait tout chercher, et la justesse de coup d'œil qui fait tout bien voir servent d'instrument; la philosophie met en œuvre. Le philosophe en lui a souvent été examiné, mais le curieux n'a pas encore été,

trait de jugement si juste qu'il le reprit textuellement pour sa *Lettre*, trop peu connue, *sur les Écrivains françois*. Bibliothèque françoise, octobre 1726, p. 263.

[1] La Bruyère se faisait volontiers *chroniqueur* pour ses amis absents. Il leur écrivait en homme renseigné sur tout ce qui se passait à la ville comme à la cour. « J'ay leu, lui dit par exemple Phélypeaux, à qui il avait adressé une de ces *lettres-chroniques*, j'ay leu avec le plus grand plaisir toutes les nouvelles que vous m'écrivez de Chantilly. » *Bulletin du Comité historique*, 1855, in-8°, p. 55.

ce me semble, suffisamment pris sur le fait
de son observation soutenue par l'attention
de l'auteur comique qui l'anime et qui s'en .
amuse.

Rien n'est plus intéressant que d'étudier
cette curiosité, toujours un peu railleuse,
de La Bruyère, et de la suivre dans les détails
parfois infiniment petits, mais d'autant moins
à dédaigner, dont elle s'alimente. On a ainsi
dans le livre du grand penseur, une chronique exacte des petites choses de son temps, à .
côté de la sérieuse appréciation des plus hautes et des plus grandes. En maint endroit, sa
gravité s'abaisse jusqu'à lui permettre d'être
dessinateur de modes. Ce qu'il dit semble
fait pour servir de texte et de légendes aux
images du peintre Dieu de Saint-Jean, qui
avait alors la vogue pour ces sortes de dessins,
et qui, chose singulière, fit aussi, entre autres
rares portraits, celui de La Bruyère, comme
pour clore sa série de figures mondaines par
la représentation même de celui dont la plume les avait fait le mieux connaître[1].

---

[1] Je citerai, entre autres estampes faites d'après
Saint-Jean, celles que possédait M. A. Bertin :
Femme de qualité en déshabillé pour le bain, 1686;
Femme de qualité en déshabillé, reposant sur un lit

La Bruyère, on le verra tout à l'heure, n'ignore rien de ces frivolités ; il s'en amuse, ·il en cause, en *homme d'humeur*, suivant l'expression du temps [1], qu'il se flattait de justifier pour son compte [2]. Son livre alors n'est souvent que l'écho de ce qu'il en a dit, en riant par le monde. D'une plaisanterie de passage, il fait en la ciselant et l'enchâssant dans son œuvre un mot destiné à vivre. Molière et lui sont les seuls qui aient donné aux modes quelque chose de durable en les fixant par l'immortalité du ridicule.

De ces mots de La Bruyère sur les sottises du moment, il en est qui semblent être plus que d'autres de véritables traits de conversation. Ils vibrent encore dans le livre, comme sur la lèvre d'où ils ont jailli. Celui-ci est du nombre : « Il faut juger des femmes depuis la chaussure jusqu'à la coiffure exclusivement, à peu près comme on mesure le poisson entre tête et queue. » C'est là certainement un de ces traits que le flot de la cau-

d'ange, 1688; *Femme de qualité en déshabillé, recevant un message*, 1688. (*Catal. Armand Bertin*, 1854, grand in-8°, p. 34, n° 234.)

[1] Duclos, *Œuvres diverses*, in-8°, p. 161.
[2] *V*. plus haut, p. 59-60.

serie amène, et que la plume toujours un
peu plus prude ne laisserait pas aller. Suard
le délicat pense, pour celui-ci, que La Bruyère
eût peut-être bien fait de le laisser perdre ;
soit, mais s'il ne l'eût pas écrit, connaîtrions-
nous si bien, verrions-nous aussi nettement
d'un seul coup d'œil, ces ridicules poupées du
temps, qui avec leurs hauts talons et leurs in-
terminables cornettes, « sembloient avoir la
tête au milieu du corps[1]. » C'est par de pareils traits un peu plus abandonnés que le
causeur survit dans l'écrivain.

Chez La Bruyère le plus souvent l'un
amendait, corrigeait, développait l'autre, et
ne le livrait pas, comme ici, avec la crudité
du premier jet. J'en ai la preuve dans un
petit fait jusqu'ici laissé inaperçu : « Ces personnes, dit le *Fureteriana*[2], qui briguent

---

1 *Œuvres de La Monnoie*, t. III, p. 171.—V. aussi
Pépinocourt, *Réflexions, pensées et bons mots.* 1696,
in-12, p. 16. Nous avons déjà cité, p. 54, et nous
citerons encore ce livre rare et curieux dont l'auteur,
suivant Bayle, dans sa lettre du 9 oct. 1696 à l'abbé
Dubos, ne serait autre que le médecin Bernier, à qui
l'on devait déjà *l'Anti-Menagiana*. V. à ce sujet
Bonnegarde, *Dict. hist. tiré du Dict. de Bayle*,
t. I, p. 612.
2 1696, in-12, p. 158.

tant le nom de bel esprit, M. de La Bruyère
les appelle garçons bel esprit, comme qui di-
roit garçon tailleur. » Cherchez ce mot dans
les *Caractères*, vous ne le trouverez pas,
mais vous y verrez à la place tout un chapitre sur la comparaison du bel esprit et de
l'ouvrier, qui n'est que le mot plus étendu.
Il l'avait dit dans quelque assemblée où se
trouvait Furetière, on l'avait applaudi, et
cette approbation l'avait encouragé à le dé-
velopper dans un paragraphe qui parut beaucoup plus tard. Furetière mourut l'année
même de la première édition des *Caractères*,
et le paragraphe, développement du mot entendu par lui, retrouvé dans ses papiers, dont
on fit le *Fureteriana*, ne figure que dans
l'édition septième publiée quatre ans après[1].

Ainsi nous tenons un *caractère* de La
Bruyère dans son germe même ; le mot fugitif
d'où sortira la page immortelle ; le trait,
l'arme dont le causeur essaye la pointe,
en attendant que l'écrivain en ait forgé, fa-
çonné et trempé la lame.

Pour combien d'autres ne dut-il pas faire

[1] La Bruyère, dans sa 8ᵉ édition, revient encore
sur cette idée à propos de Fontenelle *Cydias,* le bel
esprit de profession.

de même ! Dans la plupart de ses *caractères*,
on sent sous le dessin, achevé en silence, le
coup de crayon de l'observation sur place ;
l'esquisse faite en plein vent pour ainsi dire,
et soigneusement rapportée dans le cabinet,
où l'esprit lui donnera la couleur, où la philosophie la retouchera pour l'agrandir et la
mettre au point des vérités immortelles.
C'est ce mélange de l'esprit de plein jet avec
l'esprit mûri et médité, c'est cet accord de l'im-
provisation soudaine et saisissante avec l'é-
tude qui la reprend pour l'étendre et la parer
sans la refroidir, qui font du livre des *Carác-
tères* une merveille. La première de ces qualités, née de l'*actualité* même, lui donna la
vie et le succès à l'époque qui le vit paraître [1] ;

[1] « Qu'est-ce qui fit rechercher tout de suite et
avec tant d'activité les *Caractères*? Ce fut la *clé*.
On s'empressa de deviner à qui ils étoient applica-
bles; et ils l'étoient souvent de la manière la plus
frappante.... Voilà d'où vint ce grand fracas qui
surpassa de beaucoup l'attente de l'auteur. » C'est
Formey qui parle ainsi dans le *Discours*, désormais
célèbre, mais toujours assez mal cité, où se trouva
pour la première fois l'anecdote si intéressante de
La Bruyère, abandonnant tous les produits de son livre
« pour la dot » de la petite Michallet, fille de son
libraire. *Mémoires de l'Académie des sciences et
belles lettres de Berlin*, 1792, in-4°, p. 24.

l'autre lui a donné ce qui fait vivre dans tous les temps [1].

Tout était bon à La Bruyère comme prétexte à méditation et point de départ de philosophie. J'ai dit que la plus petite chose, le plus minutieux détail trouvé par les rues ou dans le monde, l'amusait pour le faire penser : je le prouve. Passe-t-il un de ces carrosses aux dorures insultantes prohibées plus tard par un édit du roi [2]; il en voit d'un coup d'œil, le bel attelage, la livrée, « les rangs de clous parfaitement dorés, les doubles soupentes, les ressorts qui le font rouler plus mollement, » et pendant que d'autres admirent l'équipage, il calcule les charmes qu'une bourgeoise ne manquera pas de trouver au sot ou au barbon si magnifiquement voituré.

[1] Le siècle suivant, pour qui les *Caractères* n'avaient plus un aussi vif intérêt de curiosité actuelle, les délaissa un peu. Formey le remarque, en parlant de leur succès, resté seulement distingué; et d'Argenson s'en plaint : « On ne lit pas assez La Bruyère, » dit-il, *Mémoires,* édit. Jannet, t. V, p. 220.— Notre époque l'a remis à sa place.

[2] *Correspond. administr. de Louis XIV.* (1706), t. II, p. 829; V. aussi nos *Variétés histor. et littér.,* t. X, p. 254, note.

XIV

Avez-vous remarqué comme il a su tout voir, et donner à chaque chose son nom. C'est un de ses talents, et il aime à le mon-trer, mais sans prétention, toutefois, ni affectation. Il se moque même des gens qui, pour avoir l'air de connaître tout et tout le monde, ne dédaigneraient pas de laisser croire qu'ils connaissent Rousseau, Fabry et La Couture. Or, qu'étaient-ce que La Couture, Fabry et Rousseau? Le premier, un pauvre bouffon de cour[1]; le second, un infâme, « puni pour des saletés, » ainsi que le

[1] Il y a, dans les *Mss.* de l'Arsenal, une mascarade où il est mis en scène. On répétait ses *mots,* comme autrefois ceux de Triboulet. « On avoit mené La Couture, espèce de fou sérieux, entendre le P. Bourdaloue; il se leva au milieu du sermon et s'en alla. On lui en demandoit la raison : « Voulez-vous que je « vous dise? Je n'entends pas le raisonné et je n'aime « pas le braillé. » (*Mss.* de l'abbé de Choisy, à l'Arsenal, t. I, p. 217.) Ce mot de La Couture courut longtemps, car Mme Du Deffand le cite encore, *Corresp. inédite,* t. I, p. 400; II, p. 251. — Il y eut dans la première troupe de Molière un ancien maître écrivain, Georges Pinel, dit *La Couture;* peut-être est-ce le même à qui un grain de folie, sur ses derniers jours, aurait fait donner une sorte d'office de bouffon de

disait une note de la première édition [1]; le troisième, un cabaretier trop célèbre [2].

Jamais La Bruyère ne manque le terme technique, ni le mot à la mode. Son vocabulaire n'a pas de dédains, il s'enrichit de tout ce qui passe, au risque de n'être pas toujours approuvé par les délicats [3].

cour. V. sur ce Pinel, dans la *Corr. litt.*, 25 janvier 1865, p. 32, quelques mots d'un article de M. Eud. Soulié.

[1] Il avait été brûlé en Grève avec Pomey et Chausson, au mois de janvier 1679, « pour avoir tenu une maison de débauche infâme. » Voyez les extraits du *Journal de Locke* à Paris, dans la *Revue de Paris* de 1830, t. XIV, p. 75, et Fr. Barrière, *la Cour et la Ville*, 1830, in-8°, p. 60-61.

[2] Son cabaret de *la Galère* était rue d'Avignon. Il en est parlé dans les *Chansons* de Coulanges, dans *Turcaret* et dans presque toutes les comédies de Dancourt, notamment dans *le Chevalier à la mode*. V. notre *Hist. des Hôtelleries et Cabarets*, p. 332-334.

[3] Boileau, entre autres, lui reprochait sur ce point son trop de facilité. Il trouvait par exemple que son discours de réception à l'Académie avait moins fait penser à l'éloquence de Démosthène qu'à celle du *Pont-Neuf*. V. le *Bolœana* de Montchesnay, à la suite des *Œuvres de Boileau*, édit. Saint-Marc, t. V, p. 77. La Bruyère ne fuyait rien tant que le *style* oratoire, et c'est surtout ce qu'on lui reprocha d'avoir négligé. On le lui avait presque passé pour son livre, on ne le lui pardonna pas pour son *dis-*

C'est lui par exemple—et ceci va nous compléter la description du carrosse de tout à l'heure—c'est lui qui, l'un des premiers, nous a nommé par leur nom ces *strapontins*[1] qui servaient de siéges auprès des portières[2]. Il sait la langue du marchand, comme celle de l'ouvrier, et celle de l'homme du monde, comme celle du marchand. Celui-ci, pour relever le nom de sa boutique, l'appelle-t-il un *magasin*, il le sait avant tout le monde, et avant tout le monde il consacre par le ridicule la prétention du mot[3].

S'avise-t-on de dire pour un homme couru des femmes qu'il en est la *coqueluche*, il saisit le mot au vol et le cloue dans sa vitrine, comme un papillon de passage pour jamais arrêté.

A-t-on chez les buveurs en crédit inventé

cours. V. *Heures perdues et divertissantes de M***. Amsterdam, 1706, in-12, p. 150-151.

[1] La première apparence du mot se trouve dans Rabelais. Edit. Burgaud et Rathery, t. II, p. 129, note.

[2] *Lettres nouvelles et inédites de la Princesse palatine*, publiées par M. Rolland. 1863, in-12, p. 340.

[3] *Les Caractères*. Edit. A. Destailleur, t. II, p. 212.
—En 1703, un sieur Bizet, marchand miroitier, dont on a retrouvé les adresses sur jetons de cuivre, avait pour enseigne au *Magazin royal*.

une façon nouvelle de dire boire d'un trait une rasade ; il connaît bientôt l'expression, quoiqu'il ne soit pas de ces débauches, mais s'il nous l'apprend, ce n'est que pour nous dire qu'il est ridicule de la savoir, et de se faire honneur comme Tigillin, de *souffler* ou *jeter en sable* un verre de vin[1].

Il tire parti de toutes les choses de la ville et de la cour, dont il n'ignore même pas les plus frivoles.

Il connaît le scandale du jour, et le dit au plus vite[2]. Le public, qui le sent aux aguets, attend chaque année la nouvelle édition de son livre, pour savoir ce que le temps écoulé depuis la dernière a pu en cela fournir à sa malice attentive. Il se trouve ainsi que chaque édition est comme une chronique annuelle faite par allusions transparentes, dont le temps a malheureusement trop souvent

---

[1] Nous n'avons trouvé que La Fontaine qui se fût servi de cette expression avant La Bruyère. V. son *Ragotin*, acte II, scène VII.

[2] Dans la *lettre-chronique* à laquelle Phélypeaux répondit le 5 juillet 1694, il en avait, à ce qu'il paraît, raconté d'assez vifs, dont un même sur certaine demoiselle, n'était pas moins qu'une aventure « à faire trembler. » *Bulletin historique*, t. I, p. 55.

effacé la trace ou épaissi les voiles. On entend de près les indiscrétions à demi-mot, de
loin on ne les entend plus.

Il avait par exemple *caractérisé* quelque
part, c'est Marais qui l'écrit à Bouhier [1], la
naissance galante de l'abbé Alary, fils du co-
quet apothicaire provençal [2] dont il portait le
nom, et de quelque grande dame : j'ai cherché l'allusion et ne l'ai pas trouvée [3].

De son temps ce dut être pourtant visible
pour tout le monde.

L'abbé naquit en 1690, et c'est bien certainement dans la 6ᵉ édition donnée au mois
de mars de l'année suivante que doit se trouver ce qui m'échappe.

La Bruyère n'aimait pas, en effet, à laisser
refroidir l'à-propos. L'anecdote en primeur
était surtout son fait. Racontant celle qui est

---

[1] Lettre *inédite* du 31 octobre 1731.

[2] « Il étoit fort bel homme et très-couru des dames. » Notes du *Chef-d'œuvre inconnu*, t. II, p. 495.

[3] Peut-être, après tout, ne faut-il voir dans ce que
dit Marais qu'un souvenir du passage dont il sera
parlé plus loin, p. 105, où La Bruyère se moque des
charlatans en *o* et en *i*, désinences dont la dernière
était justement celle du nom de notre apothicaire à
bonnes fortunes.

8.

relative à l'ambassade de *Sethon*[1], qu'il avait saisie ainsi en pleine nouveauté, il fit entendre à la fin qu'il l'avait *fraîchement* apprise. Mais, deux ans après, donnant sa neuvième édition, il ôta le mot que l'anecdote avait cessé de mériter : elle n'était plus *fraîche*.

Son livre s'enrichissait au jour le jour de ce que lui apportait ainsi le monde, ou de ce qu'avait retrouvé son esprit en revenant sur lui-même. Le trait ajouté était souvent le meilleur. Celui-ci, qu'il prête au vieux *Ruffin*, laissant à d'autres le soin de pleurer son fils unique, et qui est si cruel : « *Mon fils est mort, cela fera mourir sa mère, et il est consolé*[1], » est un de ces mots ajoutés qui, pour être venus après coup, n'en portent pas d'une façon moins terrible.

Il ne parut que dans la 7ᵉ édition, et je ne sais pourquoi, il me semble y retrouver une de ces phrases mordantes, à l'ironie implacable, comme il en devait tant jaillir et circuler à Chantilly dans les conversations que M. le Prince, en ses bons jours d'esprit, animait lui-même de ses saillies impétueuses. On a

[1] Edit. Destailleur, t. I, p. 226.
[2] *Id.*, t. II, p. 73.

même cru que La Bruyère, qui était de ces entretiens et y gagna ce qu'il a parfois d'amer, dut plus d'un trait à l'active causticité du fils de Condé. Je pense, quant à moi, qu'il ne lui prit que quelques coups de foudre de mépris souverain, ou bien encore quelques éclairs de jugement délicat—car M. le Prince était homme de grand goût—dont le livre des *Caractères* fit, en les reflétant, d'impérissables clartés. Ce dut être là sa seule part d'influence sur l'ouvrage. Valincourt, comme on va le voir, est en cela tout à fait de mon avis. Le Prince, à l'entendre, n'aurait été pour rien dans le livre, que par les critiques qu'il en aurait faites, et qui auraient ainsi contribué indirectement à sa perfection :

« Quant à La Bruyère, dit-il, dans une lettre *inédite* adressée au président Bouhier, le 31 octobre 1725 [1], dont nous citerons plus tard, en son lieu, la partie la plus importante, quant à La Bruyère, qui a été fort de mes amis, il ne devoit guère qu'à lui-même ce qu'il a écrit, et M. le Prince Henry-

---

[1] *Correspondance* du président Bouhier, t. XII, p. 399.

Jules, dont j'ay eu l'honneur d'être le favori, estoit bien plus capable de marquer aux écrivains le ridicule de leurs écrits que de leur fournir des idées ou des bons mots. »

X V

L'homme universel et à l'infatigable ubiquité, que La Bruyère nous a représenté au chapitre de *La Ville*, et dans lequel, de son temps, on croyait reconnaître le prince de Meckelbourg[1], n'était pas mieux au fait que lui de ce qu'il fallait savoir ou même ne savoir pas. En nous disant ce qu'a vu cet insatiable curieux, il nous parle de ce qu'il a vu

[1] La plupart des clés manuscrites ou imprimées disent le prince de Mecklembourg, ce qui n'a pas d'application possible; mais la clé inédite de l'Arsenal et la clé imprimée à part de la 9ᵉ édit. disent expressément M. le prince de Meckelbourg, et l'application devient vraisemblable. Les Meckelbourg, en effet, mari et femme, étaient, comme on peut le voir dans Saint-Simon et madame de Sévigné, de grands intrigants et d'infatigables affairés, à ce point que le prince s'étant un peu trop mêlé d'affaires au-dessus de sa portée fut emprisonné à Vincennes. (V. le *Journal* de Dangeau, 22 juin 1684.)

lui-même. Seulement le curieux ne voyait
que pour le plaisir de dire : « J'ai vu, » tandis que La Bruyère faisait de chaque chose
observée une acquisition pour sa grande comédie des *Caractères*. On pourrait jurer
qu'il était partout où son curieux se trouve.
Quand il lui fait parler de « ce bourbier de
Vincennes enfin desséché, où l'on ne versera
plus[1]; » ne parle-t-il pas de ce qu'il a vu lui-
même, sur ce chemin de Vincennes ou de
Venouze, comme il l'appelle, en allant à
Saint-Maur chez M. le Duc ? S'il le mène
voir les revues dans les plaines d'Ouilles
ou d'Achères[2], il le conduit où lui-même
doit aller volontiers, pour se donner par ces
grands mouvements d'hommes un peu de ce
repos, qui résulte toujours pour l'esprit des
agitations matérielles qu'on regarde sans y
prendre part.

Ailleurs, autre petite guerre, autour du

[1] *Les Caractères.* Chap. de La Ville, § 13.
[2] La plaine d'Achères est proche de Poissy. En
1686, on avait projeté d'y faire un camp. *Mémoires*
du marquis de Sourches, t. II, p. 59, 91.—Il y en
avait eu un, en 1679, dans la plaine d'Ouilles, où le
marquis de Sévigné fit des dépenses que sa mère regretta fort. V. sa lettre du 20 juillet 1679.

fort pour rire que Bernardi fait élever tous
les ans afin d'exercer aux manœuvres les jeunes gentilshommes de son Académie[1]. La
Bruyère, qui venait voir ces évolutions en
voisin,—car Bernardi bâtissait son fort tout
près du Luxembourg, à deux pas de l'hôtel
de Condé,—ne manque pas d'y conduire son
curieux, avec une curiosité qui n'est que la
sienne même.

S'il dit plus loin que cet affairé se fait affaire de tous les spectacles, depuis ceux qu'on
voit du balcon de la Comédie et des loges de
l'Opéra, jusqu'aux « prestiges de la foire, »
c'est, croyez-le bien encore, que lui-même
n'a pas dédaigné ces plaisirs. Par mille endroits de son livre, on voit, à n'en pas douter,
qu'il ne trouvait pas au-dessous de sa gravité
de venir fréquemment à l'Opéra, et qu'il était
homme à connaître tout des premiers, aussi

[1] V. sur ce Bernardi « gentilhomme lucquois, » et
sur son académie de la rue de Condé, une note de
nos *Variétés*, t. IV, p. 188 ; la *Réponse à M. Bau-
delot*, par l'abbé de Vallemont; 1706, in-12, p. 235 ;
et les *Lettres diverses de M. Le Bret*, p. 127, où
il est dit que tout bon gentilhomme devait rester
deux ans chez Bernardi, et y gagner au moins « un
prix à la course de bagues. »

bien que son curieux : la mort de Beauma-
vielle, un rhume de La Rochois et le sort
fâcheux de l'opéra d'*Achille et Polyxène*,
qui lui faisait écrire en rentrant, à propos de
Colasse, son triste auteur : « Ce n'est qu'un
musicien. »

Chose plus singulière, on a su par un con-
temporain, dont le témoignage viendra plus
tard, qu'il se laissait aller lui-même à chanter
les airs qu'il avait entendus, à répéter les pas
de ballet qu'il avait vu danser !

Les choses de la Comédie ne lui étaient
pas plus étrangères, ce qu'il en a dit atteste
l'expérience d'un habitué. Qui, par exemple,
s'est mieux expliqué sur Baron, dont la fatuité
lui gâtait le talent ? Chacun de ses traits
contre le grand et présomptueux comédien
porte juste, et les plus fins les ont repris faute
de trouver mieux. D'Allainval entre autres [1]
applaudit fort à celui-ci sur la déclamation
du nouveau Roscius : « Il ne lui manque,
dit La Bruyère, que de parler avec la bouche. » Or Baron, en effet, s'était si furieuse-
ment bourré de tabac dans sa jeunesse,

---

[1] *Lettre* sur Mlle Lecouvreur dans la *Collect. des
mémoires sur l'art dramatique.* 1822, t. II, p. 219.

qu'il parlait du nez très-désagréablement [1].

Il avait en lui, ce comédien, ce que La Bruyère avait le plus en horreur : la fatuité du petit-maître à la ville, et la pompe du déclamateur au théâtre. Sa pièce de *l'Homme à bonnes fortunes*, où il étalait au naturel toutes les frivolités du premier de ces ridicules, fut frappée par notre homme d'un trait dont sa froide insipidité ne se releva pas, et qui, bien examiné, n'est pas moins que la condamnation anticipée des excès dans lesquels le *réalisme* des détails niais et de la mise en scène trop minutieuse, a fait tomber notre théâtre [2].

Il poursuivait le faux dans le frivole comme dans le pompeux. Cherchant partout l'homme en lui-même, il flagellait quiconque sortait de soi par un caprice de parole, ou un ridicule d'apparat. Un portrait, par exemple, où l'on n'était pas soi-même, où l'on se drapait dans un habit qui n'était pas le sien, l'indignait de ses prétentions, trop communes à cette époque des premiers parvenus [3]. La Bruyère vit

[1] *Almanach des spectacles.* 1757, p. 80.
[2] Edit. Destailleur, t. I, p. 152.
[3] C'est une remarque de Lémontey, *Hist. de la Régence*, t. II, p. 363.

souvent de ces peintures en visitant la galerie que Rigaud avait faite dans son appartement de la rue Louis-le-Grand [1], avec les portraits peints par lui et dont l'exposition était permanente ; il s'en moqua. Rigaud, reconnaissant ses œuvres dans les portraits ridiculisés qui : d'un abbé font un capitan, d'un homme de robe un matamore, d'une honnête fille une Laïs, etc. [2], en tint rigueur à La Bruyère. Il ne fit pas pour lui ce qu'il avait fait pour la plupart des illustres esprits de son temps [3]; il ne le peignit pas.

Ici l'absence du vrai a blessé La Bruyère; autre part, l'excès du réel ne le blessera pas moins, ainsi que nous l'avons déjà remarqué. S'il voit cet autre genre de portraits, alors à la

---

[1] V. G. Brice, *Description de Paris*, t. I, p. 452. — Il est souvent parlé de cette exposition de portraits chez Rigaud, dans les chansons du temps. V. G. Brunet, *Nouv. siècle de Louis XIV*, p. 155, 160, 338. — L'abbé de Villiers, dans l'épitre qu'il adresse à Rigaud, lui fait aussi reproche des habits de fantaisie qu'il étale sur ses portraits. Il est cette fois de l'avis de La Bruyère. V. ses *Œuvres en vers*, p. 209.

[2] Edit. Destailleur, II, p. 149-150.

[3] Il avait, par exemple, fait, et pour rien, le portrait de La Fontaine. *Mém. inéd. de l'Académie de peinture*, t. I, p. 172.

9

mode, que Benoît modelait en cire, il se fâ-
chera de leur trop de ressemblance qui avait
aussi frappé Boileau [1], il s'indignera une fois
de plus de cette exagération du naturel, où
l'art ne peut trouver place; il criera contre la fortune que fait ce Benoît en montrant
« des marionnettes dans un *cercle* [2]. » C'est
ainsi que le Curtius du xviie siècle appelait
son exposition, visible dans son appartement
du faubourg Saint-Germain, dès 1662 [3], ou
bien encore à la foire tant qu'elle durait [4].
Peut-être est-ce là que la vit La Bruyère,
car il y venait, et il n'est pas un seul
des prestiges, fût-ce le moindre, que l'on

[1] *Mémoires* de Brossette, à la suite de l'édition de
la Correspondance de Boileau, donnée par M. Laverdet. 1857, in-8°, p. 537.

[2] Edit. Destailleur, t. II, p. 75.

[3] *Gazette* de Robinet, 23 février 1667.—« M. Benoist, qui tient le *Cercle royal*, rue des Saints-Pères,
et mademoiselle Benoist, rue Saint-Antoine, font
très-bien les portraits en cire. » Le *Livre commode
des adresses*, 1692, in-8°, p. 109.

[4] V. *La Foire St-Germain*, par Dancourt, jouée le
19 janvier 1696. — C'est Benoît qui fit le portrait en
cire qui nous représente Louis XIV vieilli avec une si
terrible vérité. V. la petite brochure de M. Eudore
Soulié, *Louis XIV, médaillon en cire par Antoine
Benoist*, 1856, in-8°.

montrât dans les loges foraines, dont il ne se fît, comme son curieux, un spectacle intéressant.

N'a-t-il pas une ligne de description charmante pour ce charlatan « subtil ouvrier » qui faisait mieux que celui qui avait, pour amuser Louis XIV enfant, attelé une puce à un canon d'or [1]. Il en montrait quatre toutes caparaçonnées, l'armure au corps, et le casque en tête, « allant par sauts et par bonds au fond d'une bouteille [2]. » Pris isolément, c'est là sans doute un détail qui paraît bien futile et même presque indigne, mais remis à la place que La Bruyère lui a faite, en ce passage où l'homme examiné par un géant ne paraît pas, dans ses batailles sur son grain de sable, un être de plus belle importance que cette puce armée en guerre au fond de sa fiole, il est, ce détail, d'une portée philosophique égale au moins, sinon supérieure à celle du reste. Tout le Lilliput du *Gulliver* de Swift, comme on l'a déjà remarqué, s'y trouve en

[1] *Mémoires* de Brienne, édit. Fr. Barrière. T. I, p. 222. — V. aussi, sur une curiosité de ce genre, la *Lettre* de madame de Sévigné du 4 décembre 1673.

[2] *Les Caractères*. Edit. Destailleur, t. II, p. 133.

germe, et Swift connaissait certainement
La Bruyère [1].

XVI

La Bruyère n'était pas distrait de la méditation des grandes choses par l'observation
minutiéuse des moindres. Il grandissait les
unes sans rapetisser les autres. Maintes fois,
après nous avoir fait volontiers croire qu'il
était un coureur de petites nouvelles et de
menues curiosités dans Paris, il nous appa-
raît tout à coup comme l'homme le mieux au
fait de ce qui se passe à la Cour. Il sait jusqu'aux plus intimes secrets du Roi. N'est-ce
pas lui presque seul qui nous a parlé de cet
étonnant dessein qu'avait Louis XIV, de se
mettre en possession de tous les biens du
royaume? On comprend mal à première vue
la phrase dont il voile la confidence de ce
fait inouï, qui fut un des repentirs de Col-

---

[1] Il fut, tout d'abord, avec Montaigne et Bossuet, un
de nos auteurs que les étrangers et surtout les Anglais
estimèrent et imitèrent le plus. Du Resnel, trad. des
Principes de la morale et du goût, par Pope, 1750,
p. xxix, 140-141, 154-155. — Steel le cite souvent et
lui prête même un *caractère* de sa façon, *le Babil-
lard*, 1725, in-12, p. 141-142.

bert mourant. Mais, ce qu'il en dit étant rapproché de ce qui se trouve sur le même sujet dans le dernier des quinze petits pamphlets publiés en Hollande sous ce titre : *les Soupirs de la France esclave,* etc., il n'y a plus sur ce passage des *Caractères* aucune obscurité possible. « Dire qu'un prince... est maître absolu de tous les biens de ses sujets, sans égards, sans compte ni discussion, c'est le langage de la flatterie, c'est l'opinion d'un favori qui se dédira à l'agonie. »

Voilà ce qu'en 1692, dans sa septième édition, écrivait La Bruyère, qui n'était sans doute pas fâché de se prendre ainsi à Colbert, dont la gravité, le rire amer, et surtout le *laconisme* [1], l'avaient souvent froissé et lui avaient toujours déplu.

Voulez-vous maintenant sur cette affaire le mot de l'énigme, écoutez ce qu'avait dit la

---

[1] Je mets ce mot en italique comme l'a mis La Bruyère, qui l'inventa peut-être, car c'est chez lui que nous en trouvons le premier exemple, t. I, p. 353. --Dans une clé *Mss.* que nous possédons, on lit en regard de ce passage : « M. Colbert affectoit de parler en monosyllabes.»--L'abbé de Choisy, *Mém.*, édit. de 1747, p. 428, dit : « qu'il sembloit qu'il fût toujours fâché; » suivant lui encore « le pli du front de M. Colbert, » était célèbre et redouté. *Id.*, p. 242.

brochure hollandaise, deux ans auparavant, le 1er octobre 1690 : « Sous le ministère de M. Colbert, il fut mis en délibération si le Roi ne se mettroit pas en possession actuelle de tous les fonds et de toutes les terres de France, et si on ne les réduiroit point toutes en domaine royal, pour en jouir et les affermer à qui la Cour jugeroit à propos.» L'auteur ajoute que sur ces idées de Louis XIV, vrai devancier du communisme, on consulta le voyageur Bernier pour savoir comment ce système, bien digne d'être pratiqué par les despotes orientaux avant de renaître dans les desseins des tyrans populaires, était en effet administré au Mogol où on le disait en usage. Il ajoute que sur toutes ces choses, on était fort bien renseigné à l'étranger, tandis qu'en France, où elles étaient d'un intérêt si direct, personne n'en savait rien[1].

[1] V. sur tout cela, dans *l'Illustration* du 19 avril 1851, p. 255, un curieux article de M. H. Trianon, qui n'a oublié que l'allusion de La Bruyère. V. aussi *l'Analectabiblion* du marquis du Roure, t. II, p. 357. —Cette idée survécut à Colbert dans les conseils de Louis XIV. Plus tard, son confesseur, le jésuite Le Tellier, ne lui persuada de créer l'impôt du *dixième*, auquel il résistait, « qu'en l'assurant qu'il étoit le maître et le propriétaire de tous les biens du

La Bruyère cependant en avait connaissance, ce qui prouve, comme je l'ai dit, qu'il était au courant de toutes choses, grandes ou petites.

Je conçois alors qu'il se soit tant moqué des nouvellistes, dont l'agitation aussi stérile qu'affairée l'amusa si souvent aux Tuileries et au Luxembourg, où tout à l'heure nous les retrouverons avec lui. Il devait se faire un malin plaisir de voir leur bavard esprit tourbillonner dans le vide confus de ces bruits, dont son oreille plus finement aux écoutes, son coup d'œil plus juste, et sa place mieux prise lui avaient permis de saisir la réalité.

Rien n'est plus divertissant que d'entendre le faux et ses inventions, où l'on sait le vrai dans sa simplicité. Or, ce divertissement dut être souvent celui de notre observateur, silencieux au milieu de ces nouvellistes aux mensonges bruyants. Lors même que le vrai ne leur eût pas échappé, qu'en eussent-ils fait? Le bruit d'un moment. La Bruyère, au contraire, je ne saurais trop le répéter, élève tout à la hauteur des vérités qui n'ont

royaume. » La Place, *Pièces intéressantes*, t. I, p. 111.

pas d'époque, parce qu'elles conviennent à toutes ; de chaque chose il tire une morale à l'utilité toujours directe. Aussi bien que l'intuition de nos faiblesses, il a le pressentiment de leur immortalité, et il les frappe d'un trait qui n'est pas moins immortel. Mis au cœur des ridicules de son temps, ce trait survit au cœur des nôtres ; face à face avec nos mœurs, sa critique n'abdique pas une seule de ses vérités. Bien que par sa précision dans le détail elle ne semble être faite que pour l'heure précise où elle fut lancée, elle frappe encore et tout aussi juste à l'heure où nous parlons.

Sous d'autres masques, et dans un autre carnaval, La Bruyère soufflète les mêmes visages. Ne connaissons-nous pas encore tous ces parvenus de la finance dont il a si vertement analysé l'odieuse et fière sottise ? Ceux de ce temps-ci ont-ils un ridicule qu'il n'ait pas montré du doigt dans ceux de son temps ? Et les charlatans sont-ils changés ?

N'en est-il pas encore de toutes sortes, et les mêmes dans leur variété ? N'en avons-nous pas vu par milliers « dont les noms en O et en I, imposoient aux malades et aux maladies, » comme Caretti [1], comme Ammonio [2]

[1] Ce Caretti, qu'on appelait en France M. Caret, était en si grande faveur du temps de La Bruyère, qu'en mars 1690, pendant la maladie qui emporta la Dauphine, le roi lui envoya un courrier, pour qu'il arrivât plus vite (*Journal* de Dangeau, édit. complète, t. III, p. 81, 83, 85). Il habitait Tournay, où il repartait toujours bien payé, quand sa cure était faite, ou son malade mort. C'est pour cela que La Bruyère nous le montre toujours par voies et par chemins : « *Carro Carri,* dit-il, débarque avec une recette, qu'il appelle un prompt remède... » ou bien encore : « Il arrive ici avec une malle, et n'est pas déchargé que les pensions courent. Il est prêt à retourner d'où il vient avec des mulets et des fourgons. » On le nomma d'abord M. Caret, tout court, puis M. de Carette, puis M. le marquis de Carette, et c'est de lui que Palaprat doit parler quand il dit dans le *Discours-préface* de sa comédie des *Empiriques,* jouée en 1698, lors que cette vogue des charlatans durait encore : « J'ai vu un temps que c'était la grand'mode de ne prendre des remèdes que de la façon d'un *marquis étranger.* » V. encore sur lui les *Mém.* du marquis de Sourches, t. I, p. 98, 314.

[2] La clé de la 9e édition est seule à nommer Ammonio, qui était, en effet, quand parut ce *caractère* de la 4e édition, c'est-à-dire en 1689, un des intrigants à la mode. V. sur lui, Desnoiresterres, *les Cours galantes,* t. III, p. 277-290. « Il est d'Immola en Italie, et a plusieurs secrets de médecine, » lit-on dans le *Dict.* mss. *des présents du Roy,* à propos d'une pension de 2,000 livres qui lui avait été

et comme Alary [1], pour lesquels on faisait si facilement une application transparente du passage de La Bruyère contre les empiriques?

La rivière aussi ne coule-t-elle pas tou-

donnée en mai 1671, sur l'évêché de Pamiers. (Biblioth. imp., *Suppl. français*, 7, 655, p. 23.)

[1] L'apothicaire provençal Alary, dont nous avons déjà parlé, p. 89, était aussi de ces charlatans en *o* et en *i*. Il guérissait surtout les fièvres avec de certaines tablettes qu'il vendait sur le pont Saint Michel, à l'enseigne du *Page du Roi*, et pour lesquelles il avait, comme réclame, publié un petit volume en 1685, *la Guérison assurée des fièvres tierces*, etc. Il était fort ami de La Loubère et de Valincourt, fort amis eux-mêmes de La Bruyère, ce qui n'aura pas empêché celui-ci de l'envelopper dans son attaque contre les empiriques.—Caretti, Ammonio, et surtout Alary, comme nous l'avons déjà vu, étaient fort courus des grandes dames, qui les payaient chèrement. « On ne se demandoit pas, dit Palaprat (*Œuvres*, t. II, p. 17) : Quel est le médecin le plus habile? mais quel est le charlatan le plus cher? » Le fils de l'apothicaire de Grasse, l'abbé Alary, fut aussi très-galant et très-chèrement fêté; aussi Marais écrit-il à Bouhier : « On dit déjà qu'il est plus cher que son père. » Lettre *inédite* du 31 octobre 1731. Resterait à savoir qui le payait; car il courait de très-mauvais bruits sur ses mœurs, selon Jamet dans ses *Stromates*. (Mss. de la Biblioth. imp., t. I, p. 164, 511.)

jours pour ces marchands d'eau claire mise
en bouteille, qu'il désignait par un double
B, et dans lesquels les uns reconnaissaient
Barbereau et ses eaux minérales artificielles;
les autres, Brimbœuf et son eau de Jou-
vence [1] ?

La Bruyère se prenait à ces charlatans de
santé, d'abord par cet amour du vrai et ce
zèle du sincère qui lui faisaient poursuivre le
faux sous toutes ses formes, l'empirisme sous
tous ses déguisements de philosophie ou de
science, de pensée ou de remède; puis aussi
peut-être un peu pour complaire à son libraire Michallet, le plus sérieux de ceux de
son temps, chez qui se vendaient « presque
tous les livres de MM. de l'Académie des
sciences [2], » et qui, pour un des ouvrages les
plus en renom de sa boutique, était même en
concurrence suivie avec les publications empiriques dont Alary et ses pareils inondaient
Paris.

Cet ouvrage, dont un volume paraissait
chaque trimestre, n'était pas moins que le
recueil des remèdes, certifiés salutaires, aux-

[1] Pépinocourt, *Sentences*, etc. P. 143.
[2] Le *Livre commode des Adresses pour* 1692,
p. 57.

quels, d'après valable déclaration de la Faculté, le public pouvait avoir confiance. Son titre était : *les Travaux d'Esculape,* ou *les Découvertes successives du secret de l'art de guérir.* Michallet le publiait « pour satisfaire aux ordres du Roy et de M. le premier médecin de Sa Majesté[1]. »

On devine en quel mépris devait être le charlatanisme en cette boutique où la santé officielle se débitait tous les trois mois sous la forme du divin volume, et l'on conçoit aussi comment La Bruyère qui, Formey nous le dira, « y venoit journellement, » dut y prendre une partie de la haine qu'on y professait, et la refléter en malice dans son livre.

A peine y effleure-t-il la médecine d'un trait bénin, tandis que le charlatanisme le trouve sans merci. C'est encore une différence entre Molière et lui, et qui vient de la manière tout opposée dont ils me paraissent avoir conduit leur santé. La Bruyère avait pour amis des médecins, notamment Fagon[2], et il ne consultait qu'eux; Molière, et là-des-

---

[1] Le *Livre commode des adresses pour* 1692, p.148.

[2] Il le nomme avec les plus beaux éloges et fait même sur lui toute une prosopée : « O Fagon, Esculape, etc., » dans la 8ᵉ édition, qui parut en 1694, peu

sus j'en crois la comédie d'*Élomire*, ne consultait que des charlatans. Il les a donc épargnés pour frapper sur les autres; mais, avec La Bruyère, ceux-ci ont eu leur revanche. Il convient que les médecins « ne guérissent pas toujours ni sûrement, » et qu'ils peuvent laisser mourir; mais, ajoute-il, les charlatans font bien bien pis, « ils tuent. »

Ce qu'il y a d'assez curieux, c'est que la dernière descendante de la famille de notre philosophe, la seule dont nous ayons pu retrouver la trace, Catherine-Amette de La Bruyère, qui mourut à Passy le 16 août 1803, avait tout justement épousé un empirique, comme Barbereau, dont les remèdes venaient peut-être de la même source. Il s'appelait le

de mois après qu'il eût été nommé premier médecin du roi. C'était son compliment d'amitié, et Fagon dut y être sensible. Deux ans après, quand La Bruyère fut si subitement frappé de l'apoplexie qui l'emporta, il fut le premier qui accourut. V. la lettre sur sa mort, déjà citée, d'après la *Revue retrospect.* d'oct. 1836. — L'abbé de Choisy raconte dans ses *Mémoires*, édit de 1747, p. 312, comment Fagon devint premier médecin du roi. Il tenait le fait de La....... (*sic*). C'est certainement La Bruyère, son ami, qu'il n'aura pas voulu nommer en toutes lettres pour cette mince anecdote.

10

docteur Lambert, et opérait *Cour des Fon-
taines*, avec une panacée qui lui valut plus
d'une attaque de la Faculté [1].

XVII

Quand La Bruyère, passant au chapitre
de la coquetterie, nous parle de celle des
jeunes mariées qui entrent en ménage par
la brèche que font à leur dot les frais
de noce, l'achat de la toilette et des meubles, ne devance-t-il pas ce qu'on a pu dire
de notre temps sur les riches corbeilles des
fiancées, étincelantes de bijoux et de cache-
mires à la surface, avec la misère au fond?
De son temps, on allait chez Gaultier dans
la rue des Bourdonnais [2]; aujourd'hui, l'on va

[1] Le *Cousin Jacques* (Beffroy de Reigny), qui fut
son ami, et qui pour être conséquent avec le sérieux
de ses remèdes le défendit par des chansons, dit positivement, dans une note des couplets consacrés par
lui à la mort de « Catherine-Amette de La Bruyère,
femme Lambert, » qu'elle était « arrière-petite-nièce
du célèbre auteur des *Caractères*. » *Les Soirées
chantantes* ou *le Chansonnier bourgeois*. 1805, in-
12, t. II, p. 205.

[2] Tout ce passage de La Bruyère, y compris le nom
de Gaultier, l'illustre marchand de la rue des Bour-

chez d'autres, en des rues plus neuves : il n'y a de changé que le marchand et le quartier; la ruine est la même [1].

La pudeur n'a pas plus marché que la sagesse. Quand nos élégantes s'en vont admirer, aux Champs-Élysées, ces lutteurs demi-nus, dont parle Alfred de Musset [2], ou dans le Cirque cet acrobate au hardi trapèze, dont les *Mémoires* galants resteront un des signes

donnais, a été mis en vers dans la *Satyre nouvelle sur les promenades de Paris.* 1699, in-8°, p. 7. On y trouve aussi, p. 17, tout ce que La Bruyère a dit sur la promenade des bains de la Porte Saint-Bernard, dont il sera parlé tout à l'heure.

[1] On peut juger des dépenses qu'on faisait alors pour les toilettes de mariage par ce que dit madame de Sévigné dans sa lettre du 29 décembre 1679 : « Gautier ne peut plus se plaindre; il aura touché en noces, cette année, plus d'un million. » — Il a maint autre trait contre les usages des noces. Celui par exemple qui consistait à faire parader, le lendemain du mariage, la mariée « femme d'une seule nuit, sur un lit, comme sur un théâtre, » a été très-vivement malmené par lui, dans tout son naïf scandale. La cour avait commencé à le proscrire depuis 1687 (Dangeau, t. II, p. 33), et ce n'était plus qu'une mode bourgeoise, aussi La Bruyère, lorsqu'il en parla en 1690, eut-il soin de mettre ce qu'il en dit au chapitre de *la Ville.*

V. *Il ne faut jurer de rien,* acte I, scène 1.

de notre triste époque, elles n'ont pas une ré-
serve plus grande, une pudeur plus voilée que
celle de ces effrontées curieuses, qui, n'ayant
en main qu'un éventail à jour[1], « s'alloient
promener au quai Saint-Bernard, dans le
mois où les hommes s'y baignoient, et n'y
revenoient plus quand la saison des bains étoit
passée, » comme le dit La Bruyère avec cette
discrétion goguenarde et cet art des réticences qui lui est particulier[2].

Ce procédé de satire à demi-mot, et de critique voilée d'ironie, était le seul qu'il pût se
permettre en ces matières délicates, où la cru-

[1] Ces éventails s'appelaient des *lorgnettes*. V. L
Ménagiana, édit. de la collect. des *Ana*, t. II, p. 66
— Coulanges a fait une chanson « sur les précieuses a
quai Saint-Bernard.» V. son *Recueil*, p. 43. Palapra
dans le discours qui précède sa comédie du *Ball*
extravagant, en parle aussi, et ne croit pas qu'il faill
y voir tant de mal : « Les dames, dit-il, ne sont pa
exemptes des railleries que la malignité des homm
leur fait peut-être injustement sur le choix de ces pr
menades. » *Œuvres*, 1712, in-8°, t. II, p. 57.

[2] Bayle, à l'article *Lycurgue* de son *Dictionnai*
(édit. in-fol., t. II, p. 327), trouve que dans ce pa
sage de La Bruyère, la curiosité des femmes sur l
nudité du sexe « est délicatement touchée. »—En jui
let 1696, peu de jours avant la mort de La Bruyèr
les comédiens italiens donnèrent une pièce sur ce

dité de l'invective eût elle-même été une indécence. Il savait qu'il pourrait tout dire avec
cet art qu'il tenait des Grecs, il s'appliquait
donc à s'y montrer chaque jour plus finement expert en malices sous-entendues. C'est
pour cela qu'aux endroits de son livre où
il veut parler de lui-même, il se donne le
nom de Socrate, ce maître de l'ironie grecque [1], vrai patron de l'esprit qu'il réveille si
bien [2].

scandales qu'il avait dénoncés des premiers. Le titre
était *Les Bains de la porte Saint-Bernard.* Il s'y
trouve des passages de très-spirituelle observation,
et comme l'auteur n'était autre que le vieux Boisfranc, ancien trésorier de Monsieur, dont le fils
avait épousé la marquise de Belleforière, grande
amie de La Bruyère, il se pourrait que celui-ci fût
pour quelque chose dans l'inspiration, sinon dans la
composition de cette farce. Elle se trouve au tome VI
du *Théâtre italien*, de Ghérardi.

. [1] Elien dit, des discours de Socrate, « qu'il faut les
retourner pour en trouver le vrai sens. »

[2] V. surtout le passage qui commence ainsi : « On
a dit de Socrate qu'il étoit en délire. »—«Ici, écrit-il à
ce propos dans la lettre sur quelques endroits de son
livre que M. Destailleur a publiée le premier, ici
Socrate n'est pas Socrate. C'est un nom qui en cache
un autre. » Or, cet autre nom, c'est le sien, comme
l'a fort justement pensé M. Louandre dans une note
de son édition, p. 300.

Que de choses, sur lesquelles autrement il aurait dû se taire, n'a-t-il pas su dire avec sécurité sous le demi-jour de cette nuance attique, de cet esprit à mots couverts[1]. Le passage qu'on vient de lire n'est pas le seul où il y excella, mais nulle part il n'avait eu plus grand besoin des ressources de sa discrétion ironique.

Les femmes qu'il voyait à la Ville et à la Cour n'allaient-elles pas toutes au quai Saint-Bernard, sans crainte de s'y mêler « avec ces personnes libres[2], » comme il les appelle, qui, vingt ans plus tard, seront les *filles* de la Régence? M. le Duc, son élève, n'y venait-il pas lui-même faire fracas de galanterie, et ne citait-on pas de lui, à cet endroit même, une aventure[3] avec les deux plus effrontées de ces « personnes, » les sœurs Loyson, filles du libraire[4], dont la scandaleuse conduite et la

[1] Chateaubriand a fort bien saisi cette tendance de l'esprit de La Bruyère. « L'ironie, a-t-il dit, est son arme favorite. »

[2] Édit. Destailleur, t. II, p. 213.

[3] *Lettres* de madame du Noyer, t. I, p. 16.

[4] Cizeron-Rival, *Amusements philosophiques et littéraires*, 1756, in-12, p. 120.—Quand Dancourt, dans sa comédie de *la Gazette*, fait reprocher par Crispin à Clitandre d'être l'amant de la fille d'un libraire, il

fin [1] devaient faire un si étrange contraste avec la destinée paisible et heureuse de la fille de l'autre libraire, la petite Michallet, qui mérita d'avoir pour magnifique dot l'argent des *Caractères?*

La Bruyère était, comme partout, au quai Saint-Bernard, « sur cette levée » qui servait d'amphithéâtre aux impudiques, mais ce n'était pour lui qu'un spectacle de passage.

Son vrai théâtre pour l'observation des coquettes, en leurs mille variétés, était le jardin des Tuileries où nous l'avons déjà vu [2], où rien ne lui échappait, où tout lui était bon pour faire tableau, même la petite bouquetière qui vendait à la porte ces jolies fleurs des blés, ces *bleuets* célestes dont il compara si bien l'éclat stérile et parasite à celui des femmes qui s'en paraient [3].

parle d'une des Loyson. On sait que Regnard et Palaprat furent aussi de leurs amis.

[1] L'une d'elles finit par être exilée pour inconduite par lettre de cachet. V. Dangeau, 22 juin 1711.

[2] V. plus haut, p. 71, et les *Mélanges* de Vigneul-Marville, 1699, in-12, p. 337 : « Il faut avouer, dit-il, que M. de La Bruyère a été longtemps à étudier sur les bancs du Luxembourg et des Tuileries la Cour et la Ville. »

[3] M. Feuillet de Conches, dans ses *Causeries d'un*

XVIII

Tout près de là, il avait des amis. So
observation faite, sa récréation prise, il alla
les voir.

C'était, par exemple, cette aimable ma
dame de Belleforière qui logeait rue Saint
Anne, et dont il paraîtrait, comme on le ver
plus loin, qu'il fut au moins le commens
très-intime[1]; puis le beau-père de cette char
mante femme, le vieux Boisfranc, qui, d
chu de sa charge de trésorier de Monsieu
se consolait de sa disgrâce par le luxe du t
hôtel que lui avait bâti Le Pautre, dans la r

curieux, t. II, p. 263, parle de cette mode des *ba*
beaux cueillis dans les blés, et dit qu'elle n'eut qu't
instant. Il eût pu ajouter qu'elle se réveilla un p
plus tard, en 1704. On fit alors de tels ravages da
les blés, pour y cueillir la fleur en vogue, qu'u
ordonnance de police dut interdire cette déplor
ble moisson. V. Fréminville, *Dictionn. de polic*
p. 78.

[1] Sur un plan du quartier Richelieu à cette époqu
que nous possédons manuscrit, elle est indiqué
comme habitant un hôtel de la rue Sainte-Ann
près du coin droit de la rue Neuve-Saint-Augustin

Neuve-Saint-Augustin [1]; par la lecture des bons livres dont il avait un cabinet très-choisi; et par quelques jeux d'esprit gaillards, pour lesquels l'inspiration de La Bruyère aurait bien pu être de quelque chose [2].

Son protecteur Pontchartrain était aussi par là. Après avoir quitté la maison de la rue de Vaugirard, tout près des Carmes [3], où La Bruyère, logé chez les Condé, l'avait pour voisin, il était venu s'installer dans l'hôtel du financier Douilly, encore debout aujourd'hui, mais bien changé, au coin de la rue Vivienne et de celle des Filles-Saint-Thomas [4]. Ses fonctions de contrôleur général des finances l'avaient obligé à cette émigration d'un quartier paisible vers un quartier mondain.

Il y resta. Peu d'années après, il prenait pied, d'une façon cette fois définitive, dans l'hôtel de Lyonne, qui dès lors prit son nom, et qui se vit, jusqu'en 1825, sur le vaste espace aujourd'hui encombré par la salle Ventadour. La Bruyère ne devait pas l'y

[1] G. Brice, *Descr. de Paris*, 1701, in-12, t. I, p. 158.
[2] V. plus haut, page 113, note.
[3] *Livre commode des Adresses pour* 1691, p. 7.
[4] G. Brice, t. I, p. 154.

connaître; il était mort au moment de cette dernière installation. En revanche, il avait dû beaucoup le voir, lui et son fils Phély-peaux, dont nous avons déjà parlé, dans l'hôtel de la rue des Filles-Saint-Thomas.

En allant faire visite à ces puissants amis, qui voulaient bien parfois être ses inférieurs, puisqu'ils l'admettaient sur le terrain de l'es-prit [1], il trouvait à glaner les observations sans nombre dont étincellent ses chapitres de la *Ville* et de la *Fortune.*

Les heureux de la finance, les parvenus des fermes pullulaient, en effet, dans ce quar-tier de l'hôtel Pontchartrain; c'est même à cause d'eux que le ministre était venu par ici, du fond de la rue de Vaugirard. Rue des Filles-Saint-Thomas, il se trouvait en pleine finance, au milieu même de ses administrés, pouvant les surveiller de près, leur faire la guerre à l'œil, comme on disait; et ce n'était pas inutile.

Partout : à la butte Saint-Roch, dans les Petits-Champs, depuis la rue de Richelieu

---

[1] Pontchartrain, selon Gourville, *Mém.*, édit. Peti-tot, p. 530, « savoit distinguer ceux qu'il croyoit plus habiles que lui... Il les invitoit à lui parler de tout ce qui leur venoit à l'esprit. » La Bruyère devait être

jusqu'à la place des Victoires [1]; depuis la rue
Neuve-Saint-Augustin, et jusqu'au Rem-
part, ce n'étaient que splendides demeures
bâties pour ces traitants : là, cet hôtel du
fameux partisan La Cour Deschiens, qui
fut ensuite l'hôtel d'Antin, puis l'hôtel Richelieu; à deux pas, la belle maison de La
Touanne, ce trésorier de l'extraordinaire
des guerres, dont nous aurons tant à reparler; plus près, vers les filles Saint-Thomas,
l'hôtel de Monnerot, qui, devenu l'hôtel
Grammont, fut abattu pour faire place à la
rue du même nom; puis encore l'hôtel de
Thévenin, si magnifique, si richement doré
que le roi s'en émut et craignit de voir éclip-
ser Versailles. Il fit écrire à ces messieurs de
la ferme pour qu'ils ne se permissent plus
désormais d'aussi scandaleuses dorures [2].

C'est plusieurs années après la mort de
La Bruyère que fut prise cette mesure, à la-

de ces habiles, ainsi que son intime l'abbé de Choisy,
qui a dit de Pontchartrain : « Il étoit plus que pas un
de mes amis. » *Mém.*, 1747, in-8°, p. 430.

[1] Sur trente fermiers généraux dont le *Livre commode* (p. 6-7) donne l'adresse, on en compte dix de
la rue Neuve-Saint-Augustin à la place des Victoires.

[2] *Corresp. adm. de Louis XIV*, t. II, p. 810.

quelle il eût certainement applaudi. Elle était de celle que sa haine de toutes les insolences, et le luxe hardi des parvenus en est une, lui faisait approuver d'avance; de plus, elle était conseillée par un ministre dont les actes le trouvaient presque toujours favorable. Ce ministre est encore Ponchartrain.

La Bruyère le voyait avant ses hautes fonctions, et il le vit encore après, ce qui est de sa part une grande marque d'estime. Où l'avait-il connu ? peut-être à l'Oratoire, où Pontchartrain faisait des retraites[1], en attendant ce dernier asile dè solitude sérieuse, qu'il s'était rêvé au cloître Notre-Dame[2], mais dont le ministère lui fit enfin perdre l'espoir. Ce goût pour la retraite et la méditation eût suffi pour le rapprocher de La Bruyère, si par d'autres encore ils ne se fussent attirés. La Bruyère avait la flatterie en horreur, et Pontchartrain les flatteurs en haine profonde. Pour l'ombre même d'un compliment, on se brouillait avec lui : « Il avoit fait là-dessus, dit Saint-Simon[3], ses conventions tant qu'il avoit pu. » Tourreil,

[1] V. la *Clé ms.* de l'Arsenal, à ces mots : « Brontin, dit le peuple, etc. »
[2] Saint-Simon. Edit. L. Hachette, in-12, t. II, p. 25.
[3] Note dans le *Journal* de Dangeau, t. IV, p. 14.

qui était chargé de l'éducation du fils, dont il sera question plus loin, ne s'étant pas soumis à cette prescription de sincérité et, au contraire, flattant de plus belle fut congédié pour faire place à La Loubère, un ami de notre philosophe que nous retrouverons aussi plus tard[1].

La Bruyère ne flatta peut-être Ponchartrain qu'une fois, et sans déplaire certainement : il le flatta dans sa haine des flatteurs. Vous rappelez-vous le passage des *Caractères*[2] qui commence ainsi : « Que d'amis, que de parents, naissent en une nuit au nouveau ministre !... » et qui se termine par cette invective : « Hommes vains et dévoués à la fortune, fades courtisans, parliez-vous ainsi il y a huit jours ? Est-il devenu depuis ce temps plus homme de bien, plus digne du choix que le prince en vient de faire ? Attendiez-vous cette circonstance pour le mieux connoître ? »

C'est de Ponchartrain qu'il s'agit, or, remarquez avec quelle délicatesse est loué ce grand ennemi de la louange ; comme son éloge se dissimule dans le blâme contre le

---

[1] Note dans le *Journal* de Dangeau, t. IV, p. 14.
[2] Edit. Walcknaer, p. 328.

flot de ses flatteurs. Ce que ce passage a de favorable est si bien voilé, que personne ne vit ce qu'il cachait. Dans aucune des *clés* ne se trouve le nom de Pontchartrain, le seul pourtant qu'il y eût à citer. Quand parut, en effet, ce *caractère* ? En 1690, dans la cinquième édition, et quel était alors « le nouveau ministre ? » Pontchartrain, nommé l'année d'auparavant au mois de septembre. Il ne peut donc y avoir de doute sur ce point.

Je ne crois pas non plus qu'on puisse douter que La Bruyère, ayant pour ami le nouveau contrôleur des finances, ne devînt tout à coup en passe d'une fonction importante dans le ministère, où il avait des précédents de financier, puisqu'il avait été trésorier de France, et où sa réputation de probité devait le recommander, surtout auprès d'un ministre honnête homme.

Des offres durent certainement, à mon avis, lui être faites.

Que répondit-il ? son livre va nous le dire, et cela sous la même date de 1690, qui se rapporte si bien au temps où purent lui venir les propositions d'une faveur qu'il refusa. D'abord, il parle des stupides, des imbéciles « qui se placent en de beaux postes, » et rien que par les épithètes dont il les qualifie, on pressent l'horreur qu'il éprouverait à être seulement confondus avec eux. Puis il va plus loin, il ajoute au mépris de ce qu'il pourrait, mais ne veut pas être, l'estime profonde de ce qu'il est. Il compare le traitant avec le philosophe, et sa comparaison est tout un aveu.

C'est sur la joue d'un certain *Fauconnet*, «preneur du bail des fermes» de 1680 à 1687, qu'il soufflette en masse les trente partisans dont ce Fauconnet n'était que l'homme de paille, le prête-nom [1].

Descartes est le philosophe, en pleine proscription, qu'il oppose à ces traitants en pleine opulence [2]. Ils sont florissants à Paris; lui, il est mort exilé et pauvre : « Que de-

[1] Les fermiers généraux n'étaient, en effet, que sous-fermiers. Le seul homme en titre était quelque pauvre diable, comme ce Fauconnet, ou comme P. Domergue, qui lui succéda, avec la même caution des trente traitants.—Il y avait de la malice à confondre, sous ce nom vulgaire, sorte de masque obscur, tous les noms éclatants des rois de la finance.

[2] Nous avons déjà vu, p. 45-46, avec quelle ferveur il s'était fait *cartésien,* s'abandonnant ainsi à une vogue dont Bonaventure d'Argonne, qui n'avait pas suivi le même entraînement, car il était dit qu'il n'aurait avec La Bruyère aucune sympathie com-

viendront, s'écrie-t-il, les *Fauconnet?* Iront-
ils aussi loin dans la postérité que Descartes,
né François et mort en Suède?» Et l'on voit
à son accent amer, que la mort de Descartes
lui ferait autant envie que l'existence des
Fauconnet lui ferait honte [1].

Son dernier mot sur tout cela, celui où il
me semble que je trouve le résumé de sa ré-

mune, nous a parlé assez dédaigneusement, après
quelques mots plus dédaigneux encore sur Lesclache, que La Bruyère semble avoir aussi suivi
(V. plus haut, p. 44-45), et sur Gassendi. « Chacun, dit-il à propos de Descartes, se portoit d'autant plutôt à cette philosophie qu'elle paroissoit
s'apprendre plus facilement que les autres, quoique
elle eût des difficultés insurmontables pour les meilleurs esprits. » *Lettres inéd. de Bonav. d'Argonne*
(Annales encyclopéd., 1818, t. VI, p. 264-266).

[1] Parmi les Fauconnet, se trouvait Berthelot et les
siens, qui firent tous de grosses fortunes, pendant ce
bail. Ce sont eux surtout, et en particulier Berthelot,
leur chef, fermier des poudres, que La Bruyère veut
prendre à partie sous le couvert de leur prête-nom. Il
avait ses raisons de famille qu'on lira tout à l'heure
p. 127, note 1, et il savait d'ailleurs que ce qu'il en dirait
plairait à M. le Prince, toujours des premiers à plaisanter
Berthelot sur sa seigneurie de Jouy qui, achetée avec
le produit de la ferme des salpêtres, « sentoit plus que
pendant la guerre la poudre à canon. » *Jeux d'esp. et de
mém., par le marquis de Châtre*, 1694, in-12, p. 2-3.

ponse à Pontchartrain, est dans cette phrase
qui termine ce qu'il a dit avec tant d'éloquence sur l'inégalité des richesses alors si
effrayante, et chaque jour accrue encore par
la rapacité et le luxe des financiers : « Tienne
qui voudra contre de telles extrémités ; je
ne veux être, si je puis, ni heureux, ni
malheureux. Je me jette et me réfugie dans
la médiocrité. » Il ne s'en départit jamais.

Cette médiocrité ne fut pas celle de l'é-
goïsme, active pour elle-même, inutile aux
autres. Ami du ministre, plus ami du bien
public, il pensa qu'il devait à l'un et à l'autre
ses lumières et ses avis : il ne les épargna pas.
Tout ce qu'il avait appris sur la finance et
ses gens vint se condenser dans son livre,
en phrases directes pour ceux qui savaient
saisir, transparentes pour qui savait voir.

C'était une des qualités de Pontchartrain.
Il reconnut vite tous les traitants de son entourage, qui, de leur côté, n'avaient pas tardé
à se reconnaître.

La Bruyère fut menacé, on le devine à plus
d'une allusion [1] ; il n'en parla que plus
haut. Le danger qu'il fit ainsi planer sur lui,

[1] V., par exemple, ce passage de la 5e édition dans

11.

en s'attaquant aux puissances de l'argent était tel quand il mourut, que la rapidité de sa mort ayant, d'ailleurs, donné quelque motif aux soupçons, on n'hésita pas à dire et même à imprimer, comme nous le ferons voir, qu'il avait été empoisonné.

Parmi les gens de finance qui touchaient le plus près à Pontchartrain, et qui ne furent que plus directement l'objet des allusions satiriques de La Bruyère, se trouvaient Laugeois et Monnerot, l'un, qui était entré dans la famille du ministre par le mariage de son fils avec la fille du président Cousin, l'autre, qui était de son conseil intime, comme *donneur d'avis*. Du premier, Laugeois, dont le nom s'était trouvé un jour prolongé à l'improviste par le titre de seigneur d'Imbercourt, il fit *Chrysippe*, « l'homme nouveau, le premier noble de sa race; » et de Monnerot, il fit *Champagne*, donnant à plaisir un nom de valet à ce traitant, qui était de ceux dont Boileau a dit :

Je l'ai connu laquais avant qu'il fût commis.

Il le mit aussi dans le *caractère d'Ergaste* avec le baron de Beauvais, gendre de Ber-

le chap. *Des biens de la fortune:* « Fuyez, retirez-vous, etc., » édit, Destailleur, t. I, p. 263.

thelot[1], le chef des *Fauconnet*; avec Basseville, et avec Berrier[2], ces autres grands *donneurs d'avis*, qui, comme lui, n'avaient d'idées que pour l'épuisement du peuple, et qui chaque fois prélevant une prime sur ces idées de concussion[3], se faisaient une fortune nouvelle de ces nouvelles manières de ruiner le pays.

[1] V. plus haut p. 124. — Quoiqu'un Berthelot se fût marié en 1680, avec la petite-fille de M. de Novion, dont la bâtarde avait, nous l'avons dit p. 16, épousé le frère de La Bruyère, celui-ci n'épargna pas cette famille. On dirait même qu'il ne mit que plus de plaisir à l'attaquer, comme pour venger de la légitimité florissante, et trônant dans les hauts emplois, la bâtardise, représentée un peu obscurément par la femme de l'huissier au Parlement.

[2] C'est lui qui avait trouvé moyen de faire taxer les jurés crieurs d'enterrement. (De Châtre, *Jeux d'esprit et de mémoire*, 1694, in-12, p. 108.) Berrier tenait aussi aux Novion, par son fils La Ferrière qui avait épousé une autre petite-fille du président. Ce fut, comme à l'égard des Berthelot, une occasion pour La Bruyère de le mieux connaître et de le peindre mieux. Les faiseurs de *clés*, qui savaient que Berrier posait pour ainsi dire en famille, devant La Bruyère, ne manquèrent pas de le retrouver dans quelques traits de son *Criton*, dans son *Brontin*, et surtout dans son *Sosie*, parvenu fait marguillier. Berrier l'était à Saint-Eustache.

[3] La moitié du bénéfice annuel d'une taxe nouvelle

« Laissez faire Ergaste, dit La Bruyère, et il exigera un droit de ceux qui boivent de l'eau de la rivière, ou qui marchent sur la terre ferme : il sait convertir en or jusqu'aux roseaux, aux joncs et à l'ortie. »

Il n'y a là d'un peu forcé que le détail; le fond est cruellement vrai. Tout alors était prétexte à impôt, matière à taxe. Comme on le savait, on ne tentait rien, de peur que la culture ou l'industrie entreprises ne fussent grevées d'une contribution aussitôt que créées. Dans une de nos plus pauvres provinces, l'Intendant pensa que *l'élève* des abeilles serait à encourager, et il fit demander le nombre des ruches pour chaque paroisse. Les paysans ne virent dans cette enquête que la menace d'un impôt : ils détruisirent leurs essaims [1]. Ailleurs, la petite noblesse se fût volontiers livrée à *l'élève* des chevaux, et il y avait là une belle espérance pour nos haras :

était souvent pour celui qui avait donné *l'avis.* V. Dangeau, 8 janvier 1685. — Quand le chevalier de Bouillon, par exemple, eut l'idée des bals de l'Opéra, il reçut une pension de 6,000 livres pour son *droit d'avis.* La Place, *Pièces intéressantes,* t. I, p. 123.

[1] Lémontey, *Essai sur l'établissement monarchique de Louis XIV,* 1818, in-8°, p. 400.

la même crainte d'une taxe fit tout arrêter [1].

La Bruyère revint souvent sur les procédés de finance qui furent le principal fléau de l'administration trop inventive de Pontchartrain. Mais ses conseils donnés sous forme de satire, pour être mieux en vue, se trouvèrent en pure perte. Pendant les douze ans qu'il dirigea les finances, Pontchartrain, livré aux *donneurs d'avis*, aux improvisateurs d'impôts, ne conclut pas moins de cent soixante-trois traités pour les affaires extraordinaires de finance [2], qui, la plupart, étaient de ces extravagances déplorables, dont on ne s'avise que lorsqu'étant à bout de ressources, on se trouve aussi à bout de raison : « Elles font rire aujourd'hui, a dit Voltaire, mais alors elles faisaient pleurer. »

Un autre abus de ce temps, les ventes d'offices et les cumuls qu'elles entraînent, ne laissèrent pas La Bruyère indifférent. Personne

[1] *Corresp. administ. de Louis XIV*, t. II, p. 400.
[2] V. le travail de M. P. Clément sur Pontchartrain, *Rev. des Deux-Mondes*, 15 août 1863, p. 929. Choisy, *Mém.* p. 246, le loue d'avoir fourni 150 millions par an « avec du parchemin et de la cire, en imaginant des charges et faisant des marottes, qui ont été bien vendues. »

n'a pris mieux à partie ces gens avides d'emplois, prompts accapareurs des gouvernements, charges et bénéfices, auxquels il suffisait d'avoir la somme demandée, ou la faveur nécessaire, pour être à la fois, par une suite d'accaparements greffés l'un sur l'autre, hommes d'État, d'épée, de magistrature et même d'Église.

« Tout leur convient, dit-il [1]; ils se sont si bien ajustés, que par leur état ils deviennent capables de toutes les grâces; ils sont amphibies, ils vivent de l'Église et de l'épée, et auront le secret d'y joindre la robe. »

Qui La Bruyère avait-il en vue? Saint-Simon va nous le dire plus clairement que toutes les *clés*, d'ailleurs muettes sur ce point: « Saint-Romain, dit-il [2], amphibie de beaucoup de mérite, qui avoit manié beaucoup de négociations, conseiller d'épée, sans être d'épée, avec des abbayes, sans être d'Église [3]. »

---

[1] Édit. Walcknaër, p. 325.

[2] *Notes sur le journal* de Dangeau, t. V, p. 45.

[3] Ce *caractère* parut dans sa 4ᵉ édition, c'est-à-dire en 1689, lorsque Saint-Romain, revenu depuis quelques années de son ambassade en Portugal, se trouvait sans nouvel emploi, dans la position de ces hommes gorgés, mais qui demandent toujours, dont

Voilà l'homme repris avec les expressions mêmes de La Bruyère, et cette fois nommé sans que personne y eût fait attention[1].

il est dit dans le même *caractère* : « Que font ces gens à la cour ? Ils reçoivent, et envient tous ceux à qui l'on donne. » Saint-Romain avait été fait *conseiller d'État d'Épée* en mai 1683, suivant le *Dictionnaire des Bienfaits du Roy*, t. IV, p. 94 (Mss. de la Biblioth. imp., f. fr. n° 7,658). Il avait, suivant le même document, obtenu, le 31 octobre 1671, l'abbaye de Préaux, de l'ordre de Saint-Benoît, diocèse de Lisieux, à la mort du cardinal Mancini; il avait en outre celle de Corbigny, du même ordre, diocèse d'Autun. La première lui valait 20,000 francs de rente, l'autre 12,000. Dangeau, t. V, p. 45.

[1] La Bruyère, qui avait pu connaître Saint-Romain par les Pontchartrain, chez lesquels il allait aussi (t. V, Dangeau, 18 nov. 1693), devait encore parler de lui dans son édition suivante (mars 1690), à propos de la rupture de son intimité avec le conseiller de robe Courtin, rupture qui fit tant de bruit, car elle mettait fin à une communauté d'existence qui avait duré de longues années. Le passage des *Caractères* : « L'on sait des gens qui avoient coulé leurs jours dans une union étroite, etc. » (édit. Walcknaër, p. 252), fut compris de tout le monde, tant il était précis, même pour l'âge des amis qui se séparaient. La Bruyère leur donne quatre-vingts ans, et Dangeau, parlant de la mort de Saint-Romain, quatre ans après, dit en effet qu'il avait dépassé cet âge. (*Journal*, 15 juillet 1694.)

Saint-Simon a de ces rencontres avec l'auteur des *Caractères*, ou plutôt de ces réminiscences, et, par là, comme les sous-entendus lui sont moins nécessaires, comme il peut nommer où La Bruyère ne peut qu'indiquer, il sert souvent à l'éclaircir. » Je l'avois assez connu, » a-t-il dit de lui. Il connaissait le livre mieux encore que l'homme.

XIX

L'insolence des financiers, qui achetaient à beaux deniers les vieilles tours féodales, et s'y carraient en seigneurs, les embellissant, les agrandissant, comme si un traitant ne pouvait tenir où jadis avait tenu un comte ou un duc, était une des indignations les plus ordinaires à notre philosophe. Maintes fois il y revient, notamment dans ce passage sur certains morts qui seraient bien surpris de voir « leurs grands noms portés, et leurs terres les mieux titrées possédées par les gens dont les pères étoient peut-être leurs métayers. »

C'est quand il allait à Saint-Maur, chez M. le Duc, son élève, que ce dépit contre les

arrogantes fortunes des traitants devait surtout le prendre. Un d'eux, en effet, étalait
sa morgue, à deux pas du château même du
prince, et l'insultait de ses dépenses. C'était
La Touanne, trésorier de l'extraordinaire
des guerres.

La Bruyère le trouvait partout dans sa
perspective : à Paris, il avait un magnifique
hôtel, assez près de celui de Pontchartrain[1];
à Saint-Maur, son château touchait celui du
prince; il devait donc, étant si bien sous ses
yeux, tomber quelque jour sous sa main.

Ce château de Saint-Maur, ancien domaine
de Catherine de Médicis[2], avait été au xvii[e]
siècle partagé en deux parts : l'une, qui était
revenue à M. le Duc, par l'abandon qu'avait
fait Gourville d'une jouissance viagère à lui
accordée par le grand Condé[3]; l'autre, qui
appartenait à La Touanne.

[1] Son hôtel, habité plus tard par M. de Fériol,
était rue Neuve-Saint-Augustin, à l'extrémité opposée de celui de Pontchartrain. V. l'excellent livre
de M. Desnoiresterres, *Les Cours galantes*, t. III,
p. 217.

[2] Saint-Simon, éd. L. Hachette, t. II, p. 319; Piganiol, *Descript. de Paris*, t. IX, p. 452.

[3] Condé lui avait cédé cette jouissance «sa vie du-

Les Condé n'aimèrent jamais les voisins, et M. le Prince, Henri-Jules, moins que personne; on le sait de Saint-Simon, qui l'appelle « maître détestable, pernicieux voisin, » et conte à ce propos la singulière anecdote du secrétaire du roi, M. Rose, dont le Prince fit envahir, par trois cents renards, le parc, trop voisin du sien, qu'il enrageait de ne pas avoir [2].

La Touanne, avec ses beaux jardins de Saint-Maur, et « sa maison, la plus jolie du monde [3], » déplaisait à M. le Duc, au moins autant que Rose déplaisait à M. le Prince avec son enclos de Chantilly. Il s'indignait de n'avoir que la moitié d'un parc, lorsque ce traitant possédait l'autre [4]. Las de le regar-

---

rant, » avec 12,000 livres de rente, à condition qu'il en dépenserait 240,000 « entr'autres pour achever un côté du château. » Gourville en dépensa 400,000. *Mém.*, édit. Petitot, p. 456, 525.

[1] Saint-Simon, t. IV, p. 342.

[2] *Id.*, t. II, p. 150.

[3] *Id., ibid.*, p. 319.

[4] Il était d'autant plus gêné du voisinage de La Touanne, que, suivant Saint-Simon, le jardin de celui-ci donnait pour ainsi dire dans le sien (*Id., ibid.*), et que, selon Gourville, p. 456, M. le Duc ne tenait rien tant qu'à s'agrandir.

der par-dessus son mur, il lui fit faire des offres où perçait trop vivement son désir, et qui tout naturellement n'aboutirent qu'aux prétentions les plus exorbitantes de la part du financier[1].

C'est alors que La Bruyère, au fait de cette affaire, comme de toutes les autres de la maison du prince, dut écrire dans sa cinquième édition : « Ne traitez pas avec Criton, il n'est touché que de ses seuls avantages. Le piége est tout dressé à ceux à qui sa charge, *sa terre,* ou ce qu'il possède feront envie; il vous imposera des conditions extravagantes. »

La Touanne garda son parc, et comme pour braver plus effrontément le prince dont l'envie faisait sa joie, il s'y épuisa en dépenses folles pour des embellissements. Il y engloutit, selon Dangeau, plus de sept à huit cent mille livres[2].

---

[1] Saint-Simon, *loc. cit.,* parle lui-même de cette envie de M. le Duc. « Rien, dit-il, ne lui convenoit davantage que de joindre les jardins de La Touanne aux siens, et d'avoir sa maison pour en faire à Saint-Maur une petite maison particulière à ses plaisirs, et souvent une décharge au château, quand il y étoit avec madame la Duchesse et bien du monde. »

[2] *Journal,* t. VIII, p. 236.

La Bruyère devait parler encore, il parla.

Sa seconde sortie contre le fastueux voisin du prince ne fut pas moins que cette
admirable page : « Ni les troubles, Zénobie, etc.,» toujours inexpliquée, et d'un sens
si clair, quand on sait ce qui précède [1].

Rien n'y semble plus obscur : Zénobie, la
reine à la puissance troublée, c'est Catherine de Médicis; « la Royale maison, » bâtie
sur les bords de l'Euphrate, et ombragée au

---

[1] C'est en 1694, dans la 8ᵉ édition, que parut ce
passage pour la première fois. Déjà, dans la 4ᵉ, en
1689, il avait parlé de ces parvenus qui n'habitent
« d'anciens palais qu'après les avoir renouvelés et
embellis. » Boursault, dans ses *Lettres* (1703, in-12,
t. II, p. 218), n'a pas oublié ces enrichis de fraîche
date qui croyaient sans doute se faire des titres anciens par les antiques domaines qu'ils achetaient. Il
cite à ce propos une épigramme contre un financier
de son temps qui pourrait bien être notre La Touanne;
car Boursault aussi allait à Saint-Maur, et ce qu'il
dit du domaine acquis par son financier conviendrait
au mieux à cette maison. « C'est un homme, dit-il,
qui a acheté une terre de cinq cent mille francs plus
aisément que je n'achéterois un livre de quinze sous.
Il y a peu de fiefs dans le royaume qui aient de plus
beaux droits, et qui aient été possédés par des personnes d'une plus éminente qualité. » C'est bien
Saint-Maur.

couchant par un bois sacré, c'est le château
de Saint-Maur, si voisin de la forêt de Vincennes et de la Marne, qui est à cette pres-
qu'île, entre elle et la Seine, ce que l'Euphrate
est avec le Tigre, pour la Mésopotamie; le
pâtre « devenu riche par les péages des ri-
vières, » c'est La Touanne, dont le nom fait
penser au droit de *touage* qu'on prélevait
sur les fleuves; enfin, ce qui termine le chapitre, la phrase sur le pâtre enrichi achetant
« à deniers comptants cette royale maison
pour l'embellir et la rendre plus digne de
lui et de sa fortune, » est une allusion aux
sommes immenses englouties par le financier
à Saint-Maur, avec une pointe moins directe
peut-être mais certaine, contre les dépenses
qu'un autre homme de peu, Gourville, y
avait faites auparavant [1].

La culbute arriva pour le traitant. La
Bruyère n'en eut pas le spectacle, puisqu'elle
n'eut lieu que plus de cinq ans après sa mort,
à la fin de 1701 ; mais M. le Duc en eut la joie

[1] Ce que dit La Bruyère des machines « qui gémis-
sent dans l'air » a trait aux travaux qu'avait fait faire
Gourville pour extraire sur la place, des carrières de
Saint-Maur, la pierre nécessaire à l'achèvement du
château. *Mém.*, p. 525.

et le profit. La banqueroute de La Touanne, amenée par un désordre longtemps soutenu et caché, dit Saint-Simon [1], « sous la sérénité et le luxe, » fut de quatre millions, que le roi paya, pour ne pas discréditer le Trésor de l'extraordinaire des guerres, au moment d'entrer en campagne. Il revendit en détail, et à perte, tout ce qu'il eut de ses débris.

C'est ainsi que M. le Duc put avoir de lui, dans un voyage à Fontainebleau, « pour peu de chose, » comme dit Saint-Simon, c'est-à-dire pour 20,000 écus seulement, selon Dangeau, ce qui, rien que pour la dépense des embellissements, avait coûté 7 à 800,000 francs à La Touanne! « Cela, dit Dangeau [2], avec son flegme ordinaire, augmente et embellit fort son parc; on joindra tout ensemble aisément. »

Conclusion terrible du chapitre de *Zénobie!* Il n'y manque, au lieu de la phrase plate de Dangeau, que le coup de plume de

---

[1] *Mém.*, édit. Hachette, in-12, t. II, p. 210.
[2] *Journal*, t. VIII, p. 236.—En 1781, lorsque le prince de Condé dut vendre au roi la terre de Saint-Maur, pour y établir le duché de l'archevêque de Paris, elle n'était pas estimée moins de 1,800,000 livres.

La Bruyère. Combien ne vit-il pas de pareilles ruines, tantôt soudaines et se faisant d'elles-mêmes, tantôt causées par un retour de clairvoyance de la justice royale, s'avisant enfin de demander dés comptes, lorsqu'il n'était plus possible d'en rendre, et frappant pour le crime d'infidélité et de concussion lorsqu'elle-même était coupable d'imprudence et d'aveuglement.

La Bruyère n'avait pas d'aussi redoutables arrêts contre les traitants qui, dès la mort de Colbert, s'étaient mis à pêcher dans cette eau trouble des affaires que l'administration de Pontchartrain était loin de devoir éclaircir; il ne frappait pas si fort que pouvait le faire Louis XIV, mais il frappait plus juste.

Où sont les lettres royales contre le luxe de Thévenin et de ses pareils? Qui les connaît? personne ; mais les mots sanglants murmurés par La Bruyère en passant devant ces demeures insolentes, les anathèmes dont il a stigmatisé ces *manieurs d'argent*[1], tout le monde les a lus, tout le monde les sait par cœur. Les édits royaux n'ont qu'un temps, les

---

[1] C'est l'expression de La Bruyère : « Le manieur d'argent, homme d'affaires, est un ours qu'on ne sauroit apprivoiser. » Édit. Destailleur, t. I, p. 235.

arrêts de l'esprit ne se prescrivent pas. Ils frappent avec le ridicule, avec le mépris, même avec la pitié, et toujours ils tuent!

Les gens de la bourgeoisie qui fourvoyaient leur roture dans cette même magnificence des habitations princières, et les hommes de robe qui ne craignaient pas d'y égarer leur gravité, ne furent pas plus épargnés par lui que les gens de finance.

N'est-ce pas, en effet, à quelqu'un de la magistrature, dont tout le personnel lui était si bien connu par son frère, par ses anciennes hantises au Palais, et par l'entourage même de M. le Prince, toujours en affaire d'argent avec les gens de Parlement, surtout les plus riches [1]; n'est-ce pas à quelqu'un des Requêtes, le très-opulent Amelot de Bisseuil, qu'il fit allusion, lorsque, songeant au charmant hôtel de ce magnifique robin, dans la rue Vieille-du-Temple [2], il écrivit [3] :

« Un bourgeois aime les bâtiments, il se

---

[1] Saint-Simon, édit. Hachette, t. IV, p. 342.

[2] Il y existe encore intact en face du marché des Blancs-Manteaux. — Collart en avait donné la description dans son *Recueil*, en 1687, l'année même de la 1re édition des *Caractères*.

[3] Édit. Destailleur, t. II, p. 142.

fait bâtir un hôtel si beau, si riche et si orné[1]
qu'il est inhabitable : le maître, honteux de s'y
loger, ne pouvant peut-être se résoudre à le
louer à un prince ou à un homme d'affaires[2],
se retire au galetas, où il achève sa vie, pendant que l'enfilade et les planchers de rapport
sont en proie aux Anglois et aux Allemands
qui voyagent, et qui viennent là du Palais-
Royal, du palais L..G..[3], et du Luxembourg[4].

[1] Louis Boulogne y avait peint pour une chambre
à coucher le *mariage d'Hercule et d'Hébé*, et pour
le cabinet une *Minerve*, V. les *Mémoires inédits de
l'Académie de peinture*, t. I, p. 201 ; dans la chapelle
domestique, car rien n'y manquait, La Fosse avait
peint une *Nativité* (*id.*, t. II, p. 2).

[2] L'ambassade de Hollande y fut installée un peu
plus tard, et y resta longtemps, delà vient que dans
le quartier cette maison s'appelle encore *Hôtel de
Hollande*. V. Laborde, le *Palais Mazarin*, p. 332,
note 423 ; *Corresp. adm. de Louis XIV*, t. II, p. 762.

[3] On verra plus loin que c'est l'hôtel Langlée.

[4] Le livre de Lister, *a Journey to Paris*, 1698,
in-8°, où se trouve la description de tant de beaux
hôtels, témoigne de cette curiosité des Anglais; celle
des Allemands a de même sa preuve dans le *Séjour de Paris*, par Nemeitz, dont la première édit.
allemande est de 1718. Ces curieux étrangers se
faisaient conduire par des *ciceroni* en titre, dont
c'était l'unique métier. V. *le Palais Mazarin* de

« On heurte sans fin à cette belle porte[1]; tous demandent à voir la maison et personne à voir monsieur. »

Monsieur! comme ce mot seul sent son mépris, en sentant son homme de robe. Pour une si belle maison, il fallait au moins *Monseigneur;* il n'y a que *Monsieur* : il n'y a que le maître des requêtes messire Jean-Baptiste Amelot.

Le tableau est complet. Beaumarchais qui, en 1787 [2], habita, dans cet hôtel, le même entre-sol [3] où se blottissait peut-être, pour

M. L. de Laborde, p. 227, note 247, et notre *Paris démoli,* 2ᵉ édit., p. 20.

[1] « La porte d'abord, dit G. Brice, donne une idée avantageuse pour tout le reste. Elle est ornée sur le cintre de deux renommées assises, faites par Regnauldin, avec de très-beaux reliefs sur les battants de la menuiserie qui représentent des vertus. » *Descript. de la ville de Paris,* 1752, in-8°, t. II, p. 99. — Regnauldin avait fait en outre dans cette maison toutes les sculptures, qui étaient en grand nombre. *Mém. inéd. de l'Acad. de peinture,* t. I, p. 477.

[2] *État actuel de Paris,* 1787, in-32; *Quartier du Temple,* p. 99.

[3] V. une note *inédite* de Collé dans le *Journal de l'Institut historique,* t. I, p. 75. — Le séjour de Beaumarchais dans cet hôtel, et ce qu'en a dit La Bruyère suffiraient pour sa réputation littéraire. J'a-

échapper à l'admiration des visiteurs, le Bridoison fastueux qui l'avait bâti, dut bien s'amuser de ce passage, si,—ce dont je doute il est vrai,—il sut à qui La Bruyère avait pensé en l'écrivant.

Je ne trouve, comme comparaison à ce tableau, que l'anecdote de Diogène visitant la demeure d'un traitant athénien, et lui crachant au visage parce qu'il ne sait où cracher sans rien salir de recommandable sous ces trop splendides lambris.

Vous avez vu le ridicule; voulez-vous maintenant la pitié? Voulez-vous, en deux mots, le spectacle navrant d'une fortune tombant en ruine et d'un maître mourant de douleur en regardant de loin la demeure dont on le chasse, et qu'il n'a pu achever? « Ce palais, ces meubles, ces jardins, ces belles eaux, vous enchantent et vous font récrier d'une première vue sur une maison si délicieuse et sur l'extrême bonheur du maître qui la possède : il n'est plus; il n'en a pas joui, ni si agréable-

jouterai que le gendre de celui qui le fit bâtir, le capitaine Du Deffand, marquis de La Lande, eut de son mariage avec Charlotte Angélique, troisième fille d'Amelot de Bisseuil, un fils, dont la femme ne fut pas moins que la célèbre marquise Du Deffand.

ment, ni si tranquillement que vous; il n'y a jamais eu un jour serein ni une nuit tranquille. Il s'est noyé de dettes pour la porter à ce degré de beauté où elle vous ravit : ses créanciers l'en ont chassé; il a tourné la tête, et il l'a regardée de loin une dernière fois; et il est mort de saisissement[1]. »

Les parvenus de toutes sortes, surtout les parvenus de noblesse, furent de ceux que La Bruyère attaqua le plus vertement. Il ne pouvait souffrir ces gens, qui n'étant ni bourgeois ni nobles, se trouvent pour ainsi dire placés entre deux indignités : la bourgeoisie qu'ils croient indignes d'eux, et la noblesse, dont ils ne sont pas dignes. Il eut son mot pour ceux « qui, nés à l'ombre des clochers de Paris, veulent être Flamands ou Italiens, comme si la roture n'étoit pas de tous pays. »

Le Flamand, c'était Sonning, receveur général, qui se faisait appeler partout M. de

[1] Ceci ne convient plus à Amelot de Bisseuil, qui mourut dans toute la plénitude de son opulence, en son hôtel même, le 15 avril 1688. Ses enfants lui firent élever par Le Hongre un superbe tombeau dans l'église de Saint-Nicolas-des-Champs. *Mercure*, mai 1688, p. 160; *Mém. inéd. de l'Acad. de Peinture*, t. I, p. 370.

Sonningen; l'Italien, c'était, suivant un commérage du temps, M. de Nicolaï, dont l'ancêtre, qui s'appelait Nicolas, « se trouvant en Italie, avoit habillé son nom à l'italienne, en changeant son *s* en *i* [1]. »

C'est à l'abbé de Choisy que nous devons ce dernier détail [2], auquel La Bruyère devait certainement penser quand il écrivit ce qu'on a lu tout à l'heure. Cette rencontre de son livre avec les *Mémoires* de l'abbé n'est pas unique, et ne me paraît que naturelle. Ils se connaissaient en effet de longue date; quelques intimités leur étaient communes; l'abbé donna sa voix à La Bruyère pour l'Académie; La Bruyère l'en récompensa par quelques mots flatteurs de son discours de réception [3]; enfin, leurs rapports étaient tels, surtout vers

[1] Ce n'est, encore une fois, qu'une médisance. Dès e xv⁰ siècle, les Nicolaï, qui viennent du Vivarais, y portaient le nom qu'ils ont gardé.

[2] *Mémoires* de l'abbé de Choisy, coll. Petitot, 2⁰ série, t. LXIII, p. 297.—V. aussi sur ce ridicule des noms italianisés ou germanisés par manie de noblesse, la 11⁰ satire de Louis Petit dans ses *Discours satyriques et moraux*, 1686, in-12, p. 90.

[3] Édit. Walcknaër, p. 618. — C'est déjà de l'abbé que La Bruyère avait parlé (p. 471) dès 1687, lorsqu'il avait dit, à propos du succès de son voyage au

la fin, que l'abbé Le Dieu, dans une lettre à Bossuet [1], parlant de l'abbé de Choisy, à propos de La Bruyère qui venait de mourir, ne l'appelle pas moins que « son bon ami. »

Revenons à nos parvenus.

Les marchands, qui croyaient s'acheter une noblesse, en achetant de nobles domaines, eurent aussi leur compte bien réglé par les *Caractères*. Dans le nombre, se trouvait le marchand Boudet, qui étalait à la *Tête noire*, dans la rue des Bourdonnais. Son père, qui tenait un peu à la famille de Molière, par André Boudet, beau-frère de celui-ci, et qui avait peut-être servi pour quelques traits du *Bourgeois gentilhomme* [2], s'était acquis à beaux deniers la terre de Franconville. Il en réclamait tous les droits, surtout les honorifiques. Le curé, par exemple, était tenu de prier à la messe pour les anciens seigneurs : Boudet exigea qu'il priât de même pour lui. Le curé n'y voulut point entendre.

royaume de Siam, de sa réception à l'Académie, et des ennemis que cela lui avait faits : « Tout le monde s'élève contre un homme qui entre en réputation, etc. »

1 5 nov. 1696. *Œuvres* de Bossuet, édit. de Versailles, t. XL, p. 244.

2 V. le *Constitutionnel* du 10 janvier 1852.

Boudet l'assigna devant la Cour et perdit ; il recourut à l'archevêque et n'y gagna rien. Bref, il mourut à la peine de son orgueil et de son procès. Le fils le reprit et s'y ruina. C'est de ce fils, qui continuait le commerce de son père rue des Bourdonnais, tout en soutenant son droit de seigneur à Franconville, que La Bruyère a parlé, par allusions, en maint endroit de son chapitre des *Biens de la fortune*, notamment en celui où, détaillant ce qu'il faut de ruses mesquines pour être un bon marchand[1], il semble opposer cette bassesse rusée à la grandeur des qualités qu'il faudrait pour être un vrai grand seigneur.

Cette affaire de Boudet devait le toucher d'autant plus que la seigneurie de Franconville était un ancien domaine des Condé, et qu'il la tenait de M. le Prince[2]. De cette façon, rien n'avait dû en échapper à La Bruyère, qui, je ne saurais assez le dire, aima surtout à particulariser dans son livre, ce qui pouvait avoir un intérêt particulier pour les Condé.

[1] Edit. Walcknaër, p. 280, 688.

[2] On peut consulter sur toute cette affaire le livre si curieux et si rare : *Nouveaux entretiens des Jeux d'esprit et de mémoire*, par M. de Châtre. 1709, in-12, p. 83-86.

X X

Entre autres affaires de noblesse, qu'il suivit dans leurs causes et dans leurs effets, se
trouva l'une des plus retentissantes du temps,
celle de Vedeau de Grammont. Il la vit poin-
dre dans une querelle insignifiante, aussi
mesquine au moins qu'une affaire de mur mi-
toyen, et il en parla sans presque déguiser les
noms [1]. Un *G* désigna Grammont, et un *H* fut
le masque transparent d'Hervé son antago-
niste.

Il s'agissait d'une pêche [2] sur un cours d'eau,
dont l'un disputait le droit à l'autre. En 1687,
quand parut la première édition des *Caractères*, la dispute était assez échauffée pour
qu'il en pût déjà parler ; six ans après, dans la
8ᵉ édition, il en aurait pu parler encore. Elle

[1] Edit. Destailleur, t. I, p. 239.
[2] Dans quelques-unes des *clés* se trouve une erreur
singulière, dont M. Walcknaër lui-même ne s'est pas
défendu : au lieu d'une *pêche* on lit une *bêche !* —
L'aventure est très-longuement racontée dans les *Mémoires de Rochefort*, par Sandras de Courtilz, 1688,
in-8ᵉ, p. 343, etc.

ne venait que de finir de la façon la plus tragique et la plus inattendue. Vedeau et Hervé, en guerroyant l'un contre l'autre, s'étaient mis fort en vue, chose toujours dangereuse, lorsqu'on a dans sa vie quelque chose à dissimuler. Pendant que vous faites un procès, le monde vous en fait un autre. C'est sur son nom même que Vedeau fut interrogé par l'opinion, puis bientôt incriminé, car le Parlement s'en mêla.

On lui demanda pourquoi sur ce nom roturier il greffait une noblesse qui semblait le mettre de l'illustre famille des Grammont, et il fut sommé de faire ses preuves. Il ne put répondre. On voulut l'arrêter, il fit rébellion, il soutint chez lui un siége où un sergent fut tué. La justice recula, et il se croyait sauvé par son audace, quand une nouvelle prise de corps, motivée par des arrêts rendus à bas bruit, fut lancée contre lui. Il résista encore, et, dans la lutte, tua un autre archer. Il n'en fut pas moins bel et bien pris cette fois, incarcéré à la Conciergerie, puis à Pierre-Encise, où il dut rester à perpétuité [1]. Ce dénoûment valait bien que La Bruyère en parlât, puisqu'il

[1] *Journal* de Dangeau, 5 février 1693.

avait dit quelques mots du commencement
de l'affaire; mais c'était dans les premiers mois
de 1693, cette année la plus affairée de sa vie,
qui fut toute remplie par les préoccupations
de sa candidature académique, à ce point qu'il
n'y put trouver place pour l'édition augmen-
tée que, depuis 1688, il donnait chaque année
de son livre. En 1694, lorsqu'arriva l'édition
ainsi retardée, il n'était plus temps de revenir
sur Vedeau de Grammont; on l'avait déjà
oublié. La Bruyère n'en reparla donc plus.
Peut-être, au reste, ce que la fin de l'aventure avait de tragique lui répugnait-il pour
la comédie des *Caractères*.

Les ridicules sans drame lui convenaient
bien mieux. De ceux-là il ne se fit pas
fauté, sans même avoir à s'éloigner de
la classe, chaque jour accrue, des bourgeois s'improvisant nobles, et des marchands
fermant leur boutique sur un achat d'armoiries. C'était leur dernier tour de commerce.

Il en était même qui s'en dispensaient.
Ayant vendu des dentelles ou du drap sous
l'enseigne de la *Couronne d'or*, ou de la
Couronne d'argent, ils trouvaient commode
et surtout peu coûteux, de n'en pas changer

pour la noblesse, qu'ils avaient d'ailleurs le droit d'acquérir de par édit royal[1].

« Il reste encore aux meilleurs bourgeois, dit La Bruyère, une sorte de pudeur qui les empêche de se parer d'une *couronne* de marquis, trop satisfaits de la *comtale*. Quelques-uns même ne vont pas la chercher fort loin, et la font passer de leur enseigne à leur carrosse. »

C'est precisément ce qu'avaient fait les Bazin, qui, après s'être enrichis à Troyes, en vendant sous l'enseigne des *Trois Couronnes* la petite étoffe qui leur doit son nom[2], s'étaient créé des armoiries avec cette triple *couronne*[3], devenue, en effet, *comtale*, comme

---

[1] Des lettres patentes du mois d'octobre 1665, relatives à la manufacture d'Abbeville, avaient permis aux marchands d'acheter des titres de noblesse. C'était une ressource pour le trésor qui s'augmenta beaucoup quand un autre édit du même genre eût rendu obligatoire l'enregistrement des armoiries (*Corr. admin. de Louis XIV*, t. III, p. 314). Ce dernier édit fut rendu en 1697, sur le conseil de la duchesse de Roquelaure, qui toucha une belle somme pour son *droit d'avis*. (*Annales de la Cour et de Paris*, édit. de 1703, t. I, p. 169.)

[2] *Hist.* de Tallemant, édit. P. Pâris, t. V, p. 204.

[3] *Idem, ibid.* — Grosley, *Voy. en Hollande*, 1713, in-8°, p. 44, donne une autre étymologie, mais nous préférons celle-ci.

celle dont il est parlé ici, quand l'un d'eux, le maréchal, eut, dans ce temps-là même, fait ériger en *comté* sa terre de Bezons [1].

La Bruyère pouvait savoir cette histoire de noblesse boutiquière par Boileau, qui, en 1684, avait remplacé le père du maréchal à l'Académie française [2]. Aussi je ne doute pas que son allusion, indirecte pour beaucoup d'autres, ne soit directe, et vraiment *ad hominem*, pour les Bazin de Bezons.

De petits nobles d'Auvergne, les *De Veni*, passaient pour avoir fait plus, en prenant, non pas leurs armoiries, mais leur nom même, sur l'enseigne d'un de leurs ancêtres, marchand à Riom. On y voyait un Saint-Esprit avec la devise: *Veni, sancte Spiritus;* du premier mot, ils avaient fait leur noblesse [3].

L. Petit, l'ami de Corneille, dans ses *Discours satyriques et moraux*, publiés en 1686, c'est-à-dire trois ans avant la quatrième édition des *Caractères*, où se trouve le passage

[1] La Chesnaye-des-Bois avait oublié tout cela quand il fit descendre le maréchal de Bezons d'une maison noble et ancienne de Normandie.

[2] *Œuvres* de Boileau, édit. Saint-Marc, 1747, in-8°, t. III, p. 63-64.

[3] *Mémoires* de Boisjourdain, t. II, p. 465.

que je viens de citer, s'en était déjà pris au ridicule des enseignes se faisant écusson :

Avec l'or on fait tout, ses armes on prépare,
Et vous allez entendre une chose assez rare :
L'enseigne de son père étoit un Lyon vert.
Aussitôt l'écusson d'argent se vit couvert.
Un Lyon de sinople ensuite l'on applique
Sur ce champ argenté, mais Lyon magnifique,
Mais Lyon lampassé, rempant, onglé, gueulé,
Ce qui sentoit beaucoup son noble signalé[1].

Ici, personne n'est nommé, La Bruyère n'a pas été plus indiscret ; mais, attendez, un impudent va venir, qui arrachera le masque et nommera en toutes lettres, en plein théâtre, un de ceux que La Bruyère et L. Petit ont sous-entendus.

Cet impudent, c'est Le Noble.

En 1693, il donna au Théâtre-Français la comédie du *Fourbe*, et il y fait dire :

Va-t-on chercher si loin d'où les gens sont venus ?
Et ne voyons-nous pas les fils du vieux Camus
Étaler à nos yeux, sur un char magnifique,
L'enseigne que leur père avoit à sa boutique ?
S'informe-t-on qui fut leur aïeul, grand Colas[2] *?*

Cette fois, comme je l'ai dit, plus de

---

[1] *Discours satyriques et moraux.* 1686, in-12. p. 16.
[2] V. La *Clé des Caractères*, mss. de l'Arsenal.

sous-entendu. Du temps de Henri IV, il y avait un Nicolas ou Colas Le Camus, qui était marchand rue Saint-Denis à l'enseigne du *Pélican*, et qui se jeta dans les grandes entreprises, entre autres celle de la construction de la place Royale, où il réussit à la satisfaction de Sa Majesté. Le titre de secrétaire du roi, et la permission d'ajouter une fleur de lis à ses armes furent sa récompense. Quelles étaient ces armes ? Comme celles des Bazin, l'enseigne même de sa boutique, un *Pélican*. Les fils ne renièrent pas ce blason, les petits-fils non plus, dont un n'était pas moins que président de la Chambre des comptes, quand la comédie de Le Noble vint remettre en mémoire cette origine, qu'il ne méconnaissait pas sans doute, mais qu'il eût volontiers laissé oublier par les autres.

Le souvenir un peu trop public que le *Fourbe* en avait donné fut au reste sans retentissement. La pièce n'eut pas même une représentation; elle tomba au milieu de la première soirée ; elle ne fut pas imprimée, et l'on n'en connaîtrait rien, sans la citation du passage qu'on vient de lire dans la *Clé des Caractères*, à l'endroit même où l'allusion aux armes des Bazin de Bezons pouvait s'appliquer à tant d'autres armoiries de nouveaux nobles issus de boutiquiers.

A ce sujet j'ouvrirai, s'il vous plaît, une parenthèse sur Le Noble, et sur la part qu'il put avoir, je ne dis pas au livre de La Bruyère, mais aux *clés* qui en coururent.

Il était du monde que notre auteur fréquentait. Santeul, dont il traduisit plusieurs pièces latines, était leur ami commun[1]; Boileau, qu'il voyait, lui reconnaissait de l'esprit[2]; enfin ses pasquils, en dialogues, tels que le *Cibisme*, le *Couronnement du roi Guillemot*, etc., sont tout à fait, pour les opinions émises, en rapport avec les idées de La Bruyère. Ils devaient se connaître, et Le Noble, par là, se trouvait à même de savoir, mieux que personne, à qui La Bruyère avait pu penser pour quelques-uns de ses portraits.

---

[1] *J.-B. Sanctolii Victorini, operum omnium editio secunda.* 1698, in-8°; 2ᵉ p., p. 68, 89. Un autre rapport de Le Noble avec La Bruyère, c'est leur haine commune pour le *Mercure galant.* V. à ce sujet un rarissime petit livre, *les Dépêches du Parnasse,* 15 sept. 1693.

[2] *Journal* de Marais, publié par M. de Lescure t. I, p. 22.

Rien ne lui manquait pour composer une *clé*. Je crois donc qu'il la fit. La belle place qu'il occupe dans la plus répandue de celles qui coururent me l'avait d'abord trahi[1]; la citation de sa pièce du *Fourbe* acheva de me le déceler. Qui pouvait, si ce n'est l'auteur même, reproduire le fragment d'un ouvrage si complétement tombé, et qui n'avait même pas eu les honneurs de l'impression ? Le Noble, selon moi, a donc évidemment pris part à la *Clé des Caractères*, où il occupe une place que lui seul pouvait se donner ; où il est cité, quand nul autre que lui ne pouvait faire la citation.

X X I

C'est un grand point que cette affaire des *clés*, aussi nous permettra-t-on d'y insister un peu, dès à présent.

Personne de ceux qui se sont occupés du

[1] C'est à l'endroit où La Bruyère dit: « Un homme né chrétien et françois se trouve contraint dans la satire..., » édit. Walcknaër, p. 176. — M. Havet a fait dans la *Corresp. litt.*, 5 mars 1857, p. 106, un commentaire sur ce passage, où il ne voit pas, loin de là, Le Noble, l'amant de la *belle épicière*.

livre ne les a négligées, mais aucun ne s'est demandé de qui elles pouvaient être; c'est pourtant par là, ce me semble, qu'il fallait commencer, afin de savoir un peu quelle est leur valeur et si l'on peut regarder utilement par les portes qu'elles ouvrent.

On ne s'est pas non plus assez inquiété ce me semble, de la façon dont les premières furent lancées par la Ville et la Cour, ni de la manière dont La Bruyère se défendit de leurs indiscrétions, ou se plaignit de leur plus ou moins d'adresse à déchirer ses voiles plus ou moins transparents.

Pour parler d'abord de leur apparition, je dirai qu'elles coururent presque aussitôt que le livre : à peine eut-on les portraits qu'on chercha les ressemblances, et qu'on fit les applications. C'était à qui crierait : *c'est un tel, c'est une telle;* c'était à qui surtout se hâterait d'acheter le livre, tant on craignait, en raison même de cette vérité des portraits, « que le libraire n'eût ordre d'en retrancher la meilleure partie [1]. »

L'ouvrage n'en fit pas moins son chemin sans encombre, et si bien, et d'un succès si

[1] *Mercure galant,* juin 1693, p. 265-266.

leste, que l'auteur crut pouvoir le charger bientôt d'une moisson de vérités nouvelles. Quand
la troisième édition parut, un an à peine
après la première, il s'était déjà grossi de trois
cent quatre-vingt-six *caractères* nouveaux !

Il y eut double bruit autour de l'ouvrage
ainsi doublé, et les *clés* grandirent en conséquence, toujours plus indiscrètes.

La Bruyère alors se fâcha de ces applications multipliées. Dans un coin de l'édition
qui suivit, se trouva un écho de ses plaintes
contre tant d'indiscrétions, et surtout de ses
révoltes contre ceux qui ne demandaient
pas moins que la suppression des portraits
trop ressemblants. « Un auteur sérieux, dit-
il dans sa quatrième édition [1], n'est pas
obligé de remplir son esprit..... de toutes les
ineptes applications que l'on peut faire au
sujet de quelques endroits de son ouvrage, et
encore moins de les supprimer. »

On comprit, mais on ne se rendit pas, au
contraire. La Bruyère, en se défendant ainsi
par allusion, prouvait qu'il avait pu attaquer
de même, et donnait presque raison à ceux
qui le forçaient de se justifier. Un peu plus

[1] Edit. Destailleur, t. I, p. 140.

tard, dans la préface de son *Discours* de réception à l'Académie, il revint sur cette affaire des *clés*, mais ne convainquit pas davantage, malgré une défense encore plus énergique. Dans tout ce qu'il dit, on ne vit que cette phrase : « J'ai peint, à la vérité, d'après nature, mais je n'ai pas *toujours songé* à peindre celui-ci ou celle-là... [1]. » On en prit acte comme d'un aveu. Déclarer qu'il n'avait pas *toujours songé* à faire des portraits, c'était convenir qu'il y avait pensé quelquefois. On n'en demandait pas plus.

Bonaventure d'Argonne fut, là encore, le plus ardent : « On dit, écrit-il [2], que M. de La Bruyère travaille de fantaisie, qu'il n'a personne en vue, et qu'il ne pense qu'à représenter des fantômes. Je réponds hardiment que cela n'est pas vrai, et quoique M. de La Bruyère ait nié le fait avec détestation, il ne peut, en homme d'honneur, désavouer le portrait qu'il a fait de Santeuil (*sic*) sous le nom de *Théodas*. S'il reconnoît ce portrait pour être celui de Santeuil, comme il faut qu'il

---

[1] *Id.*, t. II, p. 257. — Il avait déjà dit dans sa préface des *Caractères* « qu'il les tiroit souvent de la Cour de France et des hommes de sa nation. »

[2] *Mélanges* de Vigneul-Marville, 1re édit., p. 349-350.

lé reconnoisse, ou qu'il nous prenne pour des grues, il sera obligé d'en reconnoître encore plus d'une douzaine, et après ceux-là tous les autres, qui ne se sont pas rencontrés fortuitement au bout de son pinceau, comme il tâche de le faire croire, mais qu'il a peints de dessein formé. »

Cette fois, le malin moine a raison, et, pour cela, il ne pouvait, comme preuve, choisir mieux que le *caractère* dont il parle, celui de *Théodas*, qui est Santeul, à n'en pas doüter, de l'aveu de Santeul lui-même, ainsi qu'on va le voir, et sans dénégation de la part de La Bruyère.

Bouhier, qui était à Paris quand ce portrait parut, dans l'édition de 1691, la sixième[1], nous servira d'irrécusable témoin. Il nous apprendra, par un passage encore *inédit* de l'un de ses manuscrits les plus curieux[2], comment Santeul fut heureux de se reconnaître dans *Théodas*, comment il en remercia La Bruyère, qui ne donna aucun démenti à son remerciement.

« Ce bonhomme (Santeul) étoit, dit-il, un

[1] V. plus haut, p. 8-9.
[2] *Recueil des particularités* (Biblioth. Imp. fonds Bouhier, n° 178), p. 57.

composé assez bizarre de sérieux et de bouffon,
de sage et de fou, en sorte qu'on eût dit que
c'étoient deux hommes, comme l'a fort bien
représenté La Bruière (*sic*) dans le beau portrait qu'il en a fait parmi ses *Caractères* sous
le nom de Théodas, portrait qui plut si fort à
Santeuil (*sic*) lui-même, que je me souviens
d'avoir vu entre les mains de La Bruière une
de ses lettres, où il l'en remercioit et où il
signoit : *Votre ami Théodas, fou et sage*[1].»

Cette ressemblance irrécusée suffisait pour
faire croire, comme l'a dit le chartreux, que
d'autres pouvaient bien n'être pas moins ir-
récusables.

C'est ce qu'on pensa, non-seulement chez
les faiseurs de *clés*, comme Le Noble, et
chez les ennemis de La Bruyère, comme
Bonaventure d'Argonne, mais chez les gens

---

[1] Bouhier revint sur ce fait dans sa lettre à Marais,
du 10 juillet 1734. V. sa *Corr. ms.* avec Marais, t. II,
p. 231.—Santeul avait raison d'être content du portrait
qu'avait fait de lui La Bruyère. Beaucoup ne l'eussent pas si bien traité. Il en était même qui trouvaient
l'auteur trop indulgent pour ce victorin dissipé. V., par
exemple, ce qui est dit à ce sujet pour blâmer La
Bruyère et rétablir la vérité sur l'excessive mondanité
de Santeul, dans les *Réflexions, pensées*, etc., de Pépinocourt (Bernier), p. 234-237.

14.

sérieux et désintéressés de toute malice. Nous avons vu Marais[1] reconnaître, dans les *Caractères*, un trait sur l'origine de l'abbé Alary; Saint-Simon, tout à l'heure, nous a mis le doigt sur la vérité d'un portrait qu'il n'a pu refaire lui-même qu'en copiant La Bruyère[2]; bientôt il nous fera toucher une autre ressemblance, celle de Dangeau-*Pamphile*, en nous disant dans le même passage que personne n'a mieux peint Lauzun que La Bruyère, par le trait le plus vivant du caractère de *Straton;* nous avons les aveux formels de l'abbé Trublet[3], panégyriste de Fontenelle, sur la réalité satirique des portraits de *Cydias* et de *Théobalde*, où Fontenelle et Benserade s'étaient aussi reconnus, mais non pas comme Santeul, pour en remercier La Bruyère, loin de là; enfin, s'il vous faut un dernier témoignage sur tant de ressemblances, voici celui de Sénécé, qu'on n'a jamais invoqué encore, et qui sera plus explicite que tous les autres.

Suivant lui, tous les gens nommés par l'es-

[1] V. plus haut, p. 89.

[2] V. plus haut, p. 130-132.

[3] *Mémoires pour servir à l'hist. de la vie et des ouvrages de M. Fontenelle,* 1761, in-12, p. 124, 224, 239.

pèce d'Almanach Royal qu'on appelait l'*Estat
de la France*, et que Nicolas Besogne rédi-
geait, ont leur portrait dans les *Caractères*:
La Bruyère fait le tableau, Besogne pourrait
mettre l'étiquette. Aussi Sénécé pense-t-il
que la prétention qu'aurait eue celui-ci de
succéder à l'autre, soit comme académicien,
soit comme homme de lettres de M. le Prince,
n'était pas sans raison :

> *Besogne ose briguer la place*
> *Du Théophraste de nos ans ;*
> *Pour moi j'approuve cette audace,*
> *Que sifflent tant d'honnêtes gens.*
>
> *La Bruyère en ses* Caractères
> *Ménage trop la qualité ;*
> *Besogne y fait des commentaires*
> *Qui lèvent toute obscurité.*
>
> *Comparez-les ligne par ligne,*
> *Pour décider de leur renom ;*
> *Tous ceux que le premier désigne,*
> *L'autre les nomme par leur nom* [1].

Vous voyez, d'après tout cela, que les *clés*
doivent avoir souvent raison, et qu'on n'a
pas toujours tort d'y croire. Les reproches à

---

[1] *Œuvres posthumes* de Sénécé, édit. P. Jannet,
p. 306.

leur faire, c'est qu'ayant presque toutes couru manuscrites, elles sont d'une incorrection déplorable pour les mots [1], pour les noms surtout [2], et causent ainsi les plus singuliers contre-sens, les plus étranges confusions [3].

Elles ne sont pas non plus assez d'accord et trompent trop souvent sur une foule de gens nommés à tort, ou indiqués pour d'autres auxquels La Bruyère aurait pu réellement songer.

---

[1] Nous avons vu tout à l'heure (p. 148, note 2), l'étrange erreur du mot *bêche* mis pour *pêche*, dans une *clé*, et répétée presque partout.

[2] V. plus haut, p. 92, note, au sujet du prince de Meckelbourg, appelé de Mecklembourg, dans toutes les *clés*.

[3] La plus bizarre de ces confusions est celle qui fut faite pour le *caractère :* « Qu'est-ce qu'une femme qu'on dirige?... » On lit partout dans les *clés :* « La *Duchesse,* » ce qui est complétement incompréhensible; la Duchesse, c'est-à-dire la femme de M. le Duc, n'ayant été rien moins qu'une dévote à directeur. Que fallait-il lire? La *Ducherré,* comme nous le lisons dans la *clé* de la 9ᵉ édition, la seule vraiment bonne, et aussi parmi le fragment d'une autre manuscrite qui est à l'Arsenal, dans les papiers de Trallage. Cette Ducherré était une célèbre dévote alliée à la famille d'Ormesson. V. *Journal* de Marais, édit. de Lescure, t. II, p. 240.

Sur quelques-uns, en revanche, elles sont unanimes, ainsi pour Langlée, le plus brillant des parvenus bien en cour, dans lequel tout le monde reconnut le *Périandre* de La Bruyère, quoique celui-ci, pour dérouter sur la ressemblance, eût tantôt changé, tantôt ajouté quelques traits. C'est ainsi que pour avoir son type, plus complet, en le doublant d'une compagne digne de lui par l'ostentation, il marie *Périandre*, lorsqu'on sait que Langlée ne fut jamais marié. Simple détail, qui ne gêna guère l'exactitude, et ne trompa personne que de notre temps [1].

La Bruyère, d'ailleurs, lorsqu'il fit ce portrait, dans sa 5e édition, n'avait pas besoin de donner la parfaite ressemblance de Langlée. Une première esquisse l'avait donnée complète, dans l'édition précédente, où Langlée est le courtisan-type. Qu'on se méprît pour *Périandre*, peu lui importait. Il savait que pour l'autre on ne s'était pas trompé.

Là, chaque trait est une lumière. Je n'en relèverai que quelques-uns. Le courtisan de La

---

[1] La méprise sur ce point est de M. Monmerqué, *Lettres de Sévigné*, édit. 1818, t. X, p. 15.

Bruyère excelle à bien manger « délicatement et avec réflexion. » C'était un des savoirs les plus raffinés de Langlée, qui même à ce propos, se trouve cité en première ligne dans le *Cuisinier royal* [1], pour des repas donnés par lui à Monsieur, dans le temps même où son portrait par La Bruyère commençait à courir.

On pouvait dire de lui, comme du jeune Cléon de Célimène :

Que de son cuisinier il s'est fait un mérite.

De son architecte, il s'en était fait un autre encore, en lui donnant à bâtir, dans la rue Neuve-des-Petits-Champs, la magnifique maison dont La Bruyère devait d'autant moins pardonner à Langlée le luxe et l'ordonnance, que « cette demeure superbe, où, dans tous les dehors, le dorique régnoit, qui n'avoit pas une porte, mais un portique, et qui faisoit dire : Est-ce la maison d'un particulier? est-ce un temple [2]? » luttait ainsi

---

[1] 1698, in-12, p. 5.

[2] Ce que La Bruyère dit ici de la maison de *Périandre* se rapporte on ne peut mieux à celle que Gérard Huet avait bâtie pour Langlée : tout le monde, suivant G. Brice (t. I, p. 452), en admirait « la grande et belle apparence, » et Piganiol (t. III, p. 52) dit « qu'il n'y en avoit pas de plus commode dans Paris. » Lan-

non-seulement d'égal à égal avec l'hôtel même
du ministre, ami et patron de La Bruyère,
mais l'éclipsait [1].

Cette maison de Langlée, moins hôtel que
palais, lui tenait au cœur; aussi n'y a-t-il
pas à douter que c'est elle encore qu'il désigne par ces mots : « le palais L..G...,» dans
le passage, déjà cité tout à l'heure, où il nous
montre les Anglais et les Allemands visitant
les plus belles maisons de Paris. En la pla-
çant sur le même pied que le Luxembourg
et le Palais-Royal, il fait, sans rien dire, la
meilleure critique de cette demeure trop superbe pour un particulier.

Les chansons du temps étaient, sur ce

glée la laissa, en mourant, à la fille de sa sœur et du
comte de Guiscard, qui la vendit au garde du Trésor,
Lebas de Montargis; Law l'acheta un peu plus tard,
puis elle devint l'*hôtel Mazarin*, par un échange qu'on
en fit avec le duc de ce nom, pour une partie de son
palais, livrée aux bureaux de la *Compagnie des Indes*.
En 1737, la maison de Langlée appartenait à la princesse de Bourbon Condé, qui la vendit alors au roi
pour l'*administration des loteries*. Il n'en reste plus
rien. Elle fut démolie en 1825, avec l'hôtel son voisin,
pour faire place à la salle Ventadour et aux rues qui
l'environnent.

[1] Saint-Simon lui-même (t. IV, p. 94) fait l'éloge de
cette belle maison.

point, de l'avis des *Caractères*. Écoutons l'un des couplets les plus vifs qu'on ait faits sur Langlée, sa cuisine, sa maison et ses succès en cour :

> *Ci gît un parfait parasite,*
> *Qui parla soixante ans sans avoir eu raison.*
> *Il n'eut jamais d'autre mérite*
> *Que sa cuisine et sa maison.*
> *Il brilla cependant dans le siècle où nous sommes,*
> *Fort souvent à Marly, recherché, souhaité.*
> *S'il eût vécu parmi des hommes,*
> *On ne l'eût jamais écouté* [1].

Il n'était, en effet, à la cour, que parmi les femmes, mais du plus haut rang; ce n'étaient pas moins que les filles même du roi. Que leur disait-il ? » Des ordures horribles, » s'il faut en croire Saint-Simon [2], que La Bruyère ne dément pas. Son courtisan joue le même rôle : « Dévoué aux femmes, dont il ménage les plaisirs, étudie les foiblesses et flatte toutes les passions, il leur souffle à l'oreille des grossièretés. »

Son moyen de plaire le plus infaillible et le plus avouable était le goût parfait, auquel

---

[1] *Stromates* de Jamet, t. II, p. 557.
[2] T. II, p. 77.

Saint-Simon lui-même rend hommage[1], qu'il avait pour l'art des toilettes et des ameublements.

« Il fait les modes, » dit encore La Bruyère de son courtisan. Or, Langlée les menait toutes, les inspirait, les baptisait[2]; pas une n'était bonne que venant de lui. « Pour être à la mode, c'est Langlée, » dit madame de Sévigné[3], qui, cette fois, chose assez rare, se rencontre avec La Bruyère pour le même trait, sur le même homme.

Ils étaient faits pour se comprendre, et ils ne semblent pas s'être même connus, bien que Bussy, cousin de la marquise et ami de La Bruyère, pût servir de point de contact. La marquise, qui lisait tout, paraît n'avoir pas lu *les Caractères :* elle n'en a pas dit un mot !

[1] *Id., ibid.*

[2] C'est à lui, par exemple, qu'on doit le mot *fal-bala*, qu'il fit passer pour être de l'hébreu ! Callières, *Des Mots à la mode,* 1692, in-12, p. 168; *Longue-ruana*, p. 155; *Variétés hist. et litt.,* collect. elzévirienne, t. V, p. 315.

[3] Lettre du 6 nov. 1676. Langlée avait commencé par être le complaisant de Louvois. *Mém.* de madame de Courcelle, p. 11, 73. On peut encore consulter sur lui un très-curieux passage des *Mémoires* du marquis de Sourches, t. II, p. 201-202.

La Bruyère aurait pu, de son côté, lire des
lettres de la marquise, qui couraient manuscrites, mais sur ce point encore, rien de
moins certain.

Ce qu'il a dit du génie épistolaire des femmes, dans un passage dont on s'autorise pour
faire croire qu'il connut la *correspondance*
de madame de Sévigné, pouvait s'appliquer à
tant d'autres en ce temps où le mérite qu'elle
eut si complet était possédé, en partie du
moins, par la plupart des femmes du monde !

Bussy d'ailleurs, si cette allusion que l'on
croit trouver aux lettres de sa cousine dans la
4e édition des *Caractères* était réelle, ne lui
en aurait-il pas écrit quelques mots aimables ?
n'eût-elle pas de son côté répondu par quelque remerciement pour l'auteur ? Rien de
tout cela.

Pour mon compte, je crois donc que les lettres de la marquise échappèrent à La Bruyère,
comme elles avaient, du reste, échappé à
bien d'autres, même à Saint-Simon, qui,
dans l'éloge qu'il a fait de madame de Sévigné [1], pour son esprit dans la conversation,
n'a rien dit de son talent d'écrire.

[1] Edit. Hachette, in-12, t. I, p. 199.

Parmi les amies connues de La Bruyère, s'en trouvait plus d'une chez laquelle ce talent était poussé à un point qui n'est pas au-dessous de ce qu'il a écrit sur la supériorité des femmes en ce genre.

N'y avait-il pas cette mystérieuse amie, qu'on n'a pas assez cherchée, à laquelle, lui-même nous l'apprend dans la préface de son *Discours* de réception [1], on attribuait ce que ses *Caractères* contenaient « de plus supportable ? »

N'y avait-il pas surtout cette spirituelle madame de Boislandry, dont il nous a fait un si galant portrait sous le nom d'*Arthénice*, anagramme *précieux* de son prénom de Catherine, et que nous retrouverons bientôt avec son amie *Elvire*, mademoiselle de La Force ? « Personne, dit de madame de Boislandry l'abbé de Chaulieu, à qui nous devons de connaître cette particularité intéressante, personne n'a jamais mieux écrit qu'elle et peu aussi bien [2]. »

Cet éloge ne se concilie-t-il pas avec celui que La Bruyère a fait du style de certaines

Edit. Destailleur, t. II, p. 252.
Œuv. de Chaulieu, La Haye, 1774, in-8°, p. 34-35.

femmes? Ayant donc à qui l'adresser, c'est-à-dire à une personne qui fut de ses amies et dont par conséquent il dut lire les lettres, est-il besoin de le renvoyer à madame de Sévigné qu'il ne connut pas, puisqu'elle ne le nomme jamais, et dont la correspondance lui fut probablement tout aussi inconnue [1]?

Madame de Sévigné et La Bruyère auraient gagné à se connaître, mais nous n'y perdons rien. Chacun a son monde, dont il parle : Pour la marquise, ce sont les gens du Marais et du faubourg Saint-Germain ; pour La Bruyère, ce sont les gens du faubourg Saint-Honoré, les enrichis des quartiers neufs, la rue des Petits-Champs et la rue de Richelieu.

L'une connaît mieux la cour de Versailles,

---

[1] Une des preuves que La Bruyère ne connut pas madame de Sévigné, dont autrement la conversation si pleine de traits et de choses n'eût pas manqué de lui fournir beaucoup pour ses *Caractères*, c'est que celui qu'il nous a donné de *Ménalque*-Brancas diffère complétement pour les faits de distraction de ceux que la marquise a racontés elle-même dans plusieurs de ses lettres. V., notamment, celles des 10 et 27 avril, 13 mai, 10 juin, 8 juillet, 23 décembre 1671; 2 juin 1672 ; 8 et 22 septembre 1680.

l'autre celle de Chantilly, Quand madame de
Sévigné voyage, c'est en Bretagne ou en Provence ; La Bruyère , lui, ne va guère qu'en
Normandie ou en Bourgogne. Ainsi ne se
rencontrant jamais nulle part, ils ne se
rencontrent pas non plus pour les scènes à
peindre, pour les portraits à faire, et c'est
où nous gagnons. Au lieu d'un seul tableau,
nous en avons deux, qui embrassent presque
en entier le monde de leur temps.

Avec la marquise, nous tenons la noblesse
d'épée petite ou grande, occupée d'elle-même,
indifférente du reste ; avec La Bruyère, nous
avons la bourgeoisie, et surtout la robe, dont
il est sorti, où son frère est encore, et qui
compte tant de représentants, avocats, juges
ou conseillers, parmi les gens dont, je l'ai déjà
dit, on aimait à s'entourer chez les Condé.

Par là nous allons jusqu'au peuple, en passant par les financiers qui le rongent, et les
parvenus, comme Langlée, qui, après être
sortis de lui, le foulent aux pieds, sans penser
qu'ils devront peut-être retomber plus bas.

On ne les a pas vus grandir. Il n'a fallu
qu'un jour pour qu'ils fussent tout poussés et
florissant à la façon de ces arbres, apportés on
ne sait d'où, avec lesquels le roi s'est impro-

15.

visé le parc de Marly [1] et tant d'autres jardins, « où ils surprennent les yeux de ceux qui ne les ont point vus croître, et qui ne connoissent ni leur commencement ni leurs progrès [2]. »

On ignore d'où viennent ces gens-là, mais on sait comment ils s'en vont. C'en est bientôt fait d'eux et de leurs fils, et des pauvres jeunes héritières qu'ils ont épousées : « Un financier, elle seroit bien lottie. Aujourd'hui, madame, et demain rien peut-être. » Voilà ce que fait dire à un de ses personnages Dancourt [3], qui n'eut pas que cette rencontre avec notre La Bruyère. Son mot est celui de la comédie du peuple. Écoutez l'arrêt plus terrible, plus ineffaçable de la comédie du philosophe. « Les Partisans nous font sentir toutes les passions l'une après l'autre : l'on commence par le mépris à cause de leur obscurité; on les envie ensuite, on les hait, on les craint, on les estime quelquefois et on les respecte. L'on vit

[1] V. le *Journal* de Dangeau, 24 nov. 1697 ; Saint-Simon, édit. Hachette, in-12, t. XII, p. 358.

[2] Edit. Destailleur, t. I, p. 259.

[3] *Le Tuteur*, scène V.

assez pour finir à leur égard |par la compas-
sion [1]. »

N'est-ce pas l'histoire complète des hommes
d'argent, depuis Fouquet, dont tout fut
imité, même la chute, par ceux qui le suivirent ? Comme lui, « ils ne gardoient aucune mesure; » comme lui, « ils s'étoient
jeté dans les belles maisons à Paris, et dans
les grosses terres à la campagne [2]; » et comme
lui, ils tombèrent de plus ou moins haut,
selon leur taille.

|X X I I|

Le trésorier de basse Normandie ne connut guère de la finance que les ridicules, les
fautes et les disgrâces des traitants. Les chapitres de son livre qu'il leur consacre sont
bien certainement ses meilleurs comptes de
finance. Ne nous en plaignons pas. Lesage,
avec son *Turcaret*, où il les refait encore
plus rigoureusement, nous garantit d'ailleurs
que ces comptes-là sont exacts.

. [1] Edit. Destailleur, t. I, p. 262.
[2] *Mém.* de l'abbé de Choisy, 1747, in-8°, p. 195.

La Bruyère, en nous les donnant, continuait plus qu'on ne le croit son office de
trésorier. Les fonctions n'en étaient-elles
pas, en effet, toutes de contrôle et de révision ?
Il y avait pour devoir d'être une sorte d'*audi-
teur des comptes* chargé d'examiner, contrô-
ler, arrêter ceux que rendaient les officiers
des domaines[1]. Or, comme ici, aussi bien que
dans la comptabilité des fermes, confiées
de même aux mains des traitants[2], l'exactitude et l'honnêteté n'étaient pas des lois
inflexiblement observées, on peut juger des
impressions du trésorier par l'amertume
de l'écrivain. La sévérité à l'égard des gens
qui ne manient l'argent de tous que pour en
faire la fortune d'un seul, fut ce qu'il sut
garder, avec le plus de persistance, de son
passage à la trésorerie de Caen.

Il eût pu y gagner la noblesse, qui comptait parmi les priviléges de sa charge[3] : il ne

---

[1] Monteil, *Traité des matériaux mss*, t. I, p. 316.

[2] On voit fort bien par le *Livre commode des
Adresses pour* 1692, p. 6-7, que les fermiers généraux pour les *domaines* et les *cinq grosses fermes*
étaient compris dans le même bail.

[3] Monteil, *Traité des matériaux manuscrits*, t. I,
p. 317, 327.

fit que s'en moquer, comme vous l'avez vu, faisant aussi peu de cas de ce blason, dû aux emplois, que de l'autre qui vient de l'ancienneté de la race, et dont, avec un peu de complaisance, il n'eût tenu qu'à lui de se parer de même.

Quand M. le Duc, son ancien élève, le fit passer, dans sa maison, de la place de professeur d'histoire, puis d'homme de lettres au titre de gentilhomme, qui semblait tout naturellement impliquer une gentilhommerie quelconque, il se laissa faire, mais de telle sorte, qu'on vit bien qu'il subissait, plutôt qu'il n'agréait, ce supplément de faveur[1].

Noble à son corps défendant, il ne trouva qu'ironie pour cette noblesse. Au lieu de tâcher de la faire croire légitime par son sans-gêne à la porter, il prit plaisir à en afficher le ridicule par l'emphase comique dont

---

[1] Son extrait mortuaire le qualifie : « Gentilhomme de Monseigneur le Duc. » — D'abord, il signa *Labruyère*, sans particule, comme sur la lettre que nous avons vue à Londres, et sur celle dont la *Galerie française* a donné le *fac-simile*. Devenu Gentilhomme de M. le Duc, il signa, peut-être par ses ordres, *De La Bruyère*, ainsi que le prouvent l'autographe de la collection d'Hunolstein, et ceux que possède le duc d'Aumale.

il l'exagéra. Les rieurs, qui guettaient ce
railleur dans les parties de sa vie qui pouvaient être à railler, trouvèrent, là encore,
sa moquerie en avance sur la leur : « Je le
déclare, dit-il dans l'édition de 1691, je le
déclare nettement, afin que l'on s'y prépare,
et que personne un jour n'en soit surpris,
s'il arrive jamais que quelque grand me
trouve digne de ses soins... Il y a un Geoffroy de La Bruyère, que toutes les chroniques
rangent au nombre des plus grands seigneurs de France qui suivirent Godefroy de
Bouillon à la conquête de la Terre-Sainte.
Voilà alors de qui je descends en ligne directe. »

Par cette ironie, où personne ne se trompa
que Bonaventure d'Argonne [1], on devine,
comme je le disais, que celui qui se moquait
ainsi de la noblesse de race n'était pas homme
à s'en faire une de moindre aloi de par le seul
privilége de sa charge.

Il n'y prit, comme droits, je le répète, que
celui de l'inspection sévère à l'égard des
traitants, et celui encore qui lui permettait
d'être toujours par les voies et chemins. Qui

[1] *Mélanges* de Vigneul-Marville, 1re édit., p. 335.

disait trésorier de France disait *grand voyer*[1], inspecteur général des routes et rues.

Il le fut, mais à sa façon. Ses collègues de la trésorerie inspectaient la route même; lui n'examinait que ceux qui y passaient. Nous avons, en merveilleux style, tous les signalements qu'il y prit. Il conciliait ainsi on ne peut mieux les fonctions qu'il tenait du roi avec celles qu'il tenait de son esprit, et dont il a si curieusement parlé, quand il a dit, sur ces exigences du métier d'observateur, toujours sur pied, dans chaque coin, dans chaque carrefour, *in trivio*, toujours regardant, sans cesser d'être en vue : « L'homme de lettres est *trivial*[2] comme une borne au coin des *places*. »

Ses places à lui, vous l'avez déjà vu, fu-

---

[1] Montell, *Traité*, etc., t. I, p. 316.

[2] Tout le monde s'est trompé sur le mot *trivial*, ainsi employé par La Bruyère. On l'a pris pour le citer, d'après lui, dans le sens moderne et non dans celui qu'il lui donne. A. de Musset s'y est trompé lui-même, quand il a dit dans sa pièce, *la Loi sur la presse*, qui n'a paru que dans la *Revue des Deux-Mondes* du 1er septembre 1835, p. 611 :

Eh! pour l'amour de Dieu, si votre âme est émue,
Soyez donc trivial comme on l'est dans la rue.
Là Bruyère l'a dit, celui-là s'y connaît.

rent de préférence, au temps surtout où ses fonctions peu occupées d'avocat lui laissaient tant de loisirs d'observateur : les Tuileries en toute leur étendue, et le quartier voisin, et tout neuf alors, qui va de la place Vendôme à celle des Victoires, le quartier des financiers.

Quand il eut un logement dans ce grand hôtel du prince de Condé, qui, vous le savez, est remplacé par l'Odéon et les rues avoisinantes jusqu'à celle des Fossés-Monsieur-le-Prince, ses promenades changèrent un peu leur cours. Il vint encore où il était tant venu, mais un voisinage nouveau l'attirant, il s'y laissa prendre.

C'est là que nous allons le suivre quelque temps encore pour connaître à fond ses courses dans Paris, *la Ville*, avant de l'étudier dans son autre milieu, Versailles ou Chantilly, *la Cour*.

Il s'acoquina, comme on disait alors, chez quelques libraires de la rue Saint-Jacques, dont le préféré, dont le plus heureux fut Estienne Michallet, auquel il donna le livre des *Caractères*, en des circonstances déjà connues, mais dont nous tâcherons de renouveler plus loin le récit par quelques détails nouveaux. Grande gloire pour la boutique de Michallet, où neuf éditions s'épuisèrent coup sur coup! Grand bonheur pour sa fille, qui, vous le savez, eut pour dot tout l'argent généreusement abandonné par l'auteur ! Ce ne fut pas moins que cent mille livres, on le sait à un denier près. La Bruyère ne les regretta pas.

Que lui importait l'argent, à ce trésorier *in partibus infidelium*, à ce trésorier homme de lettres ? Un bon livre, une agréable causerie, une longue promenade étaient bien mieux son affaire. Il trouvait le bon livre chez Michallet, l'agréable causerie aussi, car alors c'est surtout chez les libraires qu'on allait causer, et rien ne le gênait pour la promenade dans les allées du Luxembourg, ou bien aux environs.

Il avait de ce côté des amis à voir, des ridicules à peindre.

Au nombre des amis, je citerai d'abord, au palais même du Luxembourg, l'abbé de Choisy, qui, pendant quelques mois[1], y tint dans son appartement des *conférences* où dut venir La Bruyère, quoique le compte

---

[1] Du 8 janvier au 12 août 1692. — Nous avons dit plus haut, p. 146, d'après l'abbé Le Dieu, que La Bruyère et Choisy étaient « bons amis. »

rendu des séances ne le cite pas parmi ceux qui firent des lectures [1] ; puis Pontchartrain, pendant tout le temps qu'il demeura rue de Vaugirard, près des Carmes, c'est-à-dire jusqu'en 1693 environ ; puis encore Gregorio Leti, qui, dans les derniers temps de son séjour à Paris, habitait une maison située sur le *fossé du Prince*, ainsi qu'on disait pour désigner les logis dont était bordé le fossé qui entourait l'hôtel de Condé, le seul auquel on eût laissé le privilége de cette apparence féodale.

La rue *Monsieur - le - Prince*, nommée longtemps *des Fossés-Monsieur-le-Prince*, fut tracée, comme on sait, sur une partie de cet emplacement. C'est aussi par là que demeurait Henri Justel [2], à quelques pas du

[1] Ce compte rendu, rédigé par la plume spirituelle de l'abbé, se trouve au tome Ier des *manuscrits* dont il fit don, en mourant, à M. d'Argenson, et qui sont maintenant à la Bibliothèque de l'Arsenal. V. la *Revue des provinces* du 15 juin 1865, p. 532-533. — Varillas, le *Dorilas* de La Bruyère, fut un des auteurs les plus vertement critiqués dans ces conférences.

[2] Nous avons vu sur un livre de la Bibliothèque Impériale, *Ars signorum*, etc. (Z ancien, Falconnet, n° 9,377), cette mention : « Pour M. Thoinard, chez M. Justel, sur *le Fossé du Prince*, au faubourg Saint-

logis de Gregorio Leti[1]. Sa maison était un centre littéraire et philosophique trop célèbre et trop bien hanté, un point de réunion trop hospitalier à tous les gens d'esprit de quelque pays qu'ils vinssent[2], pour que La Bruyère n'en fût pas l'hôte. Le voisinage devait l'y attirer, l'amour des lettres l'y retenir.

D'un autre côté, sans s'éloigner beaucoup, dans la rue de Tournon même, qu'il avait à suivre volontiers chaque fois qu'il allait à la foire Saint-Germain, ou qu'il descendait vers le Palais-Royal, se trouvait l'hôtel de l'un des hommes heureux et enviés dont il avait épié la fortune en ses accroissements, et qu'il devait le mieux peindre : c'est Terrat, qui avait succédé, comme chancelier de la maison de Monsieur[3], à Boisfranc, beau-père de madame de Belleforière, amie de notre philosophe.

Germain. » Or, Thoynard, logé ainsi chez Justel, était des amis de La Bruyère puisqu'il faisait partie avec lui des conférences du *petit concile* tenues chez Bossuet. (Floquet, *Bossuet précepteur*, p. 425, 437.)

[1] *Mémoires* de madame de Courcelles, édit. elzévirienne, p. 165.

[2] V. dans la *Revue de Paris*, 2e année, t. XIV, p. 74, des extraits du *Voyage de Locke en France* de 1675 à 1679.

[3] *Clé manuscrite des Caractères*, à l'Arsenal.

Il n'en dit pas de mal, car Terrat était au nombre des hommes rares que la richesse ne gâte pas. Saint-Simon lui-même n'en a pas médit[1], et ce n'est pas à La Bruyère qu'il faut demander la méchanceté, quand le grand artiste en calomnies a été indulgent. Il se contente de le montrer au milieu des courtisans de sa fortune, en proie aux convoitises des mères qui avaient une fille à marier, bien que son âge eût dû l'en défendre. Il le nomma *Téramène*, et par conséquent ne le déguisa qu'à moitié. Ce n'était qu'un demi-masque, sous lequel tout le monde pouvait reconnaître et nommer le vrai Terrat.

Son art était grand pour ces sortes de déguisements, et surtout d'une variété merveilleuse. Il vaut bien que nous nous y arrêtions un instant.

Quelquefois il procédait, comme on vient de le voir, par un simple enjolivement du nom, qui, sans perdre sa première syllabe, prenait tout à coup une apparence grecque. De même que Terrat était, par ce moyen, devenu *Téramène*, Herbelot, l'orientaliste, le syriaque et l'arabisant, devint *Hermagoras*, « qui débrouille l'horrible chaos des deux

[1] *Mémoires,* édit. Hachette, in-12, t. XI, p. 93.

empires, le babylonien et l'assyrien... qui vous révélera que Nembrot fut gaucher et Sésostris ambidextre,... » mais qui, par contre, « n'a jamais vu Versaille et ne le verra jamais [1]. »

Souvent ici, comme partout, l'ironie le servait dans ses baptêmes satiriques, et de telle sorte que le nom seul eût presque suffi comme épigramme. N'est-ce pas une ironie bien trouvée que d'appeler d'un nom de femme, *Iphis*, l'homme à la mode; et d'un nom d'idylle, *Théognis*, le fat efféminé? Lorsque dans l'heureux enrichi qu'on a vu passer « de la livrée à une petite recette et à une sous-ferme, » il trouve *Sosie;* lorsque des parvenus qui pensent donner de grandes fêtes parce qu'ils s'y ruinent, et qui se croient chasseurs « parce qu'ils passent tous les jours à manquer des grives, » il fait les *Sannions* et les *Crispins,* et les réunit au personnel des valets de la comédie et de la satire

---

[1] La Bruyère avait pu connaître Herbelot chez Pontchartrain, qui le protégeait et par qui il parvint à la chaire de professeur royal pour le syriaque. Il avait pu assister aussi aux conférences qu'il donnait dans son voisinage, rue de Condé. V. le *Livre commode des adresses pour* 1691, p. 41.

antiques; lorsqu'enfin prenant cet autre
enrichi, seigneur de la paroisse «où ses aïeux
payoient la taille,» qui s'est acquis «de ses deniers de la naissance et un autre nom, » il lui
donne, lui, pour toute noblesse, le rustique so-
briquet de *Sylvain* :croyez-vous qu'il a besoin
d'ajouter beaucoup de malices à cette première
méchanceté de l'étiquette, et que Georges,
par exemple, reconnu par tout le monde dans
le dernier portrait, ne lui en voulut pas pour
ce seul nom de *Sylvain* — qui ne le quitta plus
—autant au moins que pour tout le reste [1] ?

[1] Brossette lui-même constate que Georges figure,
dans les *Caractères* de La Bruyère, sous le nom de
Sylvain (*Mss. de la Biblioth. imp.,* suppl. fr., n° 2,810,
p. 33). Il pouvait le savoir par Boileau, qui, ami de La
Bruyère, ainsi que de Georges, avouait franchement
qu'il avait lui-même fait allusion, dans sa 10ᵉ satire
(vers 465, etc.), à celui-ci, son voisin d'Auteuil. Le
bourgeois, que l'on y voit acheter une charge de
secrétaire du Roi, pour épouser une fille de haute
naissance, c'est Georges qui, devenu en effet secrétaire
du Roi, avait épousé la fille du marquis de Valençay,
ajoutant ainsi un trait de plus à sa ressemblance avec
Sylvain, dont La Bruyère dit : « Il n'auroit pu autrefois entrer page chez Cléobule, et il est son gendre. »
Il serait curieux que ce *Georges* fût aussi le *Georges*
Dandin de Molière, ce qui est possible, puisqu'il habitait Auteuil, près de la maison du poëte, et que sa

D'autres fois, par un artifice de langage familier aux Athéniens, ses maîtres, La Bruyère avait recours à l'antiphrase : il donnait, à celui qu'il voulait caractériser, un nom qui était la contre-vérité ironique du caractère même. Le brillant Villeroy, modèle accompli du courtisan, devint ainsi sous sa plume le cynique et déguenillé *Ménippe*[1]. Roquette, l'évêque d'Autun, dont l'âme était toute au monde et à l'ambition, prit par une ironie plus cruelle encore le nom de *Théophile*, ami de Dieu[2], condamnant ainsi ce qu'il était par l'indice de ce qu'il aurait dû être. D'autres noms étaient d'une malice plus directe; ainsi celui de *Pamphile*, l'homme qui aime tout, donné à Dangeau, le grand applaudisseur de chacune des actions, et même des faiblesses du Roi, fut à lui seul une satire de ces sortes de complaisants. Personne ne s'y trompa, car le portrait

fortune et son mariage dataient du temps où se fit la pièce. Georges, en effet, on le sait encore par Brossette, s'enrichit dans le bail de Legendre, comme receveur des Aides de Paris, de 1668 à 1674. La femme de son fils fut la célèbre madame de Falary, maîtresse du Régent.

[1] *Les Caractères*, 2ᵉ édit. Destailleur, t. I, p. 176.

[2] *Idem*, p. 336-337.

tel que le fit La Bruyère répondait à la ma-
lice de son étiquette, et la complétait. Saint-
. Simon lui-même, ayant à dessiner Dangeau,
Philinte en extase, où il n'était, lui, qu'un
Alceste bouillonnant, trouva bon, pour cer-
tains traits, de reprendre ceux de La Bruyère [1].

[1] Il répéta, par exemple, ce trait de La Bruyère
pour Dangeau : « Un *Pamphile* croit être grand,
il ne l'est pas, il est d'après un grand. » J'ai dit
que La Bruyère appela Dangeau *Pamphile* parce
qu'il aimait et admirait tout. Peut-être est-ce plutôt
parce qu'il avait fait sa fortune au jeu de cartes. *Pamphile* est le valet de trèfle, le valet d'atout. La Bruyère
aurait repris ainsi, avec un simple changement de couleur, une plaisanterie de madame de Montespan contre
Dangeau. Elle l'appelait *le Valet de carreau. (Souv. de
madame de Caylus.* Ed. Ch. Asselineau, p. 79.)—Dangeau se reconnut dans le portrait, et en tint rigueur à La
Bruyère. La mention qu'il lui consacra dans son *Journal*, sous la date du 11 mai 1696, époque de sa mort,
est plus que froide, ainsi que le remarque Saint-Simon
dans la note dont il l'accompagne, et que Lémontey
reproduisit le premier, *Monarchie de Louis XIV*
(1818, in-8°, p. 101) : « C'est, dit Saint-Simon, relevant
l'indication banale du livre de La Bruyère faite par
Dangeau, c'est l'ouvrage où M. de Lauzun est si bien
et si uniquement peint en deux paroles. C'est de lui
qu'il dit : « *qu'il n'est pas permis de rêver comme il
« a vécu.* » M. de Dangeau est sobre sur les louanges de
La Bruyère. Il n'étoit pas content du coup de pinceau

Quant à Bontemps, ils différèrent un
peu d'avis. Saint-Simon fut indulgent[1], La
Bruyère fut rigoureux, mais de telle façon que
ses contradicteurs mêmes ne purent trouver sa sévérité injuste. Le nom de *Mercure*
donné à ce valet de chambre proxenète, à ce
Mercureau du Jupiter de Versailles, est un
trait dont Saint-Simon dut lui-même sourire, malgré son amitié pour Bontemps.

Le nom de *Théagène* n'est pas moins juste
ni moins clair dans un autre ordre d'allusions. Ce n'est que la traduction, sous forme
grecque, du nom d' « enfant des Dieux, » que
La Bruyère avait donné plus haut aux jeunes
princes de la famille royale, dans une phrase
que lui reprit son ami Choisy[2]. On s'est demandé lequel d'entre eux il avait plus spé-
cialement appelé ainsi. On n'avait, pour le
deviner aisément, qu'à lire avec un peu de

---

par lequel il l'avoit donné si parlant; c'est de lui qu'il
dit : « Ce n'est pas un seigneur, mais il est d'après
« un seigneur. »

[1] *Mémoires*, t. II, p. 153.

[2] C'est celle-ci : « Les enfants des rois... naissent
instruits. » Choisy, dans ses *Mémoires*, p. 340, a dit
de même : « Les enfants des rois, comme ceux des
dieux, naissent instruits de tout. »

soin ce qu'il dit à la suite : « Si vous êtes né vicieux, *Théagène*, je vous plains; si vous le devenez par foiblesse pour ceux qui ont in-térêt que vous le soyez, qui ont juré entre eux de vous corrompre, et qui se vantent déjà de pouvoir y réussir, souffrez que je vous méprise[1]. » Ne reconnaissez-vous pas, dans ces lignes écrites pour la sixième édition, en 1691, le duc de Chartres, tombé depuis près de quatre ans des mains de l'honnête Saint-Laurent en celles du vicieux Dubois[2], ce pré-cepteur de corruption, dont les leçons trop bien suivies nous ont valu le Régent ?

Saint-Laurent était connu dans le monde de Boileau et de Racine, qui écrivit sur sa mort si rapide, et sur la joie qu'en éprouvèrent les commensaux du Palais-Royal, cette phrase d'une si singulière énergie : « Les voilà débarrassés d'un homme de bien[3]. »

Par cette voie, La Bruyère pouvait tout savoir sur l'éducation du prince, et dire de lui ce qu'il en a dit sous ce pseudonyme de *Théagène*, derrière lequel, malgré la trans-

[1] Edit. Destailleur, t. I, p. 332.
[2] *Mémoires* de Saint-Simon, édit. Hachette, in-12, t. I, p. 12.
[3] *Lettre* à Boileau du 4 août 1687.

parence du voile, on ne l'a pourtant pas reconnu [1].

L'abbé de Chaulieu est peut-être encore plus clairement désigné sous le nom de *Catulle*, si direct s'appliquant à lui, qu'il semble moins un pseudonyme qu'un synonyme. On ne l'a cependant pas reconnu davantage. A l'endroit où La Bruyère dit : « Catulle et son disciple [2], » toutes les *clés* sont muettes, quoique Chaulieu, par plusieurs passages de ses poésies où éclate son admiration pour le poëte latin, dont il déclare qu'il suit les leçons [3], semble dire : Catulle, c'est moi;

---

[1] La Bruyère pouvait être encore au fait de ce qui se passait au Palais-Royal, par l'entourage de madame la Princesse, cousine de la seconde Madame, mère du duc de Chartres, et sa grande amie. V. *Mémoires de la Princesse Palatine*, édit. Busoni, p. 250. Saint-Laurent d'ailleurs avait suivi pour l'éducation du prince le système de Bossuet, bien connu de La Bruyère. Aussi, dans sa première édition, lorsque le duc de Chartres était encore aux mains de Saint-Laurent et son disciple docile, l'avait-il placé, avec son propre élève, M. le duc de Bourbon, parmi les jeunes princes instruits. (Edit. Walcknaër, p. 455.)

[2] Edit. Walcknaër, p. 504.

[3] *Poésies* de Chaulieu, édit. Desenne, 1824, in-12, p. 89, 121.

.et bien que dans un autre endroit, l'*Épître au chevalier de Bouillon*, qui commence ainsi :

Élève que j'ai fait dans la loi d'Épicure,

il semble dire encore, pour compléter l'explication du passage de La Bruyère : Mon disciple, c'est le chevalier de Bouillon.

La Bruyère les avait beaucoup connus l'un et l'autre—Chaulieu surtout, que M. le Prince aimait et protégeait[1]—soit à Chantilly, soit à Saint-Maur, cette chère *Mauritanie* de M. le Duc, comme il l'appelait[2].

Pourquoi l'abbé ne s'en tenait-il à cette spirituelle hantise, où, si le scandale ne manquait pas, l'esprit et les jolis vers dédommageaient au moins de ses licences ? Mais, sans compter le Temple, où MM. de Vendôme avaient donné asile à bien d'autres débauches, dont il fut plutôt le ministre que le censeur, on le

[1] Sur les démarches qu'il fit pour que Chaulieu fût de l'Académie, et qui furent toutes déjouées par Louis XIV, mécontent du libertinage de l'abbé, V. une note très-curieuse des *Mss.* de l'abbé Goujet, dans le *Dictionnaire des Anonymes* de Barbier, t. II, p. 499.
[2] *Poésies* de Chaulieu, p. 144.

rencontrait, avec le Chevalier, en plusieurs des *tripots* officieux que la défense des brelans publics avait fait ouvrir, depuis 1686 [1], chez ces *brelandières* bourgeoises ou de qualité, signalées par Boileau dans sa 10ᵉ satire, et què La Bruyère nous représente [2] « comme d'honnêtes femmes » qui, sans être « marchandes ni hôtelières, » faisaient accueil à tout venant, offraient « à choisir des dés, des cartes et de tous les jeux, » et donnaient même à manger « dans leurs maisons, commodes à tout commerce [3]. »

[1] V. *Code de la Police*, 1757, in-12, p. 47.—Blegny (Abraham du Pradel), dans le *Livre commode des Adresses pour* 1691, p. 7, après avoir dit que les maisons de jeu sont défendues, ajoute : « On ne joue plus que dans des maisons particulières et entre personnes connues. »

[2] *Discours sur Théophraste*, dans l'édit. Destailleur, t. I, p. 61.

[3] Duclos a dit de même : « Une femme dont la maison est livrée au jeu s'engage ordinairement à plus d'un métier. » Madame Mazel, dont l'assassinat, qui fit tant de bruit, fut cause que son domestique Lebrun fut mis à la question, malgré son innocence, était de ces bourgeoises qui donnaient à jouer. Sa maison, dit Barbier d'Aucour, dans son *factum* pour Lebrun, « étoit deux fois la semaine ouverte, le jour et la nuit, à une infinité de joueurs et à toute

· La Bruyère était au fait des visites de l'abbé et du Chevalier chez ces hospitalières du vice, il savait le gros jeu qu'ils y jouaient, et il ne put s'empêcher de leur faire comprendre combien ils perdaient, moins par la bourse encore que par la dignité, à se commettre en ces parties où tout éclat s'efface devant celui de l'or, où la dépense de l'argent tue celle de l'esprit. « Je voudrois bien voir, dit-il, un homme poli, enjoué, spirituel, fût-il un Catulle ou son disciple, faire quelque comparaison avec celui qui vient de perdre huit cents pistoles en une séance.»

Ici, l'amitié adoucit la leçon. Rien ne blesse; le pseudonyme même cache un éloge au lieu d'une épigramme. C'est rare, c'est même presque unique chez La Bruyère ; ailleurs il s'en dédommagera bien.

Dans le nom d'*Arfure*, par exemple, la femme du traitant qui, en moins de six années, a fait « une monstrueuse fortune, » qui ne sent la malice de la dernière syllabe *fur*, voleur? Et dans celui de *Zélie*, la dévote,

leur suite. » V., pour d'autres exemples de ces maisons de jeu particulières, deux articles de M. G. Servois, dans la *Corresp. litt.*, 25 fév. et 25 avril 1863.

qui ne devine aussi l'allusion au faux
ξèle ?

Pour le nom de *Téléphon*, l'homme au ton
arrogant « qu'on n'approche que comme du
feu, » qui rit haut, qui parle haut, la malice
de l'étymologie n'est pas moins sensible. D'a-
bord, il avait mis *Antiphon*, l'homme dont la
voix détonne, à force d'être haussée ; puis,
trouvant sans doute qu'on ne reconnaissait
pas assez, sous ce masque, le fils retentissant
du présomptueux La Feuillade, il l'appela
Téléphon, l'homme dont la voix porte loin
(τῆλε).

Le grec lui fut ainsi très-souvent utile
pour les étiquettes de ses portraits, qui, je l'ai
dit, sont elles-mêmes presque toujours une
malice préliminaire. Cherchez l'étymologie
des noms qu'il donne, et, dans leur racine
grecque, vous trouverez déjà la satire. Le
verbe κυδιχεῖν (se glorifier) ne vous annonce-
t-il pas fort à souhait, par exemple, le suffisant *Cydias*, dont le nom n'est que son
dérivé ? *Périandre*, qui se croit au-dessus de
tout le monde, n'a-t-il pas une excellente
enseigne de son orgueil dans le mot grec
d'où vient son nom, πέρι ἀνδρός (au-dessus de
l'homme) ; et *Tryphon*, « qui a tous les vi-

ces, » comment le désigner mieux que par
ce nom même, dérivé du grec τρυφαεῖν (être
débauché)? Quant aux enrichis, son procédé
d'appellation ne varie pas. Que ce soit *Chrysippe* ou *Chrysanthe*, le χρυσός grec y sert
toujours de base. Ne fallait-il pas de l'or,
toujours de l'or, dans le nom de ces gens
dont c'était la vie ?

Le latin, moins souple pour la formation
des mots, ne lui fournit presque rien. Sauf
la *Canidie* d'Horace, dont il fit si à propos
la marraine d'une autre empoisonneuse
célèbre, la Voisin; sauf encore Mævius et
Titius, que le Droit romain lui prêta tout
baptisés pour la petite comédie testamen-
taire [1] où sont en germe celles des *Héritiers*
et du *Testament de César Girodot*, il ne dut
rien à l'antiquité latine.

Cet emprunt qu'il fit de deux de ses personnages au Droit romain, est intéressant en
ce qu'il prouve ce que nous avons déjà dit [2]
de sa préférence pour les choses du Droit, et
de ses fréquents retours par la pensée vers
son ancienne profession d'avocat. Un de ses

[1] Edit. Destailleur, t. II, p. 181-182.
[2] V. plus haut, p. 35.

ennemis lui reproche d'imiter, dans ses façons de parler, « le style du Palais[1]; » cet
ennemi ne se trompe pas. La Bruyère aime
les vieilles formes de langage comme on les
aimait au Palais du temps de Patru, le temps
de sa jeunesse, et si, par exemple, au lieu de
bienfaiteur, il continue à écrire *bienfacteur,*
c'est que—Ménage nous l'apprend [2]—on pro-
nonçait ainsi dans les beaux plaidoyers.

Son affection, toutefois, ne s'est pas étendue jusqu'au ridicule des gens de robe. Il
est au contraire plus âpre que personne à les
combattre de la bonne façon. Je n'en veux
pour preuve que ce qu'il a dit contre l'abus
des citations chez les avocats. Nulle part on
ne s'en est mieux moqué; il leur porta le
coup de grâce [3].

C'est de ce côté qu'il avait le plus d'amis :
« Je nomme nettement, dit-il dans la préface
de son *Discours à l'Académie* [4], les personnes que je veux nommer, toujours dans la
vue de louer leur vertu ou leur mérite; j'é-

---

[1] V. plus haut, page 35, note.
[2] *Observ. sur la Langue franç.*, 1676, in-12, 2ᵉ part.,
p. 231.
[3] V. suppl. au *Dict.* de Bayle, 1722, in-fol., p. 13-19.
[4] Edit. Destailleur, t. II, p. 258.

cris leurs noms en lettres capitales, afin qu'on
les voie de loin et que le lecteur ne courre
pas risque de les manquer. » Or, qui nomme-
t-il ainsi en toutes lettres? quelques amis
qu'il avait dans la science, tels que Du
Hamel [1] et Fagon [2]; mais avant tout des personnes de la magistrature et du barreau :
Novion [3], dont vous savez que son frère avait
épousé la fille naturelle; les Bignon, parents
de Pontchartrain [4], qui tenaient à l'Église [5]
et à la robe; Lamoignon, dont il fréquentait la bibliothèque [6]; Gaumont [7], l'une des
gloires du barreau, et l'ancien conseil de
Mazarin ; Fourcroy, ce tonnant ami de
Molière, près duquel il avait peut-être fait

[1] V. plus haut, p. 65.— [2] Id., p. 108, note.

[3] Edit. Destailleur, t. II, p. 258.—Dans plusieurs
allusions aux *grands jours* d'Auvergne que Novion
présida, c'est lui qu'il flatte. Ce qu'il (t. II, p. 176) sur
l'arrêt qui força les avocats d'être brefs, le flatte encore. Saint-Simon l'a fort attaqué; M. Chéruel vient
de le défendre. *Saint-Simon*, etc. 1865, in-8°, p. 500.

[3] *Journal* de Dangeau, édit. compl., t. II, p. 261, 340.

[4] Ainsi l'abbé Bignon, reçu avec lui à l'Académie.

[5] V. plus haut, p. 33, 68.—Il nomme aussi Le
Maitre quelque part; mais, trop jeune pour l'avoir
connu, il ne rendait ainsi hommage qu'à un beau
souvenir du Palais et de Port-Royal.

[6] Edit. Destailleur, t. I, p. 284.

ses premières armes d'avocat, et que plus tard il put connaître, ainsi que Gaumont [1], chez Lamoignon, à Bâville, où il était bailli [2].

Voilà ses amis, ceux qu'il aime et qu'il nomme, leur faisant une gloire de leur nom même. Revenons à ceux qu'il baptise tout seul, et dont le ridicule lui paye chèrement les amères dragées de ce baptême.

Où le grec et le latin ne pouvaient le servir, il recourait à l'histoire [3], qui ne l'aidait pas moins dans ses malices. Rien qu'à voir les noms qu'il y trouva, on sent qu'il la connaissait à fond, et devait l'enseigner avec esprit. C'est du génie, par exemple, d'avoir été chercher dans le Bas-Empire, au temps des empereurs caducs et des impératrices souveraines, le nom qui doit désigner dans son livre madame de Montespan. Il l'appelle *Irène*, et ce nom du

---

[1] De Châtre, *jeux d'esprit.* 1694, in-12, p. 93.

[2] La Bruyère dut tirer grand parti des conversations de Fourcroy, qui parlait et raillait beaucoup : « Fourcroy, avocat célèbre... qui étoit une gueule fière, qui depuis ce temps-là fut bailli de Basville... s'étoit acquis au Palais une liberté de tout dire et de railler à tort et à travers. » De Châtre, p. 83-90.

[3] Il parle, dans son *Disc.*, du soin qu'il prit pour « emprunter les noms de l'ancienne histoire. »

règne des femmes à Byzance, la désigne mieux que le sien. Ce n'est pas un pseudonyme, c'est un caractère. Le portrait que sous cette étiquette il nous fait de la royale coquette, se sentant vieillir et allant chercher aux eaux d'Épidaure, ce que la favorite demanda souvent, en effet, aux eaux de Bourbon, un peu de jeunesse nouvelle, est de tout point un chef-d'œuvre.

La Bruyère dut le faire sur place, après avoir entendu, peut-être de la bouche même du médecin de Bourbon, parlant à madame de Montespan, ce qu'il fait dire à Irène par l'Esculape d'Épidaure.

Je crois, en effet, qu'il dut aller à ces eaux, pour la paralysie dont il souffrait en 1687 [1], un an juste après que madame de Montespan y fût retournée [2]. Entre autres choses qui me le confirment, c'est que Boileau y étant allé, et de là écrivant à Racine, lui dit après quelques

[1] V. sa *lettre* dont le fac-simile a été publié dans la *Galerie française*, t. I, p. 361.

[2] Elle y était allée en 1676, comme on le voit par une lettre de madame de Sévigné du 17 mai; elle y retourna en 1686. *Mém. du marquis de Sourches*, t. II, p. 36.

mots sur le médecin des eaux : « Je vous envoie un compliment pour M. de La Bruyère[1]. » Or, ainsi placé, ce compliment semble venir moins de lui-même que du médecin, qui, ayant soigné La Bruyère, tenait à se rappeler à lui. Peut-être est-ce celui qui avait dit à madame de Montespan ce qu'il prêta pour Irène au dieu d'Épidaure.

La Bruyère ne mit ce caractère dans son livre que bien plus tard. Il n'y figure, pour la première fois, que dans l'édition de 1694, la huitième. Cette discrétion, qui lui était ordinaire[2], atténuant la ressemblance par l'éloignement, diminuait la malignité de l'application trop directe. On lui en savait gré chez les gens de goût. Je répondrais que, pour le cas dont il s'agit, madame de Maintenon, qui n'aimait pas les malveillances trop à l'emporte-pièce contre la rivale qu'elle avait supplantée, approuva La Bruyère d'avoir affaibli sa malice en la différant.

Que pensait-elle de lui et que pensait-il d'elle ? On ne sait là-dessus rien de certain ; mais tout indique au moins qu'elle devait

---

[1] *Recueil des Lettres de Jean Racine*, 1re édit., p. 103.

[2] V. plus haut, p. 42.

l'avoir en grande estime et qu'il le lui rendait bien. Ami de Racine comme il l'était, le voyant assidûment [1], il avait dû être admis avec lui à quelques-uns des entretiens qu'elle voulait bien lui accorder, peut-être même à quelques-unes des audiences plus familières où le roi s'abandonnait à l'admiration des gens d'esprit. Si La Bruyère n'eut pas cet honneur pour lui-même, ses œuvres l'obtinrent. Ses *Caractères* furent lus chez madame de Maintenon et, par conséquent, connus du roi. Furent-ils au gré de la dame ? C'est probable, car elle s'essaya bientôt dans le même genre [2], et l'on n'imite que ce qu'on admire. Le *Discours* de La Bruyère à l'Académie obtint du roi une faveur plus haute encore : lecture en fut faite à son dîner à Marly [3]. Madame de Maintenon, croyez-le, dut être pour quelque chose dans cet hon-

---

[1] L. Racine, dans ses *Mémoires* sur son père, cite La Bruyère parmi les personnes que Racine voyait le plus souvent, 1re édit., p. 202.

[2] Elle fit ainsi le *caractère de la princesse Sylviane*, etc., dont le *Ms. autographe* fut vendu chez Techener, il y a trois ans. V. *Descript. raisonnée d'une collect. choisie d'anc. Mss.* 1862, in-8°, p. 154.

[3] « Le remerciement de M. de La Bruyère à l'Aca-

neur fait à La Bruyère, qui en fut on ne peut plus fier [1].

Fagon, son ami [2], et l'un des plus intimes confidents de madame de Maintenon, avait pu servir aussi entre eux de lien et de point de contact. Il avait pu surtout le mettre au fait des petits secrets de l'intimité royale où l'on voulait bien l'admettre en tiers; lui raconter par le menu ces divertissements de coin du feu, où, dépouillant le roi pour l'homme, et l'homme pour l'enfant, Louis XIV n'avait pas de plus grand plaisir que de disputer à Fagon, à madame de Maintenon, la cafetière pour se verser son café lui-même et les pincettes pour tisonner [3] !

N'est-ce pas après un de ces récits du méde-

démie a fait icy du bruict. Il a esté leu à un disné du Roy à Marly. » Lettre *inédite* de Bourdelot à l'abbé Nicaise, du 23 août 1693. V. aussi le livre si rare, *Dépêches du Parnasse*, 3ᵉ dépêche, 1ᵉʳ octobre 1693, p. 39.

[1] Dans la préface du *Discours*, il parle avec une sorte de fierté de «Marly, où la curiosité de l'entendre s'étoit répandue. » Edit. Destailleur, t. II, p. 259.

[2] V. plus haut, p. 108, 198.

[3] V. à ce sujet de très-curieux détails dans les *Entretiens des Ombres*, 1722, in-8°, 7ᵉ entretien, p. 64-67.

cin confident que La Bruyère dut écrire en ini-
tié : « Le plaisir d'un roi qui mérite de l'être
est de l'être moins quelquefois, de sortir du
théâtre, de quitter *le bas de saye* et les
brodequins, et de jouer avec une personne
de confiance un rôle plus familier. »

XXIII

Nous voilà bien loin de Paris et du quartier du Luxembourg; mais nous pouvons y
revenir vite, puisque nous ne sommes pas
sortis des *Caractères*. Une de leurs plus
belles moissons, on l'a vu déjà, fut dans ce
quartier même, et plus qu'ailleurs, dans le
jardin du Palais.

La Bruyère y retrouvait avec Belleville,
domestique de Gourville [1], et le plus fameux,
« le plus accrédité » de la bande, les nouvellistes qu'il avait laissés aux Tuileries.

Ils venaient y compléter le butin de nouvelles, dont son ennemi le *Mercure* faisait
au bout du mois son bagage, et, par l'amu-
sement de leur zèle affairé, ils le dédom-

---

[1] V. les *Mémoires* de celui-ci, édit. Petitot, p. 517.

mageaient d'avance de l'ennui qu'il aurait à les suivre dans le vide de leur cher journal.

L'arbre sous lequel ils se réunissaient, et où il les écouta, existe encore. Pauvre vieux marronnier, à demi-mort et complétement couronné, pour nous servir d'une expression de métier, dont l'ironie veut dire qu'il n'a plus de couronne, vous pourrez le voir à deux pas de la *belle allée,* sur la gauche, un peu au-dessous du Jeu de Paume [1]. Il m'est cher, non pour les bruits qu'il entendit, mais pour le sourire de celui qui les écoutait.

C'est dans ce même jardin du Luxembourg que devait venir s'éteindre un de ses types les plus amusants : l'*amateur de fleurs*, le *curieux* de tulipes, qu'il avait connu ailleurs, lorsqu'il le dessina, et qui, en s'installant enfin de ce côté, y compléta la galerie de ses *Curieux.* Presque tous, en effet, logeaient dans ce quartier.

Boucot, l'*homme aux coquilles*, tout à sa collection et fort peu à l'administration des hospices, dont il était un des directeurs [2],

---

[1] V. un article très-curieux de M. A. Ysabeau, dans le *Journal de l'Instruction publique*, 14 sept. 1864, p. 587.

[2] *Livre commode des Adresses pour* 1692, p. 38.

avait son cabinet dans la rue Hautefeuille, où le vint voir et envier l'Anglais Lister, son confrère en cette manie [1].

Rousseau et Chassebras de Grenailles, les grands « curieux d'estampes » que Gaignères lui-même jalousait [2], s'étaient placés à proximité des marchands de la rue Saint-Jacques [3],

---

[1] Lister, *A Journey to Paris*, 1698, in-8°, p. 57.— La collection de Boucot, dont les *coquilles* étaient la principale, mais non pas l'unique richesse, fut ensuite transférée de la rue Hautefeuille dans un hôtel de la rue Saint-Jacques, près de Saint-Séverin, qui, je crois, existe encore. V. G. Brice, édit. de 1701, t. II, p. 97.

[2] Lister, p. 91, a parlé des admirables collections de Gaignères, en son appartement de l'hôtel de Guise. Les principales passèrent dans celles du roi, par suite d'un don fait par Gaignères lui-même. La Bibliothèque impériale les possède encore en grande partie. « Votre cabinet, écrivit Coulanges à Gaignères, quand il eût fait cette précieuse donation, mérite bien l'immortalité, et, pour y parvenir, vous ne pouviez mieux faire que de le joindre à celui de Sa Majesté. » Lettre *inédite* du 17 mars 1711.

[3] Le plus fameux pendant longtemps fut Chartre, dit l'*Anglois,* en continuelles relations avec le graveur Cl. Mellan, dont la Bibliothèque impériale (*Collect. des autogr.*, t. III, p. 200) possède une lettre qu'il lui adressa en 1637. Sa veuve continua son commerce, dans la boutique de la rue Saint-Jacques, aux *Piliers-d'Hercule,* très-fréquentée des Anglais ama-

où la chasse était toute l'année ouverte à la passion que La Bruyère a, d'après eux, prêtée à son *Démocède* : l'un demeurait rue de la Calandre, l'autre rue du Cimetière-Saint-André.

Les amateurs de médailles se trouvaient un peu partout. C'était un goût presque général chez les gens qui se piquaient de faire des collections [1]. Il en était comme de la passion des insectes rares, surtout des papillons, dont il a aussi parlé, et qui, selon Boursault [2], avait, « pendant quelque temps, jeté la cour et Paris dans un véritable engouement. »

Pour la manie des livres, La Bruyère n'avait aussi qu'à choisir, tant étaient nom-

teurs, sans doute parce que la marchande était bien plus connue par son surnom, l'*Angloise*, que par son nom de madame Chartre. V. à ce sujet, dans la *Revue de Paris* de déc. 1841, p. 59-60, l'extrait d'une note des *Poésies* de Robert Baillie, Ruyderd et lord Pembroke, publiées par le Bannatyn-Club.

[1] C'est ainsi—pour ne citer que des amis de La Bruyère—qu'il y avait de fort belles collections de médailles antiques et modernes chez l'avocat général Lamoignon et chez le conseiller Lamoignon de Basville.—Le roi lui-même avait cette manie, ce qui eût suffi pour la mettre à la mode. *Mém.* de Choisy, p. 227.

[2] *Lettres nouvelles*, 1703, in-12, t. II, p. 229.

breux ceux qu'elle possédait. Qui préféra-
t-il pour le peindre plus au vif ? On a dit,
dans toutes les *clés*, que c'était le conseiller
Morel. Je ne le crois pas, la bibliothèque de
cet amateur n'ayant laissé aucune trace [1].
J'opterais bien plutôt pour M. de Sardières.
Sa collection, qui est restée célèbre, commençait à l'être assez, dans le temps où La
Bruyère dessina ses *Curieux*, pour qu'il ait
pu la connaître [2]. M. de Sardières se recom-
mandait d'ailleurs à lui par un autre point :
n'était-il pas le fils de madame Guyon [3],
grande prêtresse de ce *quiétisme* dont il devait tant se moquer ? Ayant raillé la mère
pour son exaltation, je ne m'étonnerais pas
que, par une autre préférence de satire, il ait
pris le fils à partie pour sa manie des livres.

L'original de *Diphile*, l'amateur d'oiseaux,
ne sera pas non plus pour moi le même que
pour les faiseurs de *clés*. Ils disent tous que

---

[1] S'il fit allusion au conseiller Morel, c'est dans le
portrait d'*Aristippe* (t. II, p. 172) : « Conseil de toute
une ville, » qui a besoin de l'avis d'un directeur pour
se réconcilier avec sa fille mourante. Elle s'appelait
madame Fodet. V. la *Clé mss.* de l'Arsenal.

[2] V. *L'Art de la reliure*, 1864, in-18, p. 197.

[3] *Journal* de Mathieu Marais, 28 février 1723.

c'est Santeul. Je l'admets pour quelques détails, mais pour d'autres l'application me semble ridicule à force d'être impossible. Est-ce
notre moine victorin qui pourrait, comme
Diphile, négliger ses enfants pour ses oiseaux, et les laisser sans maîtres, tandis qu'il
fait donner à ses chanteurs ailés une si belle
éducation en musique ? A l'hôtel de Condé,
sous l'œil même de notre railleur, dans la
domesticité de madame la Princesse, qui
avait, elle aussi, ce goût des oiseaux, si général alors chez les grandes dames [1], je trouve
bien mieux l'amateur complet, le *Diphile*
authentique, père de famille et couveur de
Canaries : c'est l'homme qui avait soin des
volières, et prenait le titre de « gouverneur
des serins de S. A. madame la Princesse [2] ! »

[1] « Dans les hôtels les plus opulents, dit Lémontey
(*Histoire de la Régence,* t. II, p. 319), on employait
les femmes de chambre et même les demoiselles de
qualité, à élever ces jolis oiseaux que les Espagnols
avaient apportés des îles Canaries, et auxquels la
mode et la nouveauté donnaient du prix. Une duchesse trouvait naturel d'envoyer vendre ses serins
chez le célèbre oiselier du quai de la Mégisserie... »

[2] V. dans le livre de Hervieux, *Traité des Serins
des Canaries,* édit. de 1709, in-8°, l'épître dédicatoire
à madame la Princesse.

. Les magnifiques jardins de l'hôtel auraient pu lui fournir aussi, dans cette même domesticité du Prince, deux autres de ses *curieux* : l'amateur de fruits et l'amateur de fleurs ; car tout y était remis aux soins des gens les plus experts, sous la direction de La Saussaye, l'un des grands hommes du jardinage en ce temps-là [1] ; mais l'on sait de façon à peu près certaine que l'homme *aux prunes*, c'était La Sablière, si fameux, même à la cour, pour les fruits de son enclos de Rambouillet au faubourg Saint-Antoine.

Quant au curieux de fleurs, dont il est temps de reparler, je vais dire aussi son vrai nom.

Qui était-ce ? Aucun des faiseurs de *clés*, aucun des commentateurs ne nous l'a dit exactement, bien que ce ne fût pas impossible à savoir, puisque Mathieu Marais a sur ce point une curieuse note dans son *Journal* [2]. C'était le flûtiste Descôteaux, déjà célèbre du temps de Molière, et qui, à l'époque de la sixième édition des *Caractères*, où parut celui du *fleuriste*, c'est-à-dire en 1691, ayant passé l'âge des succès de mode et de galan-

[1] *Livre commode des Adresses pour* 1692, p. 79.
[2] *Revue rétrospective*, 31 mars 1837, p. 438-439.

terie qui, nous le verrons, avaient égayé sa
jeunesse, s'en dédommageait par la satisfaction de sa passion des fleurs.

Avant de venir au Luxembourg, il habitait le faubourg Saint-Antoine [1], centre em-
baumé de la culture qu'il adorait [2].

La Bruyère pouvait l'y voir souvent, car,
pour se rendre à Saint-Maur, il était conti-
nuellement dans le faubourg, sur la route de
Vincennes, « le chemin de Venouze, comme
il dit [3], où l'on mange les premiers fruits. »

Quand Descôteaux, radieux, le croyait en
admiration devant ses fleurs, le malin faisait
sur le vif, en pleine manie, la curieuse étude
dont son livre a reçu la confidence.

Après l'avoir bien examiné, il le faisait
parler. Descôteaux était bon à entendre,
sur toutes sortes de points : sur sa jeunesse
d'abord, où se mêlaient des anecdotes relatives à Molière [4], qu'il racontait fort bien ;

---

[1] *Livre commode*, p. 63; 109.

[2] « Les jardiniers qui font commerce de fleurs, arbres et arbustes pour l'ornement des jardins, sont au
faubourg Saint-Antoine. » *Id.*, p. 79.

[3] Edit. Walcknaër, p. 215.

[4] D'Olivet, *Hist. de l'Académie*, édit. Ch. Livet,
t. II, p. 307.

puis sur la philosophie cartésienne, dont il raisonnait fort mal.

En 1723, quand Marais, qui le croyait mort, le retrouva au Luxembourg, n'ayant pas moins de soixante-dix-neuf ans, toutes ses manies si étrangement mêlées de fleurs et de cartésianisme lui étaient restées : « Il a encore, dit-il, au suprême degré le goût des fleurs; et c'est un des grands fleuristes de l'Europe. Il est logé au Luxembourg, où on lui a donné un petit jardin, qu'il cultive lui-même. La Bruyère ne l'a pas oublié dans ses *Caractères* sur cette curiosité de ses tulipes, qu'il baptise du nom qu'il lui plaît. Il veut être philosophe, et parler Descartes; mais c'est bien assez d'être musicien et fleuriste. »

Au fond c'était un brave homme, un bon cœur, un ami chaud. Ce qu'il avait fait pour Philibert, flûtiste de l'Opéra, comme lui, en était la preuve.

Les joueurs d'instruments paraissant alors sur la scène avec ces costumes d'acteur qui sont un si grand attrait pour le regard des femmes, leurs bonnes fortunes allaient de pair avec celles des comédiens et des chanteurs. Descôteaux, pour sa part, en eut de cé-

lèbres, qui méritèrent d'être mises en chansons[1]. Philibert en eut plus encore, et ce fut
son malheur.

Entre autres femmes qui, de la noblesse à
la bourgeoisie, se le disputèrent, se trouvait
une riche bourgeoise, madame Brunet, dont
il convoitait la fille, et qui voulut se le
réserver pour elle, en devenant sa femme.
Il fallait pour cela qu'elle fût veuve. La
Voisin, dont le métier était de rendre de
ces services, l'y aida.

M. Brunet mourut; sa femme un an après
était madame Philibert. Cependant La Voisin
fut prise, toutes les femmes qu'elle avait
trop servies furent mises en cause, et madame Brunet étant de celles que la noblesse
ne défendait pas, fut condamnée et exécutée[2].
Son second mari, Philibert, devait tout naturellement être inquiété, comme complice; il
le fut.

Le Roi, qui l'aimait[3], lui dit qu'il ferait
bien de se mettre en sûreté. Philibert
refusa. Descôteaux lui offrit de le suivre

[1] *Mémoires* de Boisjourdain, t. II, p. 465.
[2] Richer, *Causes célèbres*, t. I, p. 426.
[3] V. sur la faveur de Philibert à la cour, les *Poésies* de Lainez, 1758, in-8°, p. 29.

et de tout quitter pour lui. Il ne refusa qu'avec plus de fermeté. Pourquoi perdre un ami, quand son innocence lui disait qu'il n'avait pas besoin lui-même d'être sauvé ? « Il laissa faire le cours de la justice, qui le justifia pleinement et le renvoya absous [1]. »

Cette affaire ayant bien tourné au lieu d'être fatale, mit à la mode Descôteaux, comme ami dévoué, Philibert, comme galant recherché. Ce fut à qui l'aurait, parmi les femmes du plus grand monde. Mademoiselle de Briou, fille du président des Aides, fut une des plus ardentes. Elle alla pour Philibert, que tant d'autres lui enviaient, jusqu'à l'extravagance.

Rien de tout cela ne devait échapper à La Bruyère, qui aimait assez les causes célèbres, comme curieux et ancien avocat [2].

---

[1] *Lettres histor. et galantes* de madame Durfoyer, 1757, in-12, t. III, p. 300.

[2] Il y a souvent des allusions dans son livre aux faits judiciaires du temps. Ce qu'il dit sur la *question* a trait à celle qu'on avait fait subir à Langlade, et dont les suites amenèrent sa mort, près de deux ans avant que son innocence fût enfin acquise. Il succomba aux galères, le 4 mars 1689, et, en décembre 1690, le vrai coupable était découvert. Au mois de

Il était d'ailleurs un peu du monde où Philibert se trouvait ainsi en bonne fortune. Il y tenait par son amitié pour madame de Boislandry, amie de mademoiselle de La Force, dont mademoiselle de Briou était la belle-sœur. Il voulut, à ce propos, flétrir ce qu'il y avait de vil dans ces passions de grandes dames pour des histrions, et montrer en même temps le danger qui attendait celles dont Philibert, le flûtiste aux amours funestes, était le préféré.

En sortant de ses bras, on pouvait, comme madame Brunet, passer dans ceux du bour-

juin suivant, La Bruyère écrivit dans sa 6ᵉ édition : « Une condition lamentable est celle d'un homme innocent à qui la précipitation et la procédure ont trouvé un crime : celle même de son juge peut-elle l'être davantage ? » V., sur Langlade, le *Journal* de Dangeau, 14 février 1688 et 28 décembre 1690. — La Bruyère a nommé aussi *Ambreville*, dont le supplice avait fait événement en 1686. C'était un brigand célèbre, et son nom lui suffit comme satire. A qui l'appliqua-t-il ? A un *grec* qui ruinait les gens au jeu. Par là, il donnait à entendre que ce joueur lui semblait être un aussi grand voleur qu'*Ambreville*, et qu'il faudrait le brûler comme lui. V., sur Ambreville et Léance, sa sœur, *Corresp. administr. de Louis XIV*, t. II, p. 596 ; Dangeau, *Journal*, 19 juillet 1686 ; Palaprat, *Œuvres*, t. II, p. 20.

reau ! Aussi dit-il à mademoiselle de Briou :
« Vous avez *Dracon*, le joueur de flûte.....
Je vous plains, Lélie, si vous avez pris par
contagion ce nouveau goût qu'ont tant de
femmes romaines pour ce qu'on appelle les
hommes publics... Que ferez-vous lorsque
le meilleur en ce genre vous est enlevé? Il
reste encore *Bronte*, le questionnaire [1]... »

Ce passage était resté un des plus inexpli-
qués de ce livre qui cache tant d'énigmes,
mais qui n'en a pas, toutefois, de plus im-
pénétrables que la vie de son auteur.

XXIV

C'est presque toujours sans se laisser connaître eux-mêmes que les moralistes sont
arrivés à une profonde connaissance des autres. Deviner autour de soi le secret des ca-

---

[1] Le bourreau de Paris, dont le nom du cyclope
Bronte est ici le pseudonyme, aimait fort les tableaux,
surtout, par grâce d'état, ceux qui représentaient
des martyres. Quoiqu'il trouvât généralement que les
supplices y étaient figurés en dépit du sens commun, il achetait souvent de ces tableaux chez madame Forêt, la fameuse marchande. De Châtre,
Nouv. entretiens des Jeux d'esprit, 1709, in-12,
p. 218-224.

ractères et ne pas faire voir le sien; avoir une existence cachée et publique tout ensemble; ramener chaque chose à soi sans laisser échapper rien de soi-même au dehors; enfin marcher dans l'incognito le plus muet au travers de ce monde qui s'agite et qui se dépense avec grand bruit; le faire parler sans rien lui dire, voilà leurs façons d'être ordinaires, leurs grands moyens d'observation. Était-ce par instinct, ou de parti pris, qu'ils procédaient de cette sorte? il serait difficile de le dire; mais ce qui est certain, c'est que, par nature, l'observateur est silencieux, et que, par prudence, il ne doit pas l'être moins. Lui qui gagne tant à bien écouter, doit savoir, en effet, ce qu'il en coûte à se laisser entendre, et, par conséquent, se tenir toujours en garde.

Si l'amour et la guerre n'eussent lancé La Rochefoucauld dans les affaires, et ne l'eussent pour ainsi dire obligé de s'expliquer en des *Mémoires*, non pas sur lui-même, il s'en est gardé de son mieux, mais sur un de ses rôles, que saurait-on de lui? Presque rien. Si, de même, en sa qualité de comédien, Molière n'eût pas été un homme public, et ne se fût pas ainsi forcément offert, comme point de

mire, aux propos et aux anecdotes, qu'aurait-
on appris de sa vie? Presque rien non plus.

Pour lui, comme pour La Rochefoucauld,
mais pour lui surtout, ce qui manque, c'est
une révélation intime, c'est une correspondance. Dans une lettre, à moins qu'elle ne
soit de pure cérémonie et, par conséquent,
obligée à n'être pas sincère, il s'échappe toujours quelque chose de l'homme. Il faut que
là, malgré lui, il se fasse connaître. Ces
grands silencieux le savaient bien, et ils
semblent en avoir eu peur. Pour n'être pas
infidèles à leur discrétion, ils ont donc peu
écrit, même à des amis.

De Molière, par exemple, il ne reste pas
une seule lettre. Afin d'expliquer cette complète pénurie, on parle de destruction de
papiers, d'incendie, que sais-je? Pourquoi
n'en pas trouver plutôt la cause dans cette
passion du silence dont était possédé l'infatigable observateur, et qui, le suivant même
dans ses expansions d'amour ou d'amitié,
devait faire qu'il n'était pas plus bavard par
correspondance que dans les conversations.

Quant à moi, je n'en cherche pas la raison
autre part, et c'est de la même manière que
je m'explique aussi pourquoi nous avons si

peu de lettres de l'auteur des *Caractères;* pourquoi sa vie nous est si incomplétement connue.

Comme écrivain, comme observateur et comique sérieux, La Bruyère, on l'a vu, tient à Molière par plus d'un point; il n'est donc pas étonnant qu'il lui ait aussi ressemblé comme homme par la discrétion du causeur et le silence de l'épistolaire.

Jusqu'à ces derniers temps, on ne connut de La Bruyère que deux lettres : l'une à Santeul, dont l'abbé Dinouart nous a conservé une copie des plus fautives, que nous redresserons tout à l'heure; l'autre qu'il avait écrite à Bussy, et qui aura aussi son tour ici pour un trait de son propre caractère.

Depuis lors, quelques autres lettres déjà citées [1], et dont il sera encore question, ont été retrouvées, mais en très-petit nombre, malgré l'ardeur des amateurs d'autographes; de telle sorte que ces découvertes restreintes, et qui, j'en ai bien peur, ne se

---

[1] V., p. 32 et 177, deux mots sur un *autographe* de La Bruyère que nous avons vu à Londres; p. 33, une citation de sa lettre à Gregorio Leti; et p. 177, une mention de celles qu'il écrivit à Fontenelle et à Ménage.

multiplieront guère, ne démentent en rien ce
que je viens de dire sur la répugnance de La
Bruyère pour l'une des formes d'esprit les
plus à la mode de son temps. Était-ce paresse, haine du bavardage, mépris du style
trop courant, lassitude de la plume ou
crainte de la mal employer en des sujets de
simple conversation épistolaire, après s'en
être servi pour des choses plus sérieuses ?
C'était peut-être tout cela à la fois.

La vérité est en un mot que La Bruyère fut,
de tous les correspondants, le plus discret,
le moins fécond. Phélypeaux, fils de son
protecteur Pontchartrain, lui en a fait reproche dans une lettre retrouvée aussi depuis
peu d'années par Depping [1], et qui est venue
ajouter quelques faits de plus à ceux beaucoup trop rares que l'on savait sur lui.

En sa qualité de secrétaire d'État pour la
marine, Phélypeaux était obligé de passer
souvent de longs mois loin de Paris et de la
Cour. Pour n'être pas sans nouvelles, et bien
ressaisir de loin, ne fût-ce que par écho et
par reflet, quelque chose de cette vie d'élégante

[1] *Bulletin du Comité historique des monuments
écrits de l'Histoire de France* (Histoire), t. II, p. 55.

dissipation qu'il regrettait, il avait chargé La Bruyère de lui en écrire la chronique. Pour l'esprit, c'était bien s'adresser; pour l'exactitude, beaucoup moins. Même en cette occasion, où il s'agissait de plaire à un homme dont l'amitié lui était d'importance, La Bruyère eut peine à se départir de sa paresse. Il fallut plus d'un mois et demi pour qu'il se décidât à envoyer à Phélypeaux l'ombre d'un bulletin. « Sérieusement parlant, lui écrivit celui-ci pour lui en accuser réception, vous êtes un grand paresseux : depuis près de deux mois que je suis party, vous ne m'avez donné aucun signe de vie, et vous ne méritez que trop les reproches que je vous fais. Cependant je me sens trop de penchant à vous pardonner pour ne pas excuser volontiers vos 'fautes passées, à la charge que vous vous corrigerez à l'avenir. J'ai leu avec un extrême plaisir toutes les nouvelles que vous m'écrivez de Chantilly [1], etc. »

L'esprit de liberté en toute chose était le fond du caractère de La Bruyère, et comme l'inexactitude est une indépendance, il était

---

[1] Cette lettre est du 5 juillet 1694.

inexact pour rester libre. Ne pouvant s'affranchir des jougs qui lui pesaient, il se libérait des moindres, tel que celui d'une lettre à écrire. Être bien à soi-même pendant les rares loisirs que lui laissait son emploi chez le Prince; ne donner à son esprit, en ces trop rapides instants d'heureuse retraite, que des plaisirs de choix, par des travaux de son goût, tel était son seul désir, tel fut son vrai bonheur.

Loin de se faire une loi du « *Væ soli* » de l'Écriture, il se donnait pour précepte contraire la recommandation de solitude indiquée par Pascal [1], et disait d'après lui : « Tout notre mal vient de ne pouvoir être seul [2]. »

Quelqu'un de ces gens pour lesquels il semble que toute activité cesse en dehors du mouvement du monde, venait-il à lui dire que solitude est paresse, que les affaires seules

---

[1] « Tout le malheur des hommes vient d'une seule chose, qui est de ne savoir pas demeurer en repos dans une chambre. » *Pensées* de Pascal, édit. Havet, p. 51. — Madame de Sévigné, dans sa lettre du 29 septembre 1679, reprenant cette pensée, lui a donné l'allure plus leste qu'elle a gardée pour mieux courir le monde : « Tous les maux viennent de ne savoir pas garder sa chambre. »

[2] Edit. Destailleur, t. II, p. 65-66.

peuvent remplir « le vide du temps, » il ré-
pliquait fièrement[1] : « Il ne manque à l'oisiveté du sage qu'un meilleur nom, et que
méditer, parler, lire et être tranquille s'appelât travailler. »

Son livre fut le fruit de cette oisiveté pen-
sante, de cette solitude active; aussi l'éloge
qu'il en avait fait dans sa première édition,
non-seulement se maintint, mais fut aug-
menté dans les autres. Plus il voyait s'ac-
croître la fortune des *Caractères,* plus il
sentait l'étendue de sa dette envers cette solitude féconde où ils avaient germé et grandi
sous l'étude et la méditation.

Sa vie, en se prolongeant chez les Condé,
lui avait aussi fait apprécier de plus en plus
combien, ne fût-ce que pour une heure, il
est doux d'être libre.

« La liberté, écrivit-il donc, en 1692, dans
sa septième édition[2] pour enchérir encore
sur ce qu'on vient de lire d'après la première, la liberté n'est pas oisiveté, c'est
un usage libre du temps, c'est le choix du
travail et de l'exercice : être libre, en un

---

[1] *Ibid.,* t. I, p. 165.
[2] *Ibid.,* t. II, p. 125.

mot, n'est pas ne rien faire, c'est être seul ar-
bitre de ce qu'on fait ou de ce qu'on ne fait
point. Quel bien en ce sens que la liberté ! »

Les lettres à écrire, où l'esprit de complaisance est surtout ce qu'il faut, n'étant guère
un de « ces exercices » qu'il aimait tant, il
n'écrivait pas. L'usage des correspondances
nombreuses et assidûment suivies, reprises
à chaque instant pour le moindre bruit, la
plus petite nouvelle, comptait parmi les modes du bel air les mieux faites pour ne pas
lui convenir. N'était-il pas, nous l'avons vu,
trop grand ennemi du *nouvellisme* parlé pour
se donner lui-même avec plaisir au *nouvellisme* écrit? Je comprends donc qu'il y eût
une répugnance que l'amitié seule pût lui
faire oublier. Si, pour le fils de Pontchartrain,
protecteur de l'Académie, où, comme on le
verra, il l'eut pour patron, il se faisait *chroniqueur* d'assez bonne volonté [1], mais inexact, il ne se fût certes pas astreint pour
d'autres à ce labeur. Il le laissait aux femmes,
qui se plaisent volontiers à prolonger par
lettres le babil des conversations, et dont
quelques-unes des plus habiles en ce genre

[1] V. plus haut, p. 78, note.

de bavardage épistolaire étaient de ses amies[1];
il le laissait aux beaux esprits de cour, sans
leur envier cet usage plus qu'il ne leur en-
viait les autres.

XXV

Tout ce qui était du fin courtisan et vraiment de l'air de Versailles et de Marly lui
fut en effet étranger. Quoiqu'il ai dit que cet
air « est contagieux, » chez lui le sentiment
des belles façons n'alla pas fort loin.

Saint-Simon nous le donne[1] « comme étant
fort honnête homme; » mais cette expression,
appliquée à La Bruyère, doit être prise bien
plus dans le sens moderne de la véritable
honnêteté de conduite et de mœurs que dans
le sens alors admis de l'urbanité parfaite. La
grande honnêteté, chez lui, n'était pas, comme
chez beaucoup, notamment chez le chevalier
de Méré, qui—M. Sainte-Beuve l'a merveil-
leusement prouvé — fut sur ce point le mo-

[1] V. plus haut, p. 171.
[2] *Mém.*, édit. Hachette, in-12, t. I, p. 200.

dèle accompli, une simple chose de surface.
C'était moins pour la forme, beaucoup plus
pour le fond[1]. *Honnêteté,* chez La Bruyère,
n'était pas *politesse*, c'était l'honnêteté
même ; en un mot, s'il fut l'honnête homme
comme nous l'entendons, il ne fut pas
l'homme poli comme on l'entendait, l'homme
de cour encore moins. Ses ennemis en con-
clurent qu'il n'aurait pas dû parler d'un pays
dont il avait si peu les façons, et dont, à le
voir, on n'eût jamais cru qu'il eût même ap-
proché.

A propos du passage où, parlant de la
Cour, il dit : « qu'il faut y avoir vécu pour
la connoître, » l'auteur des *Sentiments critiques*[2] pensa faire le fin en ajoutant qu'à ce
compte M. de La Bruyère n'était pas homme
à en bien parler, lui qui ne s'était jamais piqué « d'un grand commerce avec les gens de
la Cour. »

Il se trompait. Pour bien parler d'une
contrée, il faut la connaître, sans nul doute,

[1] C'est tout à fait l'idée que donne de lui l'auteur,
hostile pourtant, des *Sentiments critiques :* « M. de
La Bruyère, dit-il, p. 385, avoit un fond et des ren-
timents d'honnête homme. »

[2] P. 16-17.

mais il n'est pas nécessaire d'en être. L'habitude tue la clairvoyance, et ici je préfère, pour
l'observation fine, le passant désintéressé,
comme l'était notre philosophe, à l'habitant
aveuglé de routine, comme le fut Dangeau,
ou de passion, comme le fut Saint-Simon.

Pour l'honnête homme, suivant La Bruyè-
re, il ne fallait que « tâter de la Cour[1], » puis
ayant, à ce simple contact, senti combien
elle sonne creux, se retirer dans la solitude,
dont, au reste, l'homme sérieux y puisait le
goût[2].

Quant à son essence même, « l'esprit de la
Cour, » il fallait s'en garder comme de la
peste.

Bossuet, qui en avait tant d'autres, n'a-
vait pas eu celui-là. Madame de Maintenon s'en plaignit[3]; La Bruyère eut le cou-
rage de l'en féliciter. Lorsqu'il a dit « que
le plus honorable reproche » est d'accuser
quelqu'un de n'avoir pas l'esprit de la Cour,
et « qu'il n'y a sorte de vertu qu'on ne ras-
semble en soi par ce seul mot, » il pensait à

[1] Edit. Destailleur, t. I, p. 298.
[2] *Ibid.*, p. 332.
[3] Lettre de 1675 à madame de Saint-Géran, citée
par Floquet, *Bossuet précepteur*, 1864, in-8°, p. 483.

Bossuet, certainement, mais un peu à lui-même, que la contagion n'avait pas gagné davantage aux abords de Versailles.

« La politesse y tient lieu d'esprit, » dit-il encore. N'ayant pas besoin de cette substitution, il se passa d'être poli, du moins comme on l'entendait à la Cour, c'est-à-dire qu'il se permit d'être franc, avec toutes les brusques allures et les formes sans apprêt de la sincérité indépendante. On passait à moins pour « grossier, » en ce temps-là. C'est un peu la réputation qu'on fit à La Bruyère.

De ce qu'il marchait et parlait assez brusquement, par exemple, on lui trouvait « un air de soldat, » et les chansons le disaient [1] ; de ce qu'il ne faisait rien pour relever la rudesse un peu accentuée de ses traits, par les raffinements de la toilette, s'appliquant ainsi son propre précepte : « Un philosophe se laisse habiller par son tailleur [2], » il passait pour négligé.

La chanson [3], rendant la pareille à son ironie ordinaire, l'appelait ironiquement « le beau La Bruyère, » et la *note* s'empressait de dire : « Il est fort laid. » Que lui impor-

[1] *Chansonnier Maurepas*, t. VII, p. 431.
[2] Edit. Destailleur, t. II, p. 331.
[3] *Chansonnier Maurepas*, t. VII, p. 431.

tait de l'être et qu'on le dît! N'avait-il pas écrit quelque part [1] : « Il ne faut à l'homme que l'air spirituel? » Sachant que, de ce côté, il avait la physionomie bien pourvue, il s'appliquait encore sa maxime comme consolation.

Il en avait d'autres. Les femmes de la Cour le trouvaient de leur goût, soit à cause de cet air spirituel qui ne leur a jamais déplu dans le bon temps de l'esprit, soit à cause aussi de cette carrure même un peu soldatesque dont le chansonnier lui faisait reproche tout à l'heure ; aussi fut-il obligé de dire, pour compléter sa note : « Malgré sa laideur, les dames le courent. »

On riait toutefois un peu de celles qui semblaient s'être le plus attachées à lui. Mademoiselle Saillans du Terrail, qu'on retrouvera plus loin, quand il s'agira du mariage secret qui passa pour avoir existé entre elle et La Bruyère [2], eut ainsi, de la part des chansonniers, son coup de pointe à cause de cet attachement, dont, à ce qu'il paraît, elle

---

[1] Edit. Destailleur, t. II, p. 10.

[2] *Mémoires* de Maurepas, publiés par Soulavie, t. II, p. 223.

était un peu vaine. Pour la rappeler à la modestie, on lui dit d'oublier l'esprit de son amant et de regarder davantage à sa tournure. On chanta [1] :

Vilaine du Terrail
Ne faites point la fière,
Car votre La Bruyère
Tient beaucoup du cheval.

Le trait est dur et brutal. J'en sais, contre les façons d'être de La Bruyère, qui le sont encore plus. Un dernier me suffira, car il me déplaît, je l'avoue, de réveiller ces impolitesses du passé à l'égard d'un homme qui ne doit avoir que l'admiration du présent. Le philosophe ne perd rien, et gagne même à ce que l'homme reparaisse en son négligé; mais comme nous ne sommes pas à même de faire la part du vrai, et de dégager des critiques que lui attirait son sans-gêne, les exagérations passionnées du moment, il me fâche, je le répète, d'avoir à en reproduire l'injurieuse et souvent très-sotte expression.

Je n'insisterai donc pas sur ce point après

[1] *Biblioth. bibliophilo-facétieuse*, par les frères G. B. O. D. (Gustave Brunet, Octave Delpierre). *Chansons hist. et satir. sur la Cour de France*, p. 60-61.

le trait que je viens de vous promettre, et dont je me serais dispensé s'il n'était, et presque de bonne guerre, la revanche d'un autre que La Bruyère avait lancé.

Il vous souvient de ce qu'il a dit de La Fontaine au chapitre des *Jugements :* « Un homme paroît grossier, lourd, stupide ; il ne sait pas parler ni raconter ce qu'il vient de voir : s'il se met à écrire, c'est le modèle des bons contes..... Ce n'est que légèreté [1], qu'élégance, que beau naturel et que délicatesse dans ses ouvrages. »

Ce portrait ne plut guère aux amis du Bonhomme. Ils trouvèrent que la partie critique faisait ombre un peu trop crûment sur le côté flatteur ; un d'eux se chargea de répondre. De quelle façon ? En rendant la pareille à La Bruyère, qui lui semblait, à ce qu'il paraît, mériter lui-même, par son air et sa tenue, les reproches qu'il faisait à La Fontaine.

C'est dans l'Introduction aux *Œuvres posthumes* du fabuliste que parut cette ré-

---

[1] Ce mot ainsi employé sembla singulier : « *Légèreté,* en bonne part, dit Marais dans une lettre *inédite* à Bayle, du 25 mai 1691, a paru nouveau. Mais pour La Fontaine ne falloit-il pas de la nouveauté ? » *Bibl. Imp.*, f. Bouhier, n° 138, p. 196.

plique, à l'instigation sans doute de madame Ulrich, sa dernière maîtresse, dont la vanité galante était intéressée à ce qu'on ne crût pas qu'un homme si grossier avait pu être son amant.

« Je dois d'abord, dit l'auteur de cette préface [1], parlant du passage des *Caractères*, ôter de votre esprit la mauvaise impression que pourroit y avoir laissée la lecture d'un portrait qu'on a fait de M. de La Fontaine. On peut dire que celui qui l'a fait a plutôt songé à donner un beau contraste en opposant la différence qui se trouvoit, à ce qu'il prétendoit, entre les ouvrages et la personne d'un même homme, qu'à faire un portrait qui ressemblât. Il semble même,—ajoute-t-il, et c'est ici que l'invective commence,—il semble même qu'il s'y soit copié trait pour trait, et qu'il ait trouvé dans lui-même toute la grossièreté et la stupidité qu'il donne si généreusement à la personne de M. de La Fontaine. »

Ici, l'exagération du trait est si évidente

---

[1] M. P. Lacroix l'a republiée dernièrement, dans l'appendice des *Œuvres inéd. de La Fontaine*, 1863, in-8°, p. 356.

qu'on y croit sentir, de la part de celui qui l'a lancé, non-seulement, comme je le disais, une revanche pour La Fontaine, qu'il veut défendre, mais je ne sais quel sentiment de rancune personnelle.

Cette rancune existait en effet. La préface dont nous parlons est du marquis de Sablé, à qui madame Ulrich, sa très-intime amie, avait dédié l'édition des *Œuvres posthumes* du Bonhomme, leur ami commun, et qui, pour la remercier de la gracieuseté de ce morceau, avait écrit celui qui suivait. Il ne l'avait pas signé, mais personne n'avait été dupe de l'anonyme. Si l'on pouvait, d'ailleurs, s'y tromper encore, l'invective contre La Bruyère le trahirait à ne s'y plus méprendre.

Les *Caractères,* en représentant M. de Sablé dans le personnage de *Phidippe*[1], qui, « déjà vieux, raffine sur la propreté et sur la mollesse, passe aux petites délicatesses et s'est fait un art du boire, du manger, du repos et de l'exercice[2], » avaient piqué ce voluptueux sur l'âge au vif même de son plus grand ridicule, en ne lui faisant grâce de ses

[1] V. la *Clé ms.* de l'Arsenal.
[2] Edit. Destailleur, t. II, p. 71.

vices que parce qu'ils ne pouvaient pas hon-
nêtement se nommer [1]. Phidippe se vengeait
d'être accusé de volupté excessive en accusant
La Bruyère du défaut contraire, la grossièreté!

Son indépendance des belles façons n'allait
pas sans doute jusque-là, puisque d'Olivet [2]
a cru pouvoir dire qu'il était « poli dans ses
manières; » mais, chez les raffinés, elle y
pouvait faire croire, pour peu qu'on eût surtout intérêt à l'exagérer. Si La Bruyère n'é-
tait pas Diogène, il pouvait du moins passer
pour Antisthène, qui était un cynique aussi,
plutôt, il est vrai, par la franchise que par
l'indécence grossière, et avec lequel il ne
renia pas, d'ailleurs, une sorte de ressemblance, puisqu'il donna son nom à l'un des
caractères où l'on pouvait lui-même le reconnaître [3].

---

[1] V. Saint-Simon, édition Hachette, in-12, t. VI,
p. 317, et le *Chansonnier Maurepas*, t. III, p. 63,
336, et VII, p. 253.

[2] *Histoire de l'Académie françoise*, édit. Ch. Livet, 1858, in-8°, t. II, p. 317.

[3] C'est le passage qui commence ainsi : « Je pardonne, dit Antisthène, à ceux que j'ai loués dans mon
ouvrage, s'ils m'oublient... »

XXVI

Ce cynisme antisthénien, qui n'était qu'ex·
cès de franchise, ne fut pas sans lui nuire,
même près de ceux qui lui voulaient le plus
de bien. M. le Prince, qui l'estimait beaucoup, « qui le regretta plus que tout le
monde [1], » ne supportait pas toujours d'un
égal esprit ses boutades de sincérité satirique.
Ennemi de tout ce qui n'était pas distraction
agréable, comme le grand Condé, son père,
l'avait lui-même été sur la fin de sa vie [2], il
préférait la gaieté de Santeul, dont la folie
fit la fortune [3].

De là des froissements pour La Bruyère,
qui ne pouvait comprendre qu'une telle extravagance eût le pas sur sa sagesse; de là ces
accès de misanthropie sur l'ingratitude des
grands, dont les *Caractères* reçurent maintes fois le contre-coup; comme en cet endroit [4] : « Les princes ont de la joie de reste
pour rire d'un nain, d'un singe, d'un imbé-

[1] Lettre de Bossuet à son neveu, le 28 mai 1696.
[2] *Annales de la Cour et de Paris*, t. I, p. 269.
[3] Gacon, *le Poëte sans fard*, p. 159.
[4] Edit. Destailleur, t. I, p. 343.

cile et d'un mauvais conte [1]; les gens moins heureux ne rient qu'à propos; » et comme en cet autre aussi [2], où, parlant à un grand, qui pourrait bien être M. le Prince, il lui reproche de quitter *Socrate* pour *Dave*, « avec qui vous riez, lui dit-il, et qui rit plus haut que vous. » Dave, c'était Santeul, et Socrate, ici encore [3], c'était lui.

Nous avions pressenti, dans ces passages, je ne sais quel grondement de mauvaise humeur personnelle, mais la cause nous en échappait. Grâce à un témoin, le jeune Bouhier, qui vit de près La Bruyère à Paris [4], et peut-être aussi à Dijon, elle nous est connue aujourd'hui. Voici ce que nous lisons dans un des plus curieux manuscrits du futur président, *Recueil* inédit *de Particularités,* etc. [5]:

[1] Les chansons,—V. le *Recueil Maurepas,* t. VI, p. 99,—reprochaient à Condé de s'entourer « de plats beaux esprits, » tels que l'abbé Martinet, qui était la risée de la ville. V. la *Bibliothèque de Cour,* t. II, 293-294.

[2] Edit. Destailleur, t. II, p. 339.

[3] V. plus haut, p. 113. — L'auteur des *Sentiments critiques,* p. 555, dit lui-même que La Bruyère se donne dans son livre le nom de *Socrate.*

[4] V. plus haut, p. 8.

[5] *Ms. de la Biblioth. imp.,* f. Bouhier, n° 178, p. 57.

« Dans les dernières années de sa vie,—il parle de Santeul,—M. le Prince n'a presque point fait de voyage, soit à Chantilly, soit en Bourgogne, dont il ne l'ait mis, jusques là qu'il le plaçoit dans son carosse préférablement à beaucoup d'autres, qui le souffroient fort impatiemment.

« J'en ai vu entr'autres La Bruière (*sic*) très-offensé, car il se croyoit fort au-dessus de Santeul. Mais l'enjouement et la vivacité de celui-ci plaisoient plus à M. le Prince que le sérieux cynique et mordant de l'autre. »

Ces mécontentements de La Bruyère, bien qu'ils fussent vifs, au point de l'engager presque à la retraite et de lui faire dire : « Il est souvent plus utile de quitter les grands que de s'en plaindre, » ne duraient pas long-temps. La raison les dissipait bien vite. Loin même d'en vouloir à celui qui en était la cause, à Santeul, dont il a fait un portrait si flatteur, et qu'il aimait, parce qu'il le trouvait « excellent homme, quoique homme plaisant, » il était le premier à le consoler en d'autres moments, peu rares à la Cour, où le plus en faveur peut se croire en disgrâce, et s'emporte alors jusqu'aux plus étranges soupçons.

Santeul, très-irritable, comme tout esprit
à vives impressions, s'exagérait le chagrin de
ces moments-là, l'importance de ces mau-
vaises humeurs de prince et de princesse,
où il n'entre presque toujours que du caprice, et il accusait tout le monde de lui en
avoir attiré l'ennui. C'est alors que La
Bruyère, qu'il aimait vraiment, qu'il appelait
son « censeur amical, *censor amice* [1], » en
qui même il avait une si parfaite confiance
qu'il le prenait pour premier confident de ses
œuvres [2], intervenait et, se mêlant de l'affaire, écrivait au victorin irrité, afin de le
rappeler au bon sens, une lettre comme
celle-ci, dont nous allons donner, pour la
première fois, un texte intelligible [3] :

[1] Il lui donne ce nom, avec bien d'autres éloges,
dans sa pièce élégiaque sur la bibliothèque de Huet,
engloutie sous les ruines de la maison du faubourg
Saint-Germain où elle se trouvait. *Œuvres* de Santeul, 1698, in-8°, t. I, p. 282.

[2] Voyez dans le *Santeüilliana*, 1708, in-8°, 2ᵉ partie, p. 43, une lettre de l'abbé Anselme à Santeul,
du 12 nov. 1690.

[3] Nous la rectifions d'après le texte du *Santeüilliana*,
2ᵉ partie, p. 39-40, et celui du recueil des *Lettres
choisies de MM. de l'Académie françoise*, par Per-
rault, 1725, in-8°, p. 214.

« *Ce jeüdy matin, à Paris.*

. « *Voulez-vous que je vous dise la vérité, mon cher M* : *je vous ai fort bien défini la première fois*[1]; *vous avez le plus beau génie du monde et la plus fertile imagination qu'il soit possible de concevoir, mais, pour les mœurs et les manières, vous êtes un enfant de douze ans et demi. A quoi pensez-vous de fonder sur une méprise, ou sur un oubli, ou peut-être encore sur un malentendu, des soupçons injustes, et qui ne convenoient point aux personnes de qui vous les avez?*

« *Contez*[2] *que Monsieur le Prince et Madame la Princesse sont très-contents de vous, qu'ils sont très-incapables d'écouter les moindres rapports; qu'on ne leur en a point fait, qu'on n'a point à leur en faire sur votre sujet, puisque vous n'en avez*

[1] La Bruyère fait allusion ici à son portrait de Santeul, sous le nom de *Théodas*, qui avait paru dans la 6ᵉ édition. Cette lettre n'est donc pas d'une date antérieure à 1691.

[2] Pour *comptez*. On écrivait ainsi. C'est par exemple l'orthographe de Racine dans la 1ʳᵉ édition de ses pièces. V. le *Catal. de la Biblioth. Soleinne*, t. II, 1ʳᵉ partie, p. 2.

point fourni de prétexte; que la première chose qu'ils auroient faite auroit été de condamner les rapporteurs (voilà leur conduite); que tout le monde est fort content de vous, vous loue, vous estime, vous admire: et vous reconnoîtrez que je vous dis vrai.

« *La circonstance du passé [1] est foible contre les assurances que vous donne avec plaisir et avec une estime infinie,*

    « *Monsieur,*

        « *Votre très-humble et très-obéissant serviteur.*

                « DE LA BRUYÈRE. »

XXVII

Quand La Bruyère se trouvait avec des gens de sa valeur comme savoir, ou de sa trempe comme esprit, il devait, ce me semble, avoir des échappées qui le révélaient à

---

[1] On lit partout, excepté dans les *Lettres choisies*: « la circonstance du pâté, » bizarre faute d'impression qui nous a valu de non moins bizarres hypothèses, même de la part des juges les plus sages de La Bruyère.

peu près tel que son livre nous l'a fait connaître.

Je ne veux point dire qu'en ces jours de
verve il fît davantage abandon de sa personne; loin de là, plus l'esprit se donne,
moins l'homme se livre. Seulement, alors, il
était plus lui-même. Se sentant soutenu à
l'entour par des attentions amies, chez lesquelles son savoir étendu ne trouvait pas,
comme ailleurs, des échos distraits, ennuyés
ou jaloux, il le laissait parler et se jetait d'a-
bondance dans une de ces conversations où
l'on sentait tout ce qu'il y avait en lui de savoir médité et de méditation savante.

L'abbé Fleury, son successeur à l'Académie
française, où il parla de lui en homme qui
l'avait beaucoup pratiqué, a dit, dans une
phrase qui confond sous le même éloge le
causeur et l'écrivain : « En faisant les *caractères* des autres, il a parfaitement exprimé
le sien : on y voit une forte méditation et de
profondes réflexions sur les esprits et sur les
mœurs ; on y entrevoit cette érudition qui se
remarquoit, *aux occasions*, dans ses conversations particulières. »

Aux occasions, voilà bien ce que nous
voulions dire, quand nous parlions de ses

échappées d'exception comme causerie dans
le libre champ des entretiens.

Pour lui—d'Olivet, qui eut des notes préci-
ses sur son compte, l'a fort bien remarqué [1]
— tout était affaire de choix : les études
comme les idées, les hommes comme les livres. Il ne livrait sa pensée toujours choisie,
qu'aux gens choisis de même, qu'il croyait dignes de la connaître. Il n'était donc pas tout
à tous.

S'il parlait ici volontiers, là il ne disait mot,
comme il fit chez Ménage, dans une des rares
visites qu'il lui rendit : « Il m'a paru que ce
n'étoit pas un grand parleur, » écrivit Ménage [2]
après cette conversation, où La Bruyère
l'ayant laissé dire, il dut se persuader qu'il
était le plus fort, parce qu'il avait parlé le
plus. Le silence de notre homme, en cette
occasion, s'explique sans peine: Ménage et
lui s'étaient fort peu vus [3], et nous savons que
La Bruyère ne se livrait pas sans connaître ;
flairant d'ailleurs un pédant déjà dénoncé par
Molière, il avait trop à observer pour pou-

[1] *Hist. de l'Académie françoise*, édit. Ch. Livet,
t. II, p. 317.
[2] *Ménagiana*, 1715, in-8°, t. III, p. 382.
[3] *Id. Ibid.*

voir parler beaucoup. Il se borna donc à écouter.

Qu'en résulta-t-il? C'est que Ménage, pour avoir trop parlé, n'ayant rien saisi de celui qui l'écoutait, fut obligé de dire : « Je ne l'ai pas vu assez de temps pour le bien connoître;» tandis que La Bruyère, chez qui le regard, qui surprend et acquiert, avait suppléé à la parole qui dépense, se trouvait, lorsqu'il quitta Ménage, en état de faire le *caractère* du *pédant*.

Si je savais la date de cet entretien, je saurais celle du portrait. Je ne puis dire que l'époque de son apparition, de sa *mise en montre*, pour parler comme aujourd'hui. Il fut publié dans la 5ᵉ édition, c'est-à-dire au mois de mars 1690, peut-être après la lettre retrouvée dans les papiers de Ménage, et à lui adressée sans nul doute [1], où La Bruyère laisse deviner à quelques impatiences imperceptibles d'abord, mais réelles lorsqu'on connaît son caractère, l'ennui qu'avaient dû lui

1 Elle a été publiée pour la première fois par M. Destailleur, à qui l'avait communiquée M. d'Hunolstein, dans la collection duquel elle se trouve. Une note autographe du temps lui donne la date de 1690 ou de 1691.

causer certaines observations du pédant sur quelques parties de sa traduction de Théophraste et le reste de son livre.

La ressemblance frappa tout le monde[1], excepté Ménage lui-même, bien entendu; aussi n'ai-je pas été surpris de lire dans le *Menagiana*[2], recueil de ses réflexions : « Le livre des *Caractères de Théophraste* m'a plu. Dans les *Caractères du siècle*, je n'y ai pas encore trouvé le mien. Dans la vingtième édition il n'y sera pas. Dieu veuille que je la voie ! » Quelle assurance, et qui sent bien son pédant, incapable de croire qu'il puisse être ridicule, et qu'on ait même l'idée de faire sa critique ! Ménage était de ces gens qui ne se reconnaissent que dans les portraits flattés.

Nous avions vu La Bruyère dans les entretiens de savants, ses amis, y donnant, « aux occasions, » la réplique assez volontiers. Nous venons de le voir chez un pédant, et nous l'y avons trouvé muet. Que sera-t-il chez d'autres, à l'esprit célèbre, avec qui, par conséquent, le sien pourra se croire de plain-pied, et parler d'égal à égal ?

---

[1] V. notamment la *clé ms.*, qui se trouve à l'Arsenal.
[2] T. III, p. 245.

Si j'en crois l'abbé d'Olivet, il s'y fera voir
d'une discrétion presque modeste, son usage
étant, suivant l'historien de l'Académie,
d'être « sage dans ses discours, craignant
toutes sortes d'ambition, même celle de montrer de l'esprit [1]. »

Boileau nous dira, lui, tout le contraire.
A l'entendre, le défaut de La Bruyère aurait été tout justement une sorte de prétention à ce même esprit dont l'abbé vient de
nous assurer qu'il craignait de faire parade.
Qui a raison ? Qui croire des deux ? L'un et
l'autre. La Bruyère, en effet, « Montaigne
mitigé, » comme l'appelle Marais [2], semble
avoir été vraiment « l'homme ondoyant et
divers » des *Essais* : silencieux ici, parleur
autre part ; sérieux et presque triste où il dé-
daignait d'être gai ; mais d'humeur enga-
geante, au contraire, homme agréable et « de
très-bonne compagnie [3], » sitôt que, suivant
les gens, il voulait bien en prendre la peine.

[1] D'Olivet, *Hist. de l'Académie françoise*, édit.
Ch. Livet, t. II, p. 317.

[2] Lettre *inédite* à Bayle, Bibl. Imp., fonds Bouhier, n° 138, p. 99.

[3] C'est l'expression même de Saint-Simon pour
lui, édit. Hachette, in-12, t. I, p. 200.

Il justifiait ainsi ce qu'a dit l'abbé Fleury sur son livre où tant de *caractères* ne sont que l'expression du sien ; et ce qu'on lit encore dans les *Mélanges* de Vigneul-Marville [1], sur cet auteur de *caractères*, qui lui-même « en a plus d'un. »

Après avoir entendu l'abbé d'Olivet, qui sans doute avait raison, écoutons Boileau, qui n'a probablement pas tort : •

« Maximilien (c'est ainsi qu'il nomme La Bruyère, et je tâcherai plus tard de vous dire pourquoi), Maximilien, écrit-il à Racine [2], m'est venu voir à Auteuil et m'a lu quelque chose de son *Théophraste*. C'est un fort honnête homme et *à qui il ne manqueroit rien si la nature l'avoit fait aussi agréable qu'il a envie de l'être*. Du reste, il a de l'esprit, du savoir et du mérite. »

La Bruyère serait donc, ce jour-là, tombé dans le ridicule des gens toujours en travail d'esprit et de bons mots, dont Gresset a dit dans *le Méchant :*

L'esprit qu'on veut avoir gâte celui qu'on a,

---

[1] Première édition, p. 333.
[2] Lettre du 10 mai 1687.

et qui lui avaient inspiré à lui-même, dans son chapitre *de la Société et de la Conversation*, cette phrase d'une si impitoyable compassion : « Tous sont contents d'eux-mêmes et de l'agrément de leur esprit, et l'on ne peut pas dire qu'ils en soient complétement dénués ; mais on les plaint de ce peu qu'ils en ont, et, ce qui est pire, on en souffre ? » Ce n'est pas impossible.

En ce cas il dut y avoir, de sa part, moins d'inclination naturelle au bel esprit que d'impuissance à en trouver d'autre en ce moment-là.

Les heures de conversation forcée où l'esprit oblige quiconque a le malheur d'en faire plus ou moins métier, étaient de celles qui devaient le plus gêner ce grand indépendant de la méditation solitaire. Il devait y garder la timidité de ces hommes à l'observation continue, qui ne sortent jamais que violemment et—pourquoi ne pas le dire ?—un peu gauchement de leur silence.

La présence d'un personnage comme Boileau, qui imposait par son nom, qui effrayait par son tour d'esprit, l'aura contraint d'ailleurs, et d'autant plus que la visite était intéressée, délicate. Se hasardant à lire au satirique en vers les fragments d'un livre de

satire en prose, La Bruyère devait sentir
tout le danger qu'il y avait pour lui à venir
affronter ce juge devenu partie, à cause de la
concurrence.

Comment Boileau, l'homme des formes
convenues depuis Horace, accueillera-t-il la
forme toute nouvelle du nouveau livre ? Partisan acharné des transitions, acceptera-t-il
volontiers cet ouvrage qui s'en affranchit partout [1] et qui, pour comble, se jette parfois en
des familiarités de style qui devront naturellement répugner à la pruderie de sa critique [2] ?
S'étant lui-même, déjà depuis vingt ans [3], dé-
parti du genre satirique pour les genres plus
doux de l'épître et du poëme didactique, ne

---

[1] Boileau ne le lui pardonna pas. V. la dernière note
de Brossette sur la *satire X.* C'est après le succès des
Caractères que Boileau fit cette satire, et le soin qu'il
y mit dans les transitions semble être une critique du
sans-gêne de La Bruyère à s'en débarrasser par une
nouvelle fantaisie de son caractère indépendant.

[2] V. Le *Bolœana* à la fin des *Œuvres.* Edit. Saint-
Marc, 1747, in-8°, t. V. p. 77. Boileau reprochait à
La Bruyère d'avoir eu, par exemple dans son *discours
à l'Académie,* moins l'éloquence de Démosthène que
l'éloquence du Pont-Neuf.

[3] La *satire IX* est de 1667, et jusqu'en 1693, Boileau n'en donna plus.

trouvera-t-il pas mauvais qu'on reprenne sans lui la 'satire? Ne. verra-t-il pas, 'dans la discrétion des pseudonymes donnés à chacun de ces *caractères*, où le nom vrai n'est prononcé que lorsqu'il s'agit d'un éloge [1], la critique de son procédé plus brutal de personnalité directe et à nom découvert? Enfin, quand le courant de la lecture aura, dès le premier chapitre, celui *des Ouvrages de l'Esprit* [2], amené cette phrase faite pour lui, et dans laquelle il devra se reconnaître : « Un homme né chrétien et françois se trouve contraint dans la satire : les grands sujets lui sont défendus; il les entame quelquefois et se détourne ensuite sur de petites choses, qu'il relève par la beauté de son génie et de son style; » quelle sera son opinion ? Que dira le juge de ce jugement sur lui-même ? L'éloge lui semblera-t-il suffisant et de bon aloi ? Ne trouvera-t-il pas qu'en le félicitant

---

[1] V. plus haut, p. 197-198. Dès la première édition il avait ainsi nommé en grosses lettres Boileau lui-même. Edit. Destailleur, t. I, p. 161.

[2] Edit. Destailleur, t. I, p. 160. — V. sur ce passage, dans la *Corresp. Litt.* du 5 mars 1857, une lettre de M. Havet, dont l'opinion est, comme la nôtre, qu'il faut voir Boileau dans ce passage.

de son succès dans les petites choses, telles
que le poëme du *Lutrin* qu'il avait achevé
depuis quatre ans [1], laissant seulement enta-
més des sujets plus grands, dans la genre de
l'*Ode*, par exemple, on l'amoindrit, on le ra-
petisse un peu ? Dans ce mot : « Un homme
né chrétien se trouve contraint dans la satire, » ne sentira-t-il pas une trop grande vivacité d'allusion aux motifs qui l'ont en effet
décidé à quitter ce premier domaine de son
esprit, d'après le conseil de quelques amis,
surtout des Lamoignon, chez qui la satire
n'avait jamais été en crédit, « attendu qu'elle
blesse la charité [2]? »

Voilà ce que pouvait se dire La Bruyère,

[1] Le dernier chant du Lutrin avait paru en 1683.
[2] C'est le mot de mademoiselle de Lamoignon, qui
ne pardonnait pas à Boileau d'avoir fait des satires.
(*Pièces intéressantes* de La Place, t. VI, p. 216.)—
La Bruyère, parce qu'il n'avait nommé personne dans
la partie satirique de son livre, pensait n'avoir pas
failli, pour son compte, aux sentiments chrétiens. Il
croyait s'être conformé au précepte païen qui pourrait
être une maxime chrétienne : *Dicere de vitiis, par-
cere personis*, et il s'appliquait ce qu'avait écrit un jour
son ami Bussy : « J'ai trouvé qu'on se sauvoit à déchirer le monde en général, comme on se damnoit à déchirer les particuliers. » *Lettres*, 1re édit., t. IV, lettre 5.—Pour cela, les pseudonymes au lieu des noms

lorsqu'en tremblant il vint lire à Boileau son ouvrage prêt à paraître, et ce qui, paralysant en lui le libre usage de l'esprit, l'aura fatalement jeté dans son excès...

Comme les gens qui ont peur, il aura voulu être trop brave. Devinant que son livre pouvait être attaqué, il l'aura d'avance trop défendu ; il aura mis trop d'esprit dans sa façon de lire, et, à la moindre critique, trop d'esprit encore dans sa justification.

De là le jugement de Boileau, qui, après tout, ne serait juste que pour la surface.

J'en ai trouvé encore une autre raison dont j'ai déjà parlé, et à laquelle je reviens [1].

Il se pourrait que La Bruyère, ayant été trop « agréable, dans cette conversation, » Boileau, qui avait la vanité volontiers envieuse des causeurs à succès, ne lui eût point pardonné ce petit triomphe remporté sur lui.

---

mêmes semblaient lui suffire. Aussi avons-nous vu son indignation contre les *clés* dont l'indiscrétion mettait à néant sa précaution de chrétien. Boileau fit comme lui dans sa 10e satire, publiée après les *Caractères*. Il n'y nomma plus personne que pour l'éloge, et se crut ainsi à couvert du reproche de lèse-charité.

[1] V. plus haut, p. 76.

« L'esprit de la conversation, La Bruyère l'a dit—peut-être au sortir d'un pareil entretien,—consiste bien moins à en montrer beaucoup qu'à en faire trouver aux autres : celui qui sort content de soi et de son esprit l'est de vous parfaitement. Les hommes n'aiment point à vous admirer, ils veulent plaire; ils cherchent moins à être instruits et même réjouis qu'à être goûtés et applaudis, et le plaisir le plus délicat est de faire celui d'autrui [1]. »

Cela est vrai pour tout le monde, mais à plus forte raison pour les gens qui, faisant profession d'esprit, ont toujours la démangeaison d'en montrer et, du même mouvement, l'impatience de voir taire celui qui en montre auprès d'eux. Despréaux était de ces gens-là. Il me semble que je le sens contraint dans son attention pendant la lecture de La Bruyère, pressé qu'elle finisse pour faire aussi la sienne, distrait enfin de tout ce qu'il entend par la préoccupation de son propre esprit et l'envie de dire son mot.

« Le hasard fait que je lui lis mon ouvrage, il l'écoute. Est-il lu, il me parle du sien. Et du vôtre, me direz-vous, qu'en pense-t-

[1] Edit. Destailleur, t. Iᵉʳ, p. 231.

il? Je vous l'ai déjà dit, il me parle du sien.»
Je ne sais à qui La Bruyère a fait allusion
dans ce passage [1], mais, malgré moi, quand
j'y reviens, je pense à Boileau et à la première lecture qu'il lui fit des *Caractères*.

Il y eut toujours un peu du pédant chez
Boileau, de « l'homme de collége, » pour
l'appeler du nom plus poli que lui donnait
La Fontaine [2]; c'est pour cela que notre
philosophe sans gêne devait lui déplaire.

XXVIII

La Bruyère se fit tort auprès de bien
d'autres par cette indépendance de toute pé-
danterie, et par les allures dégagées qui en
sont la conséquence naturelle.

J'ignore s'il pouvait y avoir en son temps
un milieu pour lui entre la tenue de professeur et l'air de l'homme de Cour, entre la gravité doctorale et la façon plus mondaine de
l'homme d'esprit; en tout cas, si ce milieu
était possible, il ne sut pas le prendre. Dès

[1] Edit. Destailleur, t. I, p. 139.
[2] *Œuvres*, édit. Walcknaer, gr. in-8°, p. 584.

23

lors, le véritable aplomb de l'homme accepté lui fit défaut. Il n'eut pas cette pondération des bonnes manières, cet équilibre irréprochable qui vous fait tenir et marcher droit entre toutes les complications du savoir-vivre, bien autrement savantes et impérieuses en ce temps-là que dans le nôtre.

Une fois chez des gens où il pouvait se croire libre, il se livrait, et, comme il arrive pour tous ceux à qui des habitudes trop solitaires ont fait désapprendre la vraie mesure de l'esprit en ses abandons, il se livrait trop. Peu à peu, en homme qui d'ordinaire pense plus qu'il ne parle, il se grisait de sa propre parole, de son esprit « en libre pratique. » Comme toute ivresse, alors, celle-là lui faisait faire des faux pas, même des chutes, et l'on se moquait de lui.

Le mot paraît dur. Vous allez voir qu'il n'est que vrai. La Bruyère, tant qu'il fut chez les Condé, eut à souffrir de ce qu'il appelait « l'extrême pente des grands à rire aux dépens d'autrui [1]. »

Bouhier, dont la *Correspondance* nous a

---

[1] Edit. Destailleur, t. I, p. 342.

déjà été plus d'une fois utile, avait, lui-même
nous l'a dit [1], beaucoup vu La Bruyère à Paris, lors du premier voyage qu'il y avait fait
tout jeune homme encore, de 1691 à 1692.
Se défiant toutefois de ses impressions de
jeunesse sur un pareil homme, qui, pour être
apprécié, ne demandait pas moins que la
pleine maturité du jugement; ne croyant pas
le connaître parce qu'à vingt ans il l'avait connu, mais désirant d'autant plus, il est vrai,
qu'on le renseignât tout à fait sur son
compte; il prit le parti d'écrire à l'un de
ceux qu'une longue familiarité chez M. le
Prince avait mis le mieux à même de lui
dire ce qu'il voulait apprendre : c'est Valincourt.

La lettre de Bouhier, que nous n'avons pas,
devait être de 1725 ; la réponse de Valincourt
porte, en effet, la date du 31 octobre de cette
année-là [2]. Il y avait juste trente-quatre ans
que Bouhier avait vu La Bruyère. Le temps,
comme on voit, n'avait pas affaibli sa curiosité.

Il demandait d'abord si M. le Prince n'a-

---

[1] V. plus haut, p. 8.
[2] *Cor. inéd. du Président Bouhier*, t. XII, p. 399.

vait pas été pour quelque chose dans la composition des *Caractères*. Valincourt lui répondit négativement par un passage que vous avéz lu plus haut[1]. Bouhier s'inquiétait ensuite de l'homme mêmè, de ses façons d'être, de l'opinion qu'on avait de lui et de ses manières.

On va lire la réponse très-curieuse et surtout fort inattendue qui lui fut faite.

Pour la bien comprendre, je dirai même pour ne pas s'en effaroucher, il faut se souvenir que l'académicien qui va parler était d'un genre d'esprit assez semblable à celui de Boileau son ami, et, par conséquent, très-différent de celui de La Bruyère ; haut guindé sur le savoir-vivre, volontiers pédant, grand liseur des auteurs anciens, se plaisant à le faire voir, au point qu'il pourrait bien avoir posé dans les *Caractères* pour celui d'*Hérille*[2]; enfin, grand citateur[3], ainsi que sa lettre va du reste nous le prouver :

« La Bruyère, dit-il, pensoit profondément

---

[1] P. 91-92.

[2] Édit. Destailleur, t. II, p. 113.

[3] Phélypeaux, dans une lettre du 16 juin 1695, publiée par Depping, lui reproche ce travers, *Bulletin du Comité historique*, t. I, p 58.

et plaisamment ; deux choses qui se trouvent
rarement ensemble. Il avoit non-seulement
l'air de Vulteius [1], mais celui de Vespasien
(*faciem nitentis*) [2], et toutes les fois qu'on
le voyoit on estoit tenté de lui dire :

« *Utere lactucis et mollibus...* [3]

« C'estoit un bonhomme dans le fonds,
mais que la crainte de paroître pédant avoit
jeté dans un autre ridicule opposé, qu'on ne
sauroit définir, en sorte que pendant tout
le temps qu'il a passé chez M. le Duc, où il
est mort, on s'y est toujours moqué de luy. »

Qu'en dites-vous ? N'avais-je pas bien fait

---

[1] *Durus, ait, Vultei, nimis attentusque videris
Esse mihi....*
    (Horace, lib. I, *Epist.* VII, *ad fin.*)

[2] « Vespasien avait la figure comme celle d'un
homme qui fait un effort. » (Suétone, *Vespasien*,
ch. XXX.) L'un des auteurs de la *Ménippée*, P. Pithou,
avait aussi *faciem nitentis.* (*Scaligerana*, p. 188.)

[3] Utere lactucis et mollibus, *utere malvis :
Nec faciem duram, Phœbe, cacantis habes.*
    (Martial, lib. III, épigr. 89.)
« Mange des laitues, prends des émollients, bois de
la mauve, etc. »

de prévenir qu'on serait surpris, presque scandalisé ! -

Dans ce que Valincourt nous a d'abord appris, nous avons, sans doute, reconnu La Bruyère; chaque trait s'est naturellement venu fondre dans la physionomie que nous nous faisions de lui; nous l'avons revu comme nous étions habitués à le voir : « brave homme au fond, » ses ennemis en convenaient eux-mêmes [1], faisant des satires en ne croyant faire que des portraits [2]; « sans rien de pédant, » nous le savions déjà par Saint-Simon [3]; curieux à l'excès, et comme le Vulteius d'Horace poussant jusqu'à la dureté l'attention du regard ; toujours en travail aussi, toujours faisant effort comme le Véspasien de Suétone; car une pensée est sans cesse en gestation chez lui, et s'il ne crée pas les idées, il crée la forme et façonne le

---

[1] « M. La Bruyère, il faut le déclarer, et cet aveu ne me coûte aucunement, » dit l'auteur des *Sentiments critiques*, p. 385, « avoit un fond et des sentiments d'honnête homme... »

[2] Le même auteur dit encore, p. 386 : « S'il lui est échappé quelques petites indiscrétions, son esprit l'a trompé, il a cru parler sans conséquence, son cœur n'y a point eu de part. »

[3] Edit. Hachette, in-12, t. I, p. 290.

moule [1] : voilà le La Bruyère que nous nous représentions, et que nous avons vu sans surprise se refléter sur le premier côté de l'esquisse de Valincourt.

Mais dans le reste, comment nous décider à le reconnaître? Quels sont ces écarts où il se jette pour éviter de paraître pédant? Quel est ce ridicule qu'il se donne pour échapper à l'autre, et qui fait qu'on se moque de lui? Une seconde confidence venue du même coin, et dont j'ai le premier retrouvé la trace [2], va, je crois, nous aider à le savoir.

Par cette révélation, qui vaut pour le moins celle de Valincourt, qu'elle compiète, on verra que La Bruyère, lorsqu'il sortait du sérieux, ne se ménageait pas dans son contraire; que le comique, dont il sentait si promptement l'éveil, pouvait s'émanciper en lui jusqu'au bouffon, et qu'il s'égarait alors assez loin au delà de ce délicat, de ce contenu dont il a fait, à juste titre, le suprême de la politesse et du bon ton. Il suivait la loi commune

---

[1] L'auteur des *Sentiments critiques*, p. 54, reconnaît qu'il avait l'esprit juste et l'imagination noble. « Mais, ajoute-t-il, l'expression lui coûtoit. »

[2] V. la *Revue française* du 10 janvier 1857.

et prouvait ainsi qu'en toute chose l'axiome
sur l'avare en dépense est d'une justesse
parfaite. Qui sait, d'ailleurs? Les accès de
gaieté sont parfois, pour les gens sérieux,
des moyens d'échapper ; et pour les indépendants, des ressources d'indépendance.

Cette fois, c'est Galand qui va faire parler
pour nous son *Journal* longtemps *inédit* [1] :

« *Mercredi* 12 *septembre* 1714.—M. Fougères, officier de la maison de Condé depuis
plus de trente ans, disoit que M. de La
Bruyère n'étoit pas un homme de conversation, et qu'il lui prenoit des saillies de danser
et de chanter, mais fort désagréablement. »

Voilà bien, si je ne me trompe, la phrase
de Valincourt expliquée et justifiée. Après
ce qu'il a dit toutefois, après ce que vient
d'ajouter M. Fougères, dont le propos, sans
la confirmation du sien, ne pourrait sembler,
à première vue, qu'une sorte de commérage
envieux, comme il devait tant s'en faire dans
la domesticité des Condé, où La Bruyère,
qui la dominait de son esprit, n'était pas, je
crois, fort aimé; un troisième témoignage

[1] Il a été publié pour la première fois dans la *Nouvelle Revue Encyclopédique.* V. le n° de mai 1847,
p. 486.

ne sera pas inutile comme opinion décisive, comme jugement sans appel.

Il nous viendra d'un homme dont l'amitié avec notre philosophe nous est déjà connue , de Phélypeaux, fils de Pontchartrain, protecteur de La Bruyère. Par les lettres de lui que nous allons citer, il sera évident que les airs de gaieté bouffonne, les crises d'extravagance auxquels La Bruyère s'abandonnait dans le monde, avaient des contre-coups de folie plaisante jusqu'en sa correspondance, et que l'écrivain, dans le déshabillé d'une lettre familière, se permettait les mêmes « saillies » que l'homme du monde au milieu d'amis qui ne le gênaient pas. Il y avait en lui, même la plume à la main, de l'Héraclite et du Démocrite, du philosophe morose et du philosophe gai. Son livre entier, sauf en quelques parties, où le rire éclate, malgré lui, sous la caricature qui le provoquera chez les autres, son livre est d'Héraclite [2]; mais ses lettres, à en juger du

---

[1] V. plus haut, p. 220-221.

[2] Les *Caractères* passaient en général pour un livre de mauvaise humeur, sans compter comme ouvrage sérieux. V. La Bizardière, *Caractères des*

moins d'après celles auxquelles répondait Phélypeaux, ses lettres étaient de Démocrite.

«.Si vous faites encore plusieurs voyages à Chantilly, lui écrit Phélypeaux le 5 juillet 1694, je ne doute pas qu'il soit un an, on ne vous mène *haranguer* aux Petites-Maisons ; ce seroit une fin assez bizarre pour le Théophraste de ce siècle. »

Tout est significatif dans cette curieuse phrase : d'abord le mot *haranguer*, qui fait allusion au discours que La Bruyère avait prononcé tout juste un an auparavant pour sa *réception*, et qui, par son indépendance de toute tradition académique, comme allure et comme style, avait provoqué un scandale dont le bruit durait encore.

L'absence du sérieux dogmatique en usage pour ces sortes d'exercices oratoires, avait partout été remarqué[1]. Ce n'avait été, pour le vieux parti académique, qu'un discours de mauvais plaisant, digne tout au plus du railleur expulsé quelques années auparavant, et dont le nom avait été répété, dans les chan-

---

Auteurs anciens et modernes, 1704, in-12, p. 137.

[1] V. plus haut, pages 86 et 248, notes.

sons encore en cours, comme un reproche pour celui qui semblait l'imiter.

On chantait [1]:

> Les quarante beaux esprits
> Sont tombés dans le mépris :
> Ils n'avoient plus Furetière ;
> Ils ont pris La Bruyère,

ou bien encore :

> L'Académie a reçu La Bruyère ;
> Elle pourra s'en repentir :
> Toutefois il est bon que pour nous divertir
> Elle ait toujours un Furetière.

On peut juger par là de la réputation peu sérieuse que son livre, devenu si sérieux pour nous, avait faite à l'auteur des *Caractères*, et comprendre aussi pourquoi, à propos d'une lettre qui ne serait que gaie aujourd'hui, mais qui sembla folle en ce temps gourmé, Phélypeaux crut devoir faire allusion au *Discours* qui avait confirmé pour La Bruyère cette réputation d'homme plaisant.

Un autre point à remarquer dans la réponse de Phélypeaux, c'est ce qu'il dit de

[1] *Chansonnier Maurepas,* t. VII, p. 437.

Chantilly, d'où La Bruyère lui a écrit la
lettre qu'il accuse d'extravagance.

C'était un lieu de plaisir et de fête, où,
pour être dans le ton, il fallait se faire, bon
gré mal gré, d'humeur joyeuse. La Bruyère
s'y conformait de son mieux, mais en homme
à qui l'habitude manque, il allait au delà.
De la gaieté, exigée par l'usage du lieu, il
tombait dans ce qui en est l'excès. Faute de
cette mesure et de cette tenue, qui furent
toujours le point important pour l'esprit des
cours, grandes ou petites, comme le fut
Chantilly, on le voyait s'égarer dans ces
façons trop dégagées qui le faisaient tourner en ridicule, Valincourt et M. Fougères
nous l'ont dit; s'émanciper trop par lettres
folles, comme celle qui lui a valu la réponse de Phélypeaux, ou, pour le moins,
y manquer de l'expression juste, comme
il lui arriva certain jour avec Bussy-Ra-
butin.

Il ne fallait qu'un mot pour faire voir alors
l'absence de tact; dans la circonstance dont
je parle, La Bruyère eut ce mot-là, que jamais homme sachant le monde ne se fût
permis, et qui fut d'ailleurs fort bien relevé
par Bussy, vrai gentilhomme, lui du moins,

chez qui le mépris de la Cour venait de la science profonde qu'il en avait [1], compliquée du dépit de n'y plus être.

A l'époque de la première candidature de La Bruyère à l'Académie, en 1691, Bussy l'avait soutenu. Il avait fait le voyage de Paris tout exprès pour lui donner sa voix. C'est l'une des sept qu'il obtint alors [2]. Soit modestie, soit défiance pour la sincérité des hommages qu'on pouvait lui rendre,—car le soupçon en toutes choses résulte nécessairement d'une observation aussi tendue que l'était la sienne,—La Bruyère s'imagina que le vote de Bussy lui avait été accordé, non comme à l'auteur des *Caractères,* mais comme au domestique de M. le Prince. Sa lettre de remerciement le fit sentir, avec la franchise qui ne fut jamais d'aucune Cour :

« Les Altesses à qui je suis, écrivit-il à Bussy [3], seront informées de ce que vous avez fait pour moi, Monsieur. »

---

[1] V. sa lettre à madame de Sévigné, du 23 mars 1689.

[2] *Correspondance* de Bussy, édit. Lud. Lalanne, t. VI, p. 515.—Lettre de La Bruyère à Bussy, du 9 décembre 1691.

[3] *Id., ibid.*

Bussy, qui ne voulait pas avoir l'air d'un courtisan en quête de la faveur d'une Altesse, quand il n'avait travaillé que pour un homme d'esprit, lui répondit, comme il convenait, en homme soucieux que son vote fût estimé à sa vraie valeur, et ayant pour cela des droits, puisqu'il avait été des premiers à connaître le livre de La Bruyère et à l'applaudir [1].

« Les voix que vous avez eues, lui dit-il dans sa réponse [2], n'ont regardé que vous.

[1] Dès le 10 mars 1688, c'est-à-dire peu de temps après leur apparition, Bussy, venant de lire les *Caractères,* écrivait au marquis de Termes, qui lui avait procuré cette bonne fortune : « Ce ne sont point des portraits de fantaisie qu'il nous a donnés; il a travaillé d'après nature, et il n'y a pas une décision sur laquelle il n'ait eu quelqu'un en vue. » Après avoir donné ainsi raison à ce que nous avons dit plus haut, p. 162, sur les clés des *Caractères,* Bussy ajoute : « Ce que je viens de vous dire m'engage à vous demander la connoissance de M. de La Bruyère. Quoique tous ceux qui écrivent bien ne soient pas toujours de fort honnêtes gens, celui-ci me paroît avoir dans l'esprit un tour qui m'en donne bonne opinion, et qui me fait souhaiter de le connoître. » *Corresp.* de Bussy, édit. Lud. Lalanne, t. VI, p. 122-123.

[2] *Id.*, p. 516. Lettre de Bussy du 16 décembre 1691.

Vous avez un mérite qui pourroit se passer
de la protection des Altesses, et,—ajoute-t-il
avec une allusion à des candidatures moins
dignes que l'influence des Condé avait fait
réussir à l'Académie,—la protection de ces
Altesses pourroit bien, à mon avis, faire re-
cevoir l'homme du monde le moins recommandable. Jugez combien vous auriez paru
avec elles, et avec vous-même, si vous les
aviez employées. Pour moi, je vous trouve
digne de l'estime de tout le monde, et c'est
aussi sur ce pied-là que je suis votre ami sincère. »

C'est là le véritable ton de l'homme de Cour
spirituel, chez qui l'esprit aide à la politesse
et atténue la franchise sans rien ôter à la
malice. Chez La Bruyère, qui en avait tant
d'autres, cette qualité de tact n'existait pas.
Aussi, je l'ai dit, n'écrivait-il guère, comme
s'il avait eu conscience qu'une lettre du genre
de celle que je viens de citer pourrait le li-
vrer, pourrait le trahir. C'est ce qu'elle a
fait.

Quoi qu'il ait dit ailleurs contre les grands,
on a vu ici que la vanité « d'être à des Altesses » ne l'avait pas trouvé trop insensible.
Nous savions déjà, par l'indiscrétion du jeune

Bouhier[1], que l'envie de leur plaire et le dépit d'y réussir moins que d'autres étaient assez vifs chez lui ; nous allons apprendre maintenant que sa philosophie ne le mettait pas davantage en garde contre l'enivrement des honneurs que son esprit pouvait lui faire rendre chez ces Altesses, et que s'il avait pu dire[2] : « Une froideur ou une incivilité qui vient de ceux qui sont au-dessus de nous nous les fait haïr, » il avait pu aussi ajouter très-vite, en résumant ce que dit le *Sosie* de Molière[3] : « Mais un salut ou un sourire nous les réconcilie. »

De cela, que conclure ? Cette vérité tout humaine : on participe presque toujours à ce qu'on reprend chez les autres ; on ne critique chez autrui que pour se dispenser de critiquer en soi, et Alceste a eu raison de dire :

.....*Que c'est à tort que sages on nous nomme,*
Et que dans tous les cœurs il est toujours de l'homme!

1 V. plus haut, p. 237.
2 Edit. Destailleur, t. I, p. 337.
3 *Et la moindre faveur d'un regard caressant*
  Nous rengage que de plus belle.

(*Amphitryon*, act. I, sc. 1.)

C'est encore à une lettre de Phélypeaux que nous devons de connaître quelque chose des honneurs rendus à La Bruyère chez les Condé, après sa réception à l'Académie, et de savoir aussi en quelle satisfaction mal déguisée ils jetaient notre sage.

Cette lettre est du même temps que l'autre, à un mois de distance. La Bruyère est toujours à Chantilly ; pour ne pas faire disparate par trop de sérieux avec le ton des fêtes qui s'y donnent, il a laissé sa gravité à Paris, il est à l'avenant du reste, et il continue à faire des folies, du moins par lettres, si j'en juge encore par la réponse de Phélypeaux :

« Si, par hasard, lui écrit-il le 28 août, vous avez, Monsieur, quelqu'un de vos amis qui vous connoisse assez peu pour vous croire sage, je vous prie de me le marquer par nom et par surnom, afin que je le détrompe à ne pouvoir douter un moment du contraire, je n'aurois pour cela qu'à lui montrer vos lettres ; si, après cela, il ne demeure pas d'accord que vous êtes un des moins sensés de l'Académie françoise, il faudra qu'il le soit aussi peu que vous.

« Je n'ai pu encore bien discerner si c'est

23.

la qualité d'académicien ou *les honneurs que vous recevez à Chantilly* qui vous ont fait tourner la cervelle.

« Quoi qu'il en soit, je vous assure que c'est dommage, car vous étiez un fort joli garçon qui donniez beaucoup d'espérances. Si j'arrive devant (avant) vous à Paris, je ne manqueray pas de vous faire préparer une petite chambre bien commode à l'Académie du faubourg Saint-Germain [1]. J'auray bien soin qu'elle soit séparée des autres, affin que vous n'ayez communication qu'avec vos amis particuliers, et que les Parisiens, naturellement curieux, ne soient pas tesmoins du malheur qui vous est arrivé. En attendant vous pouvez penser, faire et écrire autant d'extravagances que vous voudrez : elles ne feront que me réjouir; car les folies, quand elles sont aussi agréables que les vôtres, divertissent toujours et délassent du grand travail dont je suis accablé [2]. »

---

[1] Les Petites-Maisons.

[2] Il faisait une tournée dans les ports du royaume et y était reçu en fils de France. V. une note de Saint-Simon sur un passage de Dangeau, du 26 juillet 1695.

XXIX

Il serait bien intéressant de pouvoir lire les lettres de La Bruyère qui ont laissé dans l'esprit de Phélypeaux une impression si peu attendue. Nous n'y trouverions pas, sans doute, le penseur qui écrivit les chapitres les plus profonds du livre des *Caractères*, mais nous pourrions y surprendre le caricaturiste spirituel qui en chargea quelques portraits, tels que celui de *Ménalque,* par exemple, qui fut pour cette grave comédie ce que la parade est pour certains théâtres. Nous y ferions aussi plus intime connaissance avec l'ami de ce fou de Santeul, avec l'homme qui s'oubliait en ces « saillies » de chant et de danse que l'officier de la maison de Condé lui reprochait tout à l'heure. De même alors que le secret de l'homme, celui de son style aux allures parfois si vives et si comiquement émancipées nous serait mieux connu.

Il fut le premier de son temps qui eut ce style animé, scénique, sans rien de théâtral, toujours en mouvement, et qui semble

étrange de la part d'un homme « peu parleur, » comme nous l'a dit Ménage, aussi vif
dans la phrase écrite qu'il aurait pu l'être
dans la phrase parlée. C'est à La Bruyère,
« qui n'étoit pas un homme de conversation, »
s'il fallait en croire M. Fougères, que serait
due ainsi la première invasion du style de la
conversation dans les livres. Il en eut la vivacité, mais non l'abondance diffuse. Entraî-
nant comme l'homme qui parle bien, il fut
concis comme doit l'être celui qui sait bien
écrire.

On ne tarda pas à l'imiter, et les critiques
dès lors ne se firent pas non plus attendre. On
prétendit, chez les puristes, que cette anima-
tion trop concise du style nuisait à sa dignité,
que sans le long vêtement de la période il ne
pouvait y avoir que des pensées en déshabillé, c'est-à-dire négligées; et qu'enfin cette
vivacité, dont on se faisait gloire, ne tendait
qu'à nous ramener plus vite à une décadence
comme celle dans laquelle la langue latine
était tombée sous Tibère [1]. Les Académies et
les journaux de province s'en mêlèrent. Les

---

[1] J. Leclerc, *Biblioth. anc. et moderne*, t. XVI,
p. 228.

prêtres surtout, grands amis de la phrase à longs replis, dont l'éloquence de la chaire avait fait la fortune, réclamèrent bien haut contre ce style rapide et court vêtu, qui, chose encore singulière, avait été mis à la mode par un ami de Bossuet!

Le P. Gaichiès, au nom de l'Académie de Soissons, fit un discours contre le style concis, dans lequel cette fille aînée de l'Académie française — on sait que l'Académie de Soissons prenait ce titre — morigénait un peu sa mère de l'accueil fait par elle aux phrases cavalières [1].

Le *Journal de Trévoux* reprit la même thèse [2] : rien n'y fit. Le ton était donné, on le suivit. La période ne fut plus du style en vogue; on la laissa se traîner avec la robe des avocats dans les harangues du Palais, ou bien encore avec l'aumusse des prêtres, dans les livres de querelle religieuse. Voltaire, qui devait tant ajouter de vives nuances à ces premières vivacités, put dire alors : « Les jansénistes seuls ont la phrase longue [3]. »

[1] *Œuvres* du R. P. Gaichiès, 1743, in-8°, p. 219.
[2] V. les *Variétés ingénieuses* de Decourt, 1725 in-8°, p. 97.
[3] Lémontey, *Histoire de la Régence*, t. II, p. 345.

Pour dõnner à son style cette allure prompte et serrée dont le mouvement fut exagéré, dès les premiers temps, par ses imitateurs [1], La Bruyère n'avait eu qu'à s'abandonner au courant des entretiens, à la rapidité toujours changeante des conversations telles qu'on les aimait chez M. le Prince.

Il fut bien de cette maison, et par son caractère, qu'il s'efforça de dépouiller de tout pédantisme, comme nous l'avons vu, et par son style qui, vif, pressé, aiguisé, affectant je ne sais quel air d'épigramme en prose, fut tout à fait dans le ton d'esprit de la société, où madame la Duchesse donnant la note et menant le branle, tout se tournait en malice et chaque malice en couplet. Je ne sache rien ni personne dont on ne s'y amusât. La Bruyère eut le sort commun, par la raison même qu'il s'était mis sur le ton du reste.

On se moqua de lui, Valincourt nous l'a dit, et ce fut un bonheur pour son livre. Si l'homme eût été pris trop au sérieux, l'ouvrage n'eût point passé. Pour ne pas s'en effrayer, il fallait en rire ; c'est ce qu'on fit [2].

[1] Il s'en plaignit lui-même. V. t. I, p. 140-141.

[2] Il en fut de même pour les *Maximes* de La Rochefoucauld. On n'y vit d'abord qu'une plaisanterie, et

Ce qu'il contient d'osé comme satire, de hardi comme révolte, d'audacieux comme espérance ou divination d'un ordre de choses meilleur, ne fut, pour son temps, que la boutade d'un original en accès de misanthropie, le coup de boutoir « d'un homme d'humeur [1]. »

En le voyant tel que nous l'a peint Valincourt, rien, de lui, ne pouvait tirer à conséquence; aussi, de son temps, ne trouvons-nous son livre pris en sérieuse considération par personne. On s'en amusa pour les portraits;

c'est ce qui leur fit pardonner ce qu'elles ont d'âcre vérité. V. la lettre, jusqu'alors trop peu connue, de madame de La Fayette à madame de Sablé, que nous avons publiée dans nos *Variétés historiques et littéraires*, t. X, p. 121.

[1] C'était l'expression acceptée. V. plus haut, p. 60, 80.—Il y avait dans les entretiens, il l'a dit (t. I, p. 244), des gens parlant par vanité « ou par humeur. » Il était de ceux-ci. Duclos qui en était de même, nous apprend que ces sortes d'originaux ne déparaient pas un cercle, et qu'on les recherchait comme une variété d'esprit nécessaire : « On voit, dit-il dans le passage indiqué déjà p. 80, on voit de ces sociétés où les caractères se sont partagés, comme on distribue des rôles. L'un se fait philosophe, un second politique, un troisième *homme d'humeur*. »

quant au reste, on n'y vit rien [1]. Grimarest
nous a dit [2] qu'on devait, pour le bien lire,
le lire gaiement; on n'y manqua pas. Il a
fallu notre temps et l'expérience dont il est
plein pour faire voir ce qu'il a de profond et
de triste. La frivolité de quelques parties dé-
routa sur le sérieux de l'ensemble. En d'autres endroits, l'ironie le masqua [3].

Ce fut l'arme et le bouclier : « Ironie forte,
mais utile, et propre à mettre vos mœurs en
sûreté, » a dit quelque part La Bruyère [4],
qui aurait pu s'appliquer cette phrase à lui-
même, dont l'ironie fut si souvent la défense.
Chez lui, en effet, que de sous-entendus iro-
niques, où sa conscience ne cherchait qu'à se
comprendre elle-même, et se trouvait déjà
bien hardie de l'oser!

[1] D'Olivet et Formey le donnent à penser. Le succès des *Caractères* ne fut d'abord que de curiosité.

[2] V. plus haut, p. 76.

[3] V. plus haut, p. 113-114.—La Bruyère pouvait
penser, d'ailleurs, que l'ironie était de nature à s'as-
socier avec les sentiments chrétiens, dont il tenait
tant à ne pas se départir. V. plus haut, p. 250, note.
« L'ironie, dit M. de Sacy, parlant de celle de saint
François de Sales, dans la préface du *Choix de ses
lettres*, l'ironie elle-même peut avoir sa charité. »

[4] Edit. Destailleur, t. I, p. 332.

C'est quand il s'agit du peuple qu'elle lui
parle le mieux : « Les grands ont été conduits
insensiblement à le compter pour rien [1], » et,
comme Sieyès, qu'il devance d'un siècle, lui
déjà, nous l'avons dit plus haut [2], il serait d'a
vis qu'il doit être tout.

Il ne le flatte pas; il le sait jaloux, chagrin,
envieux : il l'avoue. « Blâmons le peuple, dit-
il, où il seroit ridicule de l'excuser [3]. » Mais,
un instant après, ce qu'il connaît de sa misère lui revient à la mémoire par le cœur, et
la façon dont il en parle prouve que, pour
cette misère, il lui pardonne le reste. Il est
en train de dire quelques mots sur le dédain
des gens de Cour pour les noms de baptême
acceptés du vulgaire. On ne s'appelle plus
Pierre, Jacques ou Jean, ainsi qu'il s'appelait
lui-même. On prend le nom de Tancrède,
porté, comme on sait, par un bâtard de
Rohan vers ce temps-là; ou bien celui d'Hercule, dont le cardinal de Fleury, par exemple,
se trouva si singulièrement baptisé ; ou bien
encore celui d'Adolphe, qui avait été donné

---

[1] Edit. Destailleur, t. I, p. 339.

[2] P. 19.

[3] Edit. Destailleur, t. I, p. 339-340.

24

.au fils de son amie madame de Bellefonère [1].

Les noms du calendrier sont laissés au peuple. « Évitons, dit-il avec cette ironie dont je viens de parler, et qui justifie si bien le nom de *Socrate* qu'il se donnait, évitons d'avoir rien de commun avec la multitude... Qu'elle s'approprie les douze apôtres, leurs disciples, les premiers martyrs; » puis à ce mot de martyrs, il ajoute en parenthèse [2] : « Telles gens, tels patrons. »

On n'a rien dit publiquement de plus fort sous Louis XIV, à propos de la misère du peuple. L'appeler martyr, c'était dire son vrai nom; mais quel détour n'a-t-il pas fallu à La Bruyère pour en arriver là! Sa franchise n'a pu se donner pour refuge qu'une parenthèse de quatre mots, qu'on ne comprit pas de son temps, et qu'on n'a guère vue du nôtre.

[1] La mode de ces sortes de prénoms venait d'Italie. *Ménagiana*, t. IV, p. 173.— Plus tard, Destouches donna le même ridicule à son *Glorieux*, qui dicte ainsi ses prénoms au notaire :

......Monseigneur Carloman-Alexandre-César-Henri-Jules-Armand-Philogènes-Louis......

[2] Edit. Destailleur, t. I, p. 340.—Ce qu'il dit plus

Je sais des gens d'un grand sens et d'un véritable esprit qui se demandent pourquoi il n'est pas plus net, pourquoi il prend tant d'ambages, pourquoi, surtout, il ne conclut pas? A quoi bon conclure après ce qu'il dit? La conclusion vient d'elle-même; son époque la donne pour lui. S'il n'apporte pas d'exemples, c'est qu'ils foisonnent alentour. Lorsqu'il écrit, sur l'état des campagnes, le terrible passage dont nous parlerons plus loin, pour bien fixer l'endroit où il le peignit d'après nature, a-t-il besoin d'ajouter ce qu'il pense? a-t-il besoin de conclure? Sa conclusion se trouve dans chaque trait indigné du tableau. Il suffit qu'il dise : « Voilà ce qui est, » pour qu'aussitôt la moralité suive. La Fontaine l'eût dite, parce qu'il croyait n'écrire que pour des enfants; La Bruyère la supprime, parce qu'il écrit pour des hommes. Jamais le proverbe : « A bon entendeur, demi-mot » ne fut plus applicable qu'à lui et aux sous-entendus de son livre.

Les oracles, et il en est un, n'ont jamais

loin, t. II, p. 20 : « Nommer un roi PÈRE DU PEUPLE est moins faire son éloge que l'appeler par son nom,» fut aussi très-hardi sous un roi qui fit tout pour qu'on l'appelât autrement.

parlé que sous des voiles ou au travers de nuages : il a les siens qu'il fait plus ou moins épais, suivant qu'il se sent plus ou moins surveillé.

Ceci, en effet, est encore un des grands points, et il me semble qu'on n'en a pas assez tenu compte lorsqu'on lui a reproché son défaut de conclusions. On a oublié qu'il y avait toujours, sous le régime absolu du grand roi, une oreille ouverte pour entendre, une main armée pour réprimer ce qui se disait de trop hardi. De là ses réticences, qui ne demandent toutefois qu'à laisser saisir ce qu'elles retiennent; de là ses ironies, dont les frivoles s'amusent quand les sages s'en épouvantent; de là tous ces portraits où les noms manquent, mais où chacun attache une ressemblance; de là enfin tous ces traits de mœurs, si bien définis, si bien fixés, où rien n'est absent que l'exemple formellement direct.

Pour cela, il n'y eut pas que prudence chez lui, il y eut peut-être aussi embarras dans le choix de ces exemples et de ces preuves. On les trouvait si bien partout qu'il crut inutile d'en mettre aucun dans son livre. Ce grand nombre même le sauva, en lui permettant de nier la réalité des applications qui pouvaient

devenir un péril. Venait-on lui dire qu'il
était bien osé, par exemple, de parler des
femmes « coquettes, joueuses, ou ambitieu-
ses [1], » quand la reine de Chantilly, madame
la Duchesse, était tout cela [2], il avait beau jeu
pour répondre que son trait pouvant attein-
dre ailleurs, on était bien hardi soi-même
de prétendre qu'il eût voulu viser si haut.

Les grands sont ceux qui se reconnaissent
le moins dans les satires, se croyant au-
dessus d'elles, comme ils sont au-dessus
du reste. La Bruyère, qui le savait, en usa
jusqu'à l'audace.

Je n'en citerai qu'un exemple :

Dans sa première édition, en 1687, il avait
dit, au chapitre *de l'Homme* [3] : « Nous fai-
sons par vanité ou par bienséance les mêmes
choses, et avec les mêmes dehors que nous
les ferions par inclination ou par devoir. Tel
vient de mourir à Paris de la fièvre, qu'il a
gagnée à veiller sa femme qu'il n'aimoit
point. » Tout le monde vit dans les derniers
mots une allusion à la mort du prince de

[1] Edit. Destailleur, t II, p. 147.
[2] *Mémoires* de Saint-Simon, édit. L. Hachette,
in-12, t. IV, p. 205.
[3] Edit. Destailleur, t. II, p. 52.

Conti, que la petite vérole avait emporté deux ans auparavant, le 9 novembre 1685, en soignant, par mode[1], sa femme, dont il n'avait jamais été amoureux. La Princesse seule ne comprit pas. Pouvait-elle supposer, elle, «la grande Princesse,» comme on l'appelait, qu'un livre s'occupât d'elle sans faire son éloge, et, qui plus est, se permît d'émettre un doute sur les sentiments qu'elle avait pu inspirer à son mari? Un pareil trait, une fois compris, est de ceux qu'on ne pardonne pas. Or, la meilleure preuve que la Princesse ne s'en fit pas à elle-même l'application, c'est qu'elle fut une des plus constantes admiratrices du livre dans lequel il se trouve[2]; à ce point que le rimeur qui, plus tard, mit en vers les *Caractères,* crut devoir lui adresser la dédicace de cette singulière version[3].

Si madame de Conti ne sentit pas ce qu'il y avait là de direct sur son compte, elle dut comprendre bien moins encore que certaine allusion aux amours trop vifs des frères pour

[1] Lémontey, *Hist. de la Régence,* t. II, p. 467.

[2] Brillon, *Portraits galants,* 1696, in-12, p. 81.

[3] *Peintures parlantes, traduction en vers des mœurs et caractères du siècle précédent, selon le Théophraste françois,* 1703, in-12.

leurs sœurs[1] pouvait aller aussi à son adresse,
et faire jaser les gens pour qui les visites de
son frère, monseigneur le Dauphin, semblaient trop fréquentes chez elle, et surtout
trop empressées.

Les grands, encore une fois, n'y voient pas
de si près. Ils se croient trop haut, et toute
satire leur semble trop bas pour qu'ils puis-
sent rien découvrir de ce qui s'y trouve à leur
adresse de vérités ou de leçons. L'éloge plein
d'encens, dont la fumée s'élève, est la seule
chose qui monte jusqu'à eux. La Bruyère a
donc pu lancer ses traits sans qu'ils se crussent
jamais atteints.

Les parvenus seuls furent chatouilleux, et
s'irritèrent de ce qu'il dit. S'il y eut danger
pour lui[2], ce ne put être que du côté des
mécontents de la finance et de la bourgeoisie[3].

Quant aux duchesses, il put leur dire
toutes leurs vérités, même les plus cruelles :
parler de la rage du jeu qui avait alors

---

[1] Edit. Destailleur, t. I, p. 205.
[2] V. plus haut, p. 125-126.
[3] Il est parlé de ces mécontents dans le *Ménagiana,*
t. III, p. 382.

gagné toutes les femmes, et de la passion des liqueurs fortes qui ajoutait son
ivresse à cette folie [1]; blâmer aussi cet usage
des grands laquais, dont le service remplaça
celui des femmes dans les grandes maisons
et amena tant de scandaleux abus [2]; faire,
en un mot, la satire complète des personnes
du plus grand monde; aucune ne se trouva
réellement mise en cause [3].

La Bruyère, à qui elles auraient eu la puissance de faire enlever de son livre ce qui les
y blessait, n'eut rien à en supprimer.

Un seul passage en disparut, mais il n'eut

[1] Edit. Destailleur, t. I, p. 323.

[2] *Id.*, p. 295.—V. dans Lémontey, t. II, p. 319, une
citation de la *Biblioth. de Cour.*—Les amours des
grandes dames pour leurs domestiques commen-
cèrent. V., sur les intrigues de la duchesse de Sully et
de son intendant Petit, le *Chansonnier Maurepas*,
t. III, p. 63.

[3] La duchesse eût pourtant bien dû se reconnaître
dans ce qu'il dit des femmes qui aiment le vin; c'était
son défaut. V. Lescure, *les Philippiques* de La Gran-
ge-Chancel, 1853, in-18, p. 41; et les *Lettres* de madame Du Noyer, t. I, p. 14.—Ce défaut était aussi,
qui le croirait, celui de la toute charmante madame
de Caylus, aux discrets *souvenirs*. Lassay, *Recueil
de diverses choses*, t. II, p. 39.

pour cela qu'à obéir à son cœur. Ce passage, en effet, qui se rapporte aux gens en disgrâce[1], avait pu être pénible pour Vardes, dont il aimait le savoir, compagnon de son exil[2], pour Bussy, pour Lauzun, pour plusieurs autres : il s'empressa de le biffer dès qu'on lui eut fait comprendre qu'il leur pourrait être un chagrin. Le sacrifice qu'il fit ainsi à la disgrâce, et qu'il n'eût point fait à la faveur, témoigne de sa bonté sans faire croire à sa complaisance.

Il n'en eut pas, même pour le pouvoir qui en devait le plus attendre, c'est-à-dire même pour le roi, dont il ne fit un gigantesque éloge[3] qu'afin d'être à couvert et darder en liberté ses satires de détail.

Vous avez vu ce qu'il écrit sur l'état du peuple pendant ce règne, et vous avez senti la vivacité du reproche, malgré son déguisement. Voyons, à l'autre extrémité, ce qu'il a dit du faste et des fêtes, contraste criant de cette misère; ce qu'il a pensé des expédients de puissance, des garanties d'autorité qu'il y

---

[1] Edit. Destailleur, t. II, p. 15-16.
[2] Il le cite parmi les érudits. *Id.*, p. 92.
[3] *Id.*, p. 23-26.

eut toujours dans l'encouragement du luxe
pour tout *despotique*[1].

Le mot est de lui. La Bruyère est, je crois,
le seul qui l'ait écrit sous Louis XIV, et, ce
qui en accroît l'audace, c'est dans un passage
dont l'application était des plus directes contre sa manière de régner :

« C'est, a-t-il dit[2], une politique sûre
et ancienne dans les républiques, que d'y
laisser le peuple s'endormir dans les fêtes,
dans les spectacles, dans le luxe, dans le
aste, dans les plaisirs, dans la vanité et la
mollesse; le laisser se remplir de vide et sa-
vourer la bagatelle : quelles grandes démarches[3] ne fait-on pas au despotique par cette
indulgence. »

Cette invective contre l'un des plus chers

[1] Edit. Destailleur, t. II, p. 2.
[2] Voltaire aurait dû se rappeler ce passage dans
son *Traité de Politique et de Législation* (*Œuvres*,
édit. Beuchot, t. XXXVII, p. 534); il se fût montré
moins rigoureux pour ce que La Bruyère dit ailleurs
encore contre le luxe (t. I, p. 296). Il eût pu conser-
ver les épithètes d'amer et de satirique qu'il lui
donne; mais il eût retiré les mots de « misanthrope
forcé, » qu'il y ajoute injustement.
[3] *Démarche* est pris ici pour progrès.

secrets des pouvoirs absolus a bien des fois été reprise, entre autres par Charles Nodier, lorsqu'il a dit [1] : « Du moment que le despotisme a peur pour lui, on sait qu'il fait bon marché des mœurs ; » mais personne ne s'est là-dessus aussi franchement, aussi bravement exprimé que La Bruyère, et cela dans un temps où il y avait plus que de la nouveauté à parler ainsi des gouvernements qui affaiblissent à l'entour d'eux pour rester forts, qui corrompent et énervent pour n'avoir pas de résistance à craindre.

Il dit de *Phédon* [2] « qu'il est libre sur les affaires publiques, chagrin contre le siècle, médiocrement prévenu des ministres et du ministère ; » et *Phédon,* c'est lui. Le nom tout socratique qu'il lui donne suffirait à le faire croire. En ne sortant presque jamais du grec, pour la dénomination de ses types, il s'assurait une garantie contre leur propre hardiesse. «Ce n'est pas de vous que je parle, mais du passé,» aurait-il pu répondre, sous ce couvert des noms antiques, à qui l'eût

---

[1] *De la prose française et de Diderot*, Bullet. du Bibliophile, *juillet* 1861, p. 377.

[2] T. I, p. 279.

inquiété dans le présent. Le sous-titre que prit, à la quatrième édition, son dixième chapitre, en ajoutant aux mots : *du Souverain*, ceux-ci bien inattendus alors, *ou de la République,* nous semble aujourd'hui une audace : ce fut une prudence. Donnant ainsi à ce qu'il allait dire l'étiquette des gouvernements anciens, dont la forme en son temps n'était plus qu'une ombre, il échappait mieux au danger des allusions qu'on pouvait lui reprocher. « Que vous importe ce que je dis touchant les républiques, vous n'avez rien à voir chez elles, car la république n'est pas chez vous. Je suis Grec et je m'y tiens, m'occupant à ma façon de choses dont j'aurais pu m'inquiéter en Grèce. Ce n'est pas moi qui parle, c'est Théophraste qui continue à parler en moi. » Voilà quelle pouvait être sa réplique toute prête.

Au commencement du règne, lorsqu'il ne fallait déjà pas moins de prudence dans la satire, Boisrobert avait répondu de même, en une circonstance toute pareille. Ayant à se plaindre du secrétaire d'État La Vrillière, pour la suppression du nom de son frère d'Ouville sur la liste des pensions, il s'était vengé par une *Épître* où les ridicules

du ministre s'étalaient en long et en large.
La Vrillière menaçait de se plaindre à Mazarin; Boisrobert prit les devants. Il courut,
avec le maréchal de Grammont, chez le cardinal, qu'il trouva connaissant déjà sa satire
et s'en amusant.

« — Ce n'est point, lui dit-il, contre M. de
La Vrillière que j'ai écrit; mais ayant lu les
Caractères de Théophraste, j'ai fait à la
manière de ce Grec le *caractère* d'un ministre ridicule. Tant pis pour M. de La Vrillière s'il lui ressemble.»

Celui-ci survint à son tour, criant : « Il
m'a vitupéré, monseigneur ; il m'a jeté une
bouteille d'encre sur le visage. »

«—*Monsu* de La Vrillière, lui dit Mazarin,
ce n'est point vous, ce sont des *Caractères*
de Théophraste.»

La Bruyère, pour tous ses portraits, répondait comme Boisrobert. J'irais presque à
penser que c'est la réponse de celui-ci qui
l'inspira pour la forme de son livre. L'anecdote était connue[1], surtout chez les Pontchartrain, parents de La Villière et amis de

---

[1] *Historiettes* de Tallemant, édit. P. Pâris, t. II,
p. 403.

notre infatigable écouteur. J'imagine qu'il
l'entendit conter dans leur monde, et qu'il
ne lui en aura pas fallu davantage pour l'idée
du déguisement à la grecque dont il s'enve-
loppé et sous lequel court encore l'immortelle
mascarade de son esprit.

X X X

Comme tous les observateurs, il faisait
ainsi de chaque chose son profit. Il y a dans
son miroir mille reflets du monde qui l'en-
toura. Les Condé y sont tous, depuis l'aïeul,
le grand Condé, jusqu'au petit-fils, M. le Duc;
nous l'avons déjà dit, mais il nous reste, sur
ce point, tant de choses à dire encore!

Ce n'est point par leur portrait seul qu'ils
figurent chez La Bruyère : ils y vivent par
leur influence, en mille endroits présente,
active, tyrannique. De leur part, tout s'imposait, et fût-on, comme notre homme,
le plus indépendant des esprits, il fallait
subir le joug de leur goût, le despotisme
de leurs préférences. Par bonheur, leur goût
était bon, et, sauf quelques protections mal
placées, comme celle que le grand Condé

accorda par ennui, et faute de mieux, au piètre rimeur l'abbé Martinet[1], leurs préférences ne se fourvoyaient pas trop. Chantilly était vraiment, comme La Bruyère l'a dit[2], « l'écueil des mauvais ouvrages. »

Nous avons vu plus haut[3] que M. le Prince Henry-Jules était le plus capable « pour marquer aux écrivains le ridicule de leurs écrits. »

Fort jeune, il avait eu cette faculté. Dès 1668, on avait dit de lui, dans les *Portraits de la Cour*[4] : « Il se connoît fort aux beaux vers... Il dit son sentiment avec beaucoup d'esprit sur les matières les plus hautes de la philosophie. » La Rochefoucauld avait été, jusqu'au dernier moment, un de ses meilleurs amis[5]; cela seul suffirait pour faire comprendre qu'il dut encourager La Bruyère dans l'entreprise des *Caractères*, qui ne sont, à tant d'endroits, qu'un écho prolongé des

---

[1] *Chansonnier Maurepas*, t. VI, p. 99 ; *Biblioth. de Cour*, t. II, p. 293-294.

[2] T. II, p. 259.

[3] P. 91-92.

[4] Cités dans les *Arch. du Biblioph.*, t. II, p. 263.

[5] V. *Lettres* de madame de Sévigné, 3 avril 1671, 29 mars 1680.

Maximes avec plus de malice dans l'allusion [1].
Le savoir chez M. le Prince allait volontiers
de pair avec l'esprit :

« Ils ont joint les lettres avec les armes, et
ont une belle bibliothèque où il y a des manuscrits rares, grecs et latins [2]. Le père et le
fils sont des bibliothèques vivantes. » C'est
Gédéon Pontier qui parle ainsi du grand
Condé et de son fils, dans son bizarre ouvrage, *le Cabinet des Grands* [3]. Il n'eut
pas le profit de son éloge. Ayant dit ailleurs [4], à propos de Paris : « L'agréable
fleuve de la Seine passe par le milieu et ne
fait que serpenter à sa sortie, comme s'il
avoit de la peine à le quitter, » La Bruyère
saisit la phrase au bond pour en faire un des

[1] *Segraisiana,* 1ʳᵉ édit., p. 86, 100. M. Destailleur
a rapproché avec soin les passages des *Caractères* qui
peuvent s'être inspirés des *Maximes.*

[2] On n'y comptait pas moins de dix mille volu-
mes, Sauval, t. III, p. 52; l'abbé de Marolles,
Paris, etc., in-4°, p. 42.—Au xviiⁱ siècle, selon
G. Brice, « les personnes studieuses y étoient reçues
favorablement. » *Descript. hist. de Paris,*1752,in-8°,
t. III, p. 407. M. Leroux de Lincy a publié des
Recherches sur cette bibliothèque, *Bulletin du
Bibliophile,* 1860, p. 1158, etc.

[3] 1681, in-12, t. I, p. 191.

[4] *Id.,* p. 111, 112.

ridicules de son, *Dioscore*, dont il dit [1] :
« Il écriroit volontiers que la Seine coule à
Paris. »

M. le Prince, quoique loué par le pauvre
Pontier, ne dut pas en vouloir à La Bruyère
du coup qu'il lui portait. Il n'aimait pas
l'érudition niaise, mais les jeux d'histoire lui
plaisaient. C'est ainsi qu'il ne dédaigna pas
celui qui consistait à faire, à la façon des
Centuries de Nostradamus, un de ces logo-
griphes historiques qui étaient alors à la
mode [2]. Madame de La Fayette, à qui il l'envoya, se fit aider pour l'expliquer, et je crois
bien que Son Altesse avait eu aussi recours au
savoir d'autrui pour mieux en compliquer
le problème. Or, comme d'après les faits
qu'elles contiennent, ces *Centuries* doivent
avoir été écrites en 1678 ou 1679, et comme
à cette époque, ainsi qu'on l'a vu plus haut [3],

[1] T. II, p. 204.—« Tout le monde, dans ce trait, reconnut Gédéon Pontier. » Camusat, *Hist. crit. des
Journaux*, t. II, p. 36-37. V. aussi les *Pièces fugit.
d'Histoire et de Littérature*, 1704, in-12, 3ᵉ partie,
p. 517.

[2] V. Le Bret, *Lettres diverses*, p. 62; *Œuvres* de
La Fontaine, édit. Walcknaër, gr. in-8°, p. 583.

[3] P. 21.

La Bruyère était déjà chez les Condé, tout me donne à croire qu'il mit la main à ce *casse-tête* [1]. Il y fallait du reste, avec son talent de professeur d'histoire, son habileté dans l'art des pastiches en vieux langage [2].

M. le Duc, son élève, semble avoir bien profité de ses leçons, du moins pour une part. Partout, même chez ses ennemis, on s'accorda toujours à reconnaître en lui « les restes d'une excellente éducation [3]. » Il y prit, et pour le garder, le goût des lettres, qui lui fit rechercher avec empressement, cultiver avec un soin qui l'honore les gens d'esprit les plus distingués de son temps, Racine, entre autres, sans lequel toute fête eût paru sans charme chez M. le Duc, et tout bon repas sans dessert [4].

Dans les discussions qui s'agitaient à cette

[1] Les *Centuries* et leur explication se trouvent dans le livre fort rare : *Voyage de MM. de Bachaumont et de La Chapelle, avec un mélange de pièces fugitives tirées du cabinet de M. de Saint-Évremond*, 1704, in-12, p. 162-175.

[2] V. son pastiche de Montaigne, édit. Destailleur, t. I, p. 234-235.

[3] Saint-Simon, édit. Hachette, in-18, t. V, p. 164.

[4] V. la préface du *Jugurtha* de Lagrange-Ch n-cel, dans ses *Œuvres*, 1735, in 8°, t. I, p. xxxvi.

illustre table, Son Altesse ne manquait jamais d'intervenir, et c'était chaque fois avec une vivacité d'esprit et de savoir[1] où se retrouvait la tradition de La Bruyère. Comme son père, M.le Duc aimait le jeu des *Centuries* historiques[2]. Il y voulait aussi des collaborateurs, ce qui nous donne à penser qu'il suivait encore en cela l'exemple paternel, et justifie ce que nous avons dit tout à l'heure de la part qu'aurait eue La Bruyère dans la *centurie* envoyée à madame de La Fayette.

Les aides historiques de M. le Duc étaient Malézieux, l'abbé Genest [3], peut-être aussi La Bruyère. Il est du moins hors de doute qu'il fut, avec les deux autres, en commerce d'amitié et d'esprit. Malézieux, que nous retrouverons plus tard, fut un des premiers confidents de son livre, et l'abbé Genest dut à son amitié de voir une de ses tragé-

---

[1] Saint-Simon raconte une dispute sur un point d'histoire que M. le Duc eut ainsi avec Fiesque; édit. Hachette, in-18, t. II, p. 319.—Son défaut était de se répéter, selon madame de Caylus (édit. Asselineau, p. 191). C'est de lui que La Bruyère a dû dire, au chap. des *Grands* (t. II, p. 355) : « Une chose arrive, ils en parlent trop. »

[2] Chaulieu, *Œuvres,* 1822, in-12, p. 139, 140, 258.

[3] *Souvenirs* de madame de Caylus, p. 190.

dies, *Pénélope,* mise par lui sur le même rang que la *Bérénice* de Racine [1]. Le zèle de l'ami ne pouvait aller plus loin, d'autant que La Bruyère était un des plus grands admirateurs du poëte à qui, de cette façon, il donnait presque l'abbé Genest pour égal.

On connaît assez, sans que j'aie besoin d'y insister, cette admiration profonde de La Bruyère pour Racine; je m'y arrêterai cependant ici, afin de marquer en quelle circonstance il écrivit l'un des passages où elle se fit le mieux jour.

Les discussions de toutes sortes, principalement celles qui roulent sur les matières de l'esprit, étaient fort en usage, chez M. le Duc et chez madame la Duchesse, soit à l'hôtel de Condé, soit au château de Saint-Maur, leur chère *Mauritanie,* comme l'appelait Chaulieu [2]. On y discutait à toute outrance, de plein cœur et à plein gosier, ce qui fit dire à La Bruyère, au sortir sans doute d'une de ces disputes à tue-tête : « On parle impétueusement dans les entretiens [3]. » Lassay, dont nous aurons à reparler, qui était sou-

[1] Edit. Destailleur, t. I, p. 148.
[2] Chaulieu, p. 144.
[3] T. I, p. 244.

vent de ces querelles littéraires, va nous dire
en quelques mots comment elles se passaient,
et sur quelles matières elles s'engageaient de -
préférence.

Il avait manqué à l'une des plus curieuses;
mais quelqu'un de ses amis lui en avait écrit
le sujet, ainsi que les incidents. Il lui répondit [1] : « Vous me faites une peinture fort
plaisante de la dispute qu'il y a eu à Saint-
Maur. Je me suis trouvé à plusieurs de la
même espèce, et je sais qu'il est bien plus
nécessaire d'avoir une bonne poitrine que de
bonnes raisons. Vous voulez savoir, ajoute-
t-il, mon sentiment sur la question; avant de
vous le mander, je dirai comme Montagne,
je vous le donne pour mien et non pour
bon. »

De quoi s'était-il agi? sur quoi avait-on
si vivement disputé? Sur le *parallèle de
Corneille et de Racine*, les uns tenant pour
celui-là, les autres — parmi lesquels se ran-
gea Lassay — s'acharnant pour celui-ci. Peut-
être vais-je me tromper; mais il me semble
que La Bruyère était de cet impétueux entretien, et qu'après y avoir rompu sa lance

[1] *Recueil de diverses choses*, t. II, p. 479.

aussi bien qu'un autre, il écrivit, comme
résumé du débat, le parallèle qui se trouve
dans son livre [1], avec une préférence si marquée pour Racine à l'exorde et à la conclusion.

Ces disputes littéraires, toutes bruyantes
qu'elles fussent, étaient pour La Bruyère le
bon côté de la vie à Saint-Maur ou à l'hôtel
de Condé. Auprès était l'influence mauvaise
à laquelle, malgré ce qu'il avait de résistant
dans la pensée et dans le caractère, il ne lui
fut pas possible de toujours échapper. L'esprit dirigeant de cette maison, l'esprit de
madame la Duchesse réagit sur le sien, quoi
qu'il pût faire.

C'était un esprit endiablé, une verve de
mauvaise langue intarissable, tout à la satire
aussitôt tournée en couplets [2]; tout à l'allusion méchante qui, d'un tour de plume, devenait roman [3] ou chanson : « Dans la maison

[1] T. II, p. 152-154.

[2] V. Brillon, le Théophraste moderne, p. 50. La
duchesse y est vantée sous le nom de Borbone, pour
son talent à tourner un vaudeville. V. aussi les
Lettres de madame Dunoyer, t. I, p. 13-14, et les articles de M. Philarète-Chasles, les Femmes chansonnières sous Louis XIV, Revue de Paris, 17 et 31 août
1834. Plusieurs couplets de la duchesse y sont cités.

[3] Madame de Caylus parle d'un roman que la

de madame la Duchesse, dit la princesse palatine [1], la méchanceté passe pour de l'esprit. »

La Bruyère étant de cette maison, faut-il
s'étonner que la méchanceté l'ait gagné ?

L'amertume lui poussa dans ce monde
amer, mais pour tourner surtout contre ceux
qui la lui avaient donnée. Son fiel lui venait
des grands ; c'est sur eux qu'il déborda. « Ils
n'ont point d'âme, » a-t-il dit, et c'est aux Condé qu'il pensait ; c'est à M. le Duc, c'est à madame la Duchesse, dont, sur ce point, la réputation était faite : « Si son esprit est bon, a dit
encore la Palatine [2], son cœur est mauvais. »

C'est juste pour le cœur ; pour l'esprit,
moins. La femme qui fit tant de chansons
ordurières ; qui, sur la fin de sa vie, n'eut
d'admiration que pour Grécourt et préféra les
niaiseries du jocrisse Maranzac à la finesse
de Fontenelle, à l'éloquence de Fénelon [3],
n'avait pas l'esprit bon. L'amour du bouffon
y dominait ; La Bruyère s'en ressentit. C'est
pour entrer dans ce goût qu'il écrivit les
chapitres au comique outré, qui, tels que ce-

duchesse avait fait ainsi. *Souv.*, éd. Asselineau, p. 180
[1] *Mémoires,* édit. Busoni, p. 250.
[2] *Ibid.*, p. 269.
[3] Nodier, *Mélanges d'une petite Bibliothèque*, p. 41.

lui de *Ménalque*, sont la farce de sa comédie sérieuse, la parade à la porte de sa philosophie.

Peut-être a-t-il fait pis. Il existe, à Saint-Pétersbourg, une suite de portraits satiriques en vers[1] qui lui sont attribués : est-ce à tort[2]?

Son livre met si souvent ses malices à l'unisson des médisances fredonnées autour de lui, qu'à certains passages on pourrait l'annoter en marge avec les chansons de la duchesse, comme l'abbé de Voisenon annotait son bréviaire avec les vaudevilles de madame Favart.

---

[1] Voici le titre complet du ms. : *La Dieudiade, ou Caractères satyriques de la Cour de Louis XIV,* ATTRIBUÉS A LA BRUYÈRE, ou *Portraits de Jupiter, Junon, Ganymède, Diane, Adonis, Vénus, Apollon et Narcise, qui sont gravés en caricature.* M. de La Vallière avait possédé un manuscrit du même genre. On lit sous le n° 5,236 du *Catalogue* de sa bibliothèque : *Caractères satyriques de la Cour de Louis XIV,* attribués à La Bruyère, ms. in-4° de 309 ff.

[2] Lorsqu'il parle (t. I, p. 222) des gens qui se défendent « de faire des vers... comme d'un foible qu'ils n'osent avouer, » peut-être parle-t-il de lui-même.

FIN DE LA PREMIÈRE PARTIE.

www.ingramcontent.com/pod-product-compliance
Lightning Source LLC
Chambersburg PA
CBHW072115020726
47501CB00003B/830